북악산
미스터리

2019년, 3·1운동 100주년으로 한참 이슈였던 그 해에 일본을 주 배경으로 중국과 한국에 얽힌 애환의 책이라고 말할 수 있는《제국의 양심》을 9월에 출간한 지 2년 이상의 시간이 지나서 다시 펜을 잡으니 버겁기는 하지만 한편으로는 가슴이 벅차오른다.

2019년이 거의 다 지나고 2020년이 시작한 지 3주 정도가 지난 무렵부터 한국에 '코로나'가 발생하여 우리나라 국민을 비롯한 전 세계의 모든 사람이 2022년이 된 이 시점까지도 힘든 나날을 보내고 있다. 2019년까지는 필자뿐 아니라 거의 모든 사람이 사태의 심각성을 느끼지 못하였는데, 2020년 코로나가 발생한 시점부터는 무미건조한 일상도 감사하다는 것을 느꼈으리라고 생각한다. 지금 2022년이라는 새로운 한 해가 시작되었는데, 올해는 정말 마스크를 벗고 일상으로 돌아가기를 소망하면서 펜을 잡는다.

서울!

필자가 태어나서 40년이 지나도록 단 한 번도 떠나서 살았던 적이 없었던 지역이다. 그러니 뼛속까지 서울 토박이라고도 말할 수 있다.

40년 이상을 서울에 살면서 필자는 시간이 흐를수록 예전에는 느끼지 못하였던 서울시민이라는 자부심을 느낀다. 그 이유를 한 가지만 대표적으로 꼽자면 필자의 부모님께서 2004년에 서유럽을 다녀오셨을 때 일이다. 7일 정도 유럽을 다녀오시고 난 어머니가 프랑스의 세느강이 세계적인 강이라고 해서 기대하고 구경을 했는데 생각보다 강폭이 좁고 아담하고, 다만 강 주위의 고대식 건물들이 아름다울 뿐이라고 하셨다. 사실 서울의 한강이 훨씬 더 웅장하고 규모가 큰데 세계적으로 홍보가 안 되었을 뿐이라고까지 덧붙여 말씀하셨다.

그렇다. 한강은 알고 보면 세계적인 강이다. 그 이후로 필자는 한강을 중심으로 한 서울의 야경이 그렇게 멋있어 보였다. 또 매년 11월마다 청계천에서 열리는 등축제에 참석할 정도로 야경을 좋아한다.
그런데 필자가 이렇게 애정을 가지고 있는 시의 시장이 의문의 죽음을 맞이하였다니 충격이 아닐 수 없다.
그 이전에 모 시장님과 필자에 대하여 언급하고자 한다.
모 시장님과 필자는 일면식도 없는 사이다. 천만 서울시민 중 한 사람과 시장이라는 그 관계 이상도 이하도 아니다. 시장님과 필자는 여러모로 다르고 심지어는 반대파라고 말할 수 있다.

모 시장님은 총 세 번의 선거 끝에 시장이 되셨다. 그런데 필자는 단 한 번도 시장님께 표를 준 적이 없다. 늘 상대 후보에게 표를 줘왔다. 필자는 비교적 다른 연령대에 비해 집필 당시 여당의 지지층이 제일 강한 40대이다. 하지만, 필자는 40대로서는 좀 드물다고 할 수 있는, 이승만 박사의 자유대한 건국이념과 박정희 대통령의 산업화의 부흥을 높이 평가하는 정통우파다.

시장님은 1975년도에 서울대를 입학하셨는데 1학년에 긴급조치 위반에 걸려 제적을 당하시는 고초를 겪으셨다. 그 시대가 박정희 대통령 시대다. 참고로 필자는 박정희기념재단에서 주최하는 2017년 박정희 대통령 탄신 100주기 회상수기 공모전에서 최연소로 입선을 하였다. 그도 그럴 것이 필자는 박정희 대통령에 대한 기억이 없다고 할 수 있는 세대다. 박정희 대통령이 피살된 10·26 때 돌잡이에 불과했기 때문이다.

그 다음으로 시장님과 필자는 지역과 세대도 다르다. 시장님은 경상도 출신이시고 필자는 서울 출신이다. 시장님은 60대이시고 필자는 40대이다. 시장님과 필자는 좋아하는 문학의 성향도 다르다.

필자가 모 시장님에 관해서 들은 바로는 헤르만 헤세의 《싯다르타》라는 소설에 크게 감명을 받으셨다고 한다. 사실 헤르만 헤세는 문체가 감성적인 성향이 강하기 때문에 여성들이 좋아하는 편이다. 그런데 필자가 좋아하는 문학작품 한 가지만 언급하자면 솔제니친의 《수용소군도》이다. 즉, 격동적이고 시대의 부당함을 고발하는 고발성 작품을 좋아한다.

위에서 열거한 대로 이렇게 모 시장님과 반대되는 것이 많은 필자가 이 분을 위해서 집필하게 되다니 아이러니하지 않을 수 없다.

CONTENTS

이 글을 쓰면서 ………………………………… 2

제 1 부
비극의 5일

2020년 7월 9일 ………………………………… 11
2020년 7월 10일 ……………………………… 18
2020년 7월 11일 ……………………………… 28
2020년 7월 12일 ……………………………… 40
2020년 7월 13일 ……………………………… 58

제 2 부
'그'에 대한 회상

성장기 …………………………………………… 99
20대 ……………………………………………… 112
김홍래 변호사와의 만남과 유언 계승 ………… 121

시민운동가 ··· 132

서울시장으로서의 애환 ································· 150

운명의 2020년 7월 8일 ····························· 168

소현의 의문투성이 ······························· 174

소현의 추적기간 중 애환 ······················· 187

소현의 확신 ·· 204

제 3 부

'AGORA'에서 띄우는 편지

소현이 각계에 드리는 간절한 호소의 편지 ············ 231

이 글을 마치며 ··· 249

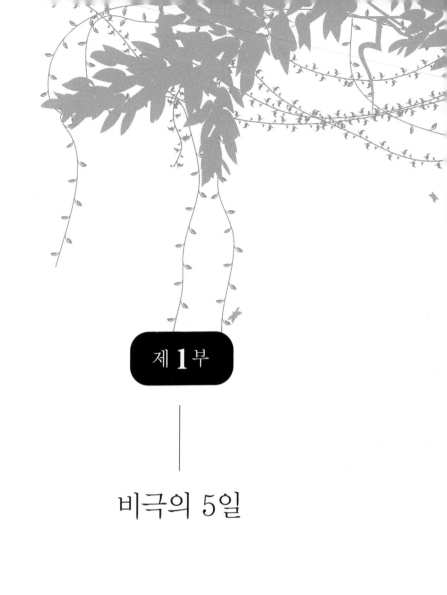

제 **1**부

비극의 5일

북악산
미스터리

오후 4시, 이순영 시장의 딸 정은이 아빠에게 전화를 건다. 몇 번을 걸어도 "전화기가 꺼져있어 소리샘으로 연결됩니다"라는 소리만 계속 나온다.

'아, 이상하네. 평소에는 안 그러시더니 일벌레인 아빠가 시청에 출근도 안 하고, 평소에 업무 중에 나에게 전화 한번 안 하던 분이 오늘따라 무슨 일이 있으면 경찰에 신고하라고 하셨으니 뭔가 불길한 예감이 드네. 당장 신고하자.'라고 결심한 후 112 버튼을 누른다.

그리고 종로경찰서에는 온 국민을 충격으로 몰고 갈 한 통의 전화가 걸려 온다.

"여보세요, 경찰이죠?"

"네, 어디시죠, 무슨 일로 신고하신 거죠?"

"저 이순영 시장님 딸 이정은인데요, 아버지가 아침에 출근도 하지 않으시고 어디론가 향하셨어요. 그런데 오후에 아빠한테서 아빠에게 무슨 일이 있을 것 같으면 경찰에 신고하라는 문자가 왔어요. 그래서 아빠에게 전화를 걸었더니 계속 핸드폰이 꺼져있다는 거예요."

"알겠습니다. 아니 세상에 시장님께서! 즉시 출동하겠습니다."

신고받은 경찰은 소스라쳤다.

"시장님 실종신고야. 보통 문제가 아냐. 자, 서울 시내 샅샅이 찾아본다!"

이에 경찰들은 비상에 걸렸다. 그리고 언론에도 연락하여 수색에 협조를 구한다. 이 시장의 휴대전화가 꺼진 위치를 추적해보니 핀란드 대사관저 근처가 나왔다는 소식에 언론사 기자들이 그 장소에 집합했다. 심지어는 수색대원들까지 동원되어 시장님 찾기에 심혈을 기울인다. 혹시나 모를 상황에 대비해 구급차까지 핀란드 대사관저 앞에 대기한다.

이때 한 기자가 되뇐다.

"시장님께서 무사히 나오셔야 할 텐데, 걱정이다. 그래야 우리 기자들도 고생을 덜 하는데……."

이에 다른 기자도 푸념한다.

"기자란 직종 자체가 국가에 비상 상황 터지면 밤새고 취재하는 게 다반사지. 그나저나 시장님 무사하셔야 할 텐데……."

한편 이 시간에 서울의 소시민인 소현은 한창 쇼핑 중이었다.

'아, 날씨가 이 정도만 돼도 견딜만하네. 그런데 오늘부터 10일 이상 지나면 한참 찜통더위가 이어지겠지.'

워낙 열이 많은 체질이라 더위를 싫어하는 소현은 여름을 지낼만한 옷을 한 벌 사러 단골인 동대문 지하상가를 찾았다. 평화시장을 비롯하여 동대문 근처의 상가와 남대문 근처의 상가는 소현에게는 너무 익숙한지라 눈 감고도 찾을 수 있다. 서울 토박이지만 강남권에서 벗어나질 않았기에 때로는 자신에게 새로운 것이 신기하고 좋은 만큼 나들이를 한다고 하면 주로 강남 쪽보다는 종로구 같은 시내 중심가로 나갔다. 예로, 소현의 단골 서점은 광화문 교보문고다. 새로 생긴 강남 교보문고가 집에서 훨씬 가까운데도 말이다.

스스로 서울깍쟁이라고 별명을 지을 만큼 소비에서만큼은 헛된 낭비는 금물이라는 게 소현의 철학이다. 그래서 옷도 백화점 옷은 진짜 통틀어서 몇 벌 정도이고 나머지는 거의 동대문 근처 상가나 평화시장과 남대문시장에서 사 입는다.

그날도 소현은 여름 티셔츠를 사러 동대문상가로 향했다. 마침 소현은 자신에게 딱 맞는 옷을 찾았다.

"사장님, 이 하늘색 티셔츠 딱 제 옷이네요. 하나 포장해주세요."

"네, 그러네요. 손님 피부도 깨끗하셔서 곤색 바지나 치마와 같이 입어도 잘 어울리시겠네요."

"얼마에요?"

"만 원이에요."

소현은 이렇게 저렴한 옷을 사더라도 마구 구입하는 게 아니라 합리적으로 산다.

"예. 여기요."

"그나저나 손님, 혹시 소식 못 들으셨어요?"

"뭔 소식이요?"

"이순영 서울시장님 말이죠."

"시장님이 왜요?"

"여기가 시청과 멀지 않은 곳이라 시내 분들이 많이 오시는지라 시청 소식을 가끔 들어요. 이순영 시장님이 얼마나 일벌레이신 줄 아십니까?"

"글쎄요. 그러시겠죠."

"시장이 워낙에 일이 많은 위치라는 것은 누구나 다 알고 있는 사실이지만 더구나 천만 시민의 대표이고, 그것도 우리나라의 심장인 서울의 시장 아닙니까? 새벽 출근해서 밤늦게 퇴근하는 게 다반사예요. 그리고 심지어는 밤을 새우는 일도 많지요."

"아. 네. 예전에 시장님들도 그러면 비슷하셨겠지요."

"당연 그렇지요. 그런데 이순영 시장님은 2프로 정도 더하셔서 일벌레라는 별명도 있지요. 그 양반 시민운동가 시절에 함께했던 분들 말을 듣자면 그분은 소위 우스갯소리로 과로사하는 게 소원이었다고 할 정도였으니까요. 수행비서 중에 김여진 비서관이 있는데 밤 11시 이전에 집에 들어간 적이 거의 없고, 부인도 공무원인 데다, 심지어 7살 정도 되는 아들이 아빠 얼굴 보고 잔다고 그 시간까지 기다리다가 잔답니다. 얼굴 보는 시간이 고작 30분도 안 되는데 말이죠."

소현은 웃으며 대답한다.

"예. 그럼 시장님께서 김여진 비서관에게 미안해하셔야겠네요."

"그렇기도 하지요. 그런데 그런 분이 오늘 갑자기 모든 일정 취소하시고 시청에 출근을 안 하셨다네요."

소현은 화들짝 놀랐다.

"네?"

"아무튼 시장님이 오늘은 그렇다 치고 내일부터는 정상적으로 시민을 위해서 일을 하셔야 할 텐데…."

"당연히 그래야지요."

놀란 마음으로 소현은 티셔츠를 들고 저녁에 집으로 들어왔다. 평상시와는 다르게 텔레비전부터 틀었다.

'이순영 서울시장 실종신고…경찰 소재 파악 중'

소현은 집에 돌아올 때까지만 해도 '설마…'라는 생각을 했었다. 그러나 역시…. 심지어 '혹시 이순영 시장님께 무슨 변이라도 닥친 것일까?' 하는 생각도 했다.

이순영 시장은 서울에서 3선을 했지만, 소현은 한 번도 그에게 표를 주지 않았다. 그러나 그 시간만큼은 그가 제발 무사히 돌아와서 시장업무를 차질 없이 수행하기를 내심 바랐다.

텔레비전을 그다지 좋아하지 않던 소현은 평소와는 달리 바로 9시 뉴스를 귀를 쫑긋 세우며 시청했다. 뉴스를 다 청취하고 난 소현은 이때 마음속으로 중얼거렸다.

'혹시 시장님께 무슨 변이라도….'

그리고 두 손을 모으고 이순영 시장이 얼른 돌아와 전 부시장이 권한대행을 맡게 되지 않기를 내심 빌었다.

그다음으로 소현은 난생처음 이순영 시장의 페이스북을 들여다보았다. 온통 다음과 같은 말뿐이었다.

'시장님, 무사히 돌아오세요.'

'시장님, 어디 계세요.'

'시장님, 설마 아니죠?'

'건강한 모습으로 다시 시민들과 소통하시길….'

'시장님 보고 싶어요. 어서 돌아오세요.'

그날 밤은 소현에게 있어서 일생일대의 밤이었다. 아마 뜬눈으로 밤을 지새울지도 몰랐다.

이순영 시장이 여비서를 성추행해서 고소를 당해? 소현은 어안이 벙벙했다.

이순영 시장은 82년도 이인아 성고문 사건, 93년도에 시작해서 98년도에 승소 판결이 난 허 조교 사건, 특히 위안부 문제에 관해서만은 정말 1등 공신으로 이름났다.

'이런 분이 성추행으로 고소당했다? 더구나 일벌레인 시장님께서 모든 일정을 취소하셨다? 정말 의문이다, 의문.'

문득 소현의 머릿속에 다음과 같은 추측이 스쳐갔다.

'시장님 평소 성격으로 보아 감성이 풍부하신 분이지. 감성이 풍부하다는 것이 어떤 면에서는 인간관계에서 따뜻하고 정 많은 사람으로 인식이 될 수 있다. 그러나 사람 자체가 완벽하지 않은지라 인간이란 단점이 없을 수는 없는 법……. 그래서 여비서에게 필요 이상의 감정표현을 한 것이 아닐까? 시장님의 이러한 표현에 여비서가 불쾌감을 드러내어서 고소한 것이 아닐까?'

이런 객쩍다고 할 수 있는 추리까지 했다.

그리고 그 시간에 소현의 부모님도 같은 기사를 접하며, '혹시 이순영 시장 죽은 거야?'라는 불길한 예감을 했다. 그래도 소현은 신중하게 생각하기로 했다.

'흔히 하는 말로 뚜껑은 열어보아야 알듯이, 확실해지기 전까지는 단정하면 안 된다.'

한편 그 시간 시장공관에서 이순영 시장을 기다리던 가족들은 거의 초주검이 되어있다.

시장공관 앞에 노란 폴리스라인이 쳐진 것을 본 딸 정은은 '아빠가 일벌레라도 이 시간이면 거의 공관에 들어왔었는데, 만약 더 늦으면 미리 연락하여서 먼저 잠들라고 하셨는데, 진짜 아빠에게 무슨 변이라도…'라고 마음속으로 불안감을 지우지 못하며 뜬눈으로 밤을 새울 결심을 한다.

2020년 7월 10일

이순영 시장에 대한 소식으로 잠자리에 들 수 없었던 소현은 무사히 돌아왔다는 소식을 듣고서야 잠을 자야겠다고 결심하고는 계속 스마트폰으로 뉴스를 시청하고 있었다. 워낙 올빼미 체질인 소현에게는 그다지 힘든 일이 아니었다.

자정이 지나 속보가 떴다.

'이순영 시장 숨진 채 발견… 북악산 숙정문 인근'

소현은 "악!"하고 하마터면 비명이 밖으로 튀어나올 뻔했다.

그 순간 소현은 마음속으로 외쳤다.

'아이고. 40 평생 서울에 살면서 이런 일은 처음이다. 시장님이 이렇게 허무하게 가시다니……. 시장님! 저는 시장님 반대파지만 무사히 돌아오셔서 다음 날부터 정상적으로 업무를 수행하시도록 소망하였습니다. 그러나 갑자기 고인이 되시다니요! 믿어지지 않습니다.'

그러고 나서 소현의 가장 친한 지인인 소영에게 카톡을 보냈다.

「혹시 시장님 소식 들으셨어요?」

그러자 소영이 답한다.

「네, 사망하셨대요.」

「아, 밤늦게 죄송합니다. 편안한 잠 잘 주무세요.」

충격으로 정신이 몽롱한 소현은 계속해서 뉴스를 보고 있었다.

이 속보를 접한 이상 잠은 다 잔 거고 잠자리에 들 수 있는 상태도 아니게 되어버렸다.

마음속으로 계속 되뇌었다.

'어찌, 믿기지 않아. 누가 이순영 시장님을 죽였단 말인가?'

'시장님! 저는 설마 했습니다. 정말 이렇게 허무하게 가시면 안 됩니다. 임기가 2년이나 남으셨는데…'

'제가 아무리 시장님과 반대파이지만, 시장님 세상에! 말이 안 됩니다.'

새벽 2시에 소현은 놀란 마음을 진정시키려 찬물을 한 컵 마시고 침대에서 스마트폰에 다시 집중했다. 그리고 마침 이순영 시장 사망에 관련하여 최현익 형사과장의 인터뷰를 경청했다.

"이순영 시장 시신은요?"

"검시 중에 있습니다. 발견 장소 주변에서 감식 중입니다."

"발견 장소는요?"

"성북구 북악산 성곽길 인근 산속입니다. 숙정문과 삼청각 그 중간 정도입니다."

"장소 공개할 예정인가요?"

"그건 곤란합니다. 현재 현장 감식 중이라, 수사상 곤란합니다."

이 답변에 소현은 갑자기 의아했다.

'말도 안 돼. 장소를 안 밝힌다고? 수사상 곤란? 앞뒤가 안 맞지 않은 가? 수사를 정확히 하려면 장소공개가 먼저인데…'

"신원 확인된 건가요?"

"가방, 핸드폰, 소지품 등이 발견됐습니다. 현재까지 타살 혐의점 없어 보입니다. 향후 형사사건 처리 절차에 따라 수사 진행될 겁니다."

"어떻게 사망한 건가요?"

"고인과 유족의 명예를 고려해서…"

소현은 이때, '유족의 명예라니? 이게 무슨 논리인가? 어떻게 사망했 는지도 정확하게 발표를 못 하다니?'라고 마음속으로 외치며 정상적이 지 않다고 생각했다.

"어디로 안치되나요?"

"시간은 단정하긴 그렇지만, 현장 감식 실시 후에 유족과 협의해서 유족 뜻에 따라 병원에 안치할 것입니다."

"사망 시간은 어느 정도 추정되나요?"

"CCTV 분석하고 있습니다. 이 자리에선 발견된 것만 말씀드리고 세부 사안은 향후 종합적 수사 진행 후 말씀드리겠습니다."

"어떻게 발견됐나요?"

"소방구조견이 먼저 발견하고 소방대원, 기동대원이 함께 확인했습니다."

"유서는 발견됐나요?"

"유서 발견되지 않았습니다."

"성곽 높이는요?"

"그건 잘 모릅니다. 성곽 높이와 관련 없습니다. 현장에서 유서는 발견되지 않았습니다. 지금까지 언론에서 보도가 있었지만, 경찰이 유서 존부를 확인한 바 없습니다."

"발견 당시 상황을 구체적 말씀해주시죠?"

"유족, 본인 명예 고려해서 상세한 현장 상황 말할 수 없습니다."

이 답변에 또 소현은 더욱 의아했다.

'아니 현장 상황도 말할 수 없다? 이건 뭔가 수상하다.'

"고소 건은 어떻게 처리되나요?"

"접수해서 조사 중인데 이 자리에서 말하기 곤란합니다."

"와룡공원 올 때까지 이동은 어떻게 파악하고 있는 게 있나요?"

"파악한 바로는 도보로 이동했고, 동선은 면밀히 수사해야 알 수 있습니다."

"인적 드문 곳에서 발견됐나요?"

"그렇게 볼 수 있습니다."

"와룡공원 CCTV에 발견된 시간은 몇 시인가요?

"CCTV 상으로 오전 10시 53분쯤에 와룡공원 이쪽으로 걸어가는 게 확인되었습니다. 공관에서 택시로 이동해서 와룡공원 올라간 겁니다."

"소지품 어떤 게 있나요?"

"명함(자신의) 필기도구 등이 발견됐습니다."

"외모가 심하게 손상된 이유가 뭔가요?"

"심하게 손상됐다고 말한 적 없습니다. 외모로 (신상) 확인 가능했습니다."

외모가 손상되었으나, 심하게는 손상이 안 되었다는 이 답변에 소현은 다시 의문이 들었다.

'아. 수상한 점이 또 있다. 형사과장의 앞뒤 논리가 정확하지 않다. 누가 박 시장님을 죽여서 시신을 손상시켰다.'라고 추측했다.

"휴대폰 메모는요?"

"수사해야 합니다."

"고소장 언제 접수되었나요?"

"일부 언론에 보도된 것처럼 7월 8일로 보입니다."

"발견장소가 등산로인가요?"

"조금 떨어져 있습니다."

'이순영 시장 사망'

최현익 형사과장 브리핑을 들은 소현은 의아함을 느끼는 정도를 지나서 기가 막히다는 생각을 했다.

그 사람의 사회적 지위에 따라서 사람을 차별대우해서는 안 되지만, 그래도 거의 9년여 동안 천만 시민의 대표를 하던 사람이 갑자기 사망했는데, 이순영 시장의 사망에 관한 형사과장의 브리핑은 미진하다고 판단했다.

이러한 의아함을 가진 채 새벽 3시경이 되어서야 겨우 눈을 붙였다.

한편 가회동 시장 공관에서 아버지의 소식을 계속해서 듣고 있던 정은은 울부짖었다.

"아빠가 어제부터 이상했어. 세상에 돌아가셨다니……. 엄마, 이게 말이나 돼?"

"정은아, 믿을 수 없지만 이제부터 대책을 세워야지."

새벽 시간인데도 시청 직원이 정은에게 연락을 한다.

"아, 아버님이 결국 돌아가셨네요. 정말 무사 귀환을 바랐는데 말도 안 되지요."

"진짜 눈물도 나오지가 않네요."

이러한 상황에서 10일 아침이 밝았다.

한편 이순영 시장의 고향인 창녕에서는 그의 초·중학교 죽마고우이자 공무원 퇴직 후 팬클럽 임원이기도 한 진영춘이 거의 실신할듯한 상태다.

"세상에. 어째 이런 일이. 순영아! 니 우째 된 기고? 내 니 소식 듣자마자 잠 한숨도 못 잤는디 아직도 믿을 수가 없데이."

그리고 나서 팬클럽 회원들과 비보를 나누는 도중 팬클럽 임원 중 한 사람이 제안을 한다.

"일단 다들 마음부터 진정하시고 소박하게 분향소라도 하나 만듭시다. 누구인들 안 놀랐겠습니까?"

이에 팬클럽 회원 모두가 한목소리로 동의한다.

"그리하죠. 아이고! 아이고! 말도 안 돼. 팬클럽 사무소 한쪽에 '故 이순영 서울시장 창녕분향소'라고 설치하죠."

"그리 하입시다. 그나저나 이게 무슨 날벼락이고 진짜."

또 눈물을 계속 하염없이 흘리면서 고향 친구 영춘이 말한다.

"이순영 시장은 집념이 대단하고 누구보다 고향을 아꼈던 사람인데, 만날 때면 서울시장 이후는 대권이라며 말해왔던 기억이 나는데 도대체… 왜."

눈물을 어느 정도 쏟아내고 마음을 가다듬은 영춘은 고향 사람들에게 이러한 통보를 했다.

"이순영 시장이 생전에 자신이 세상을 떠나게 되면 부모님 산소에 매장해달라고 유언했는데 그의 원대로 선영에 올라가 장지를 준비하겠습니다."

그러고는,

"순영아, 진짜 나는 아직도 믿기지가 않는다."

라고 외치며 눈물을 다시 쏟기 시작했다.

한편 서울에서 정은과 아내 경아는 가회동 시장공관에서 어두운 표정으로 출발해서 서울대학교 병원 영안실로 향했다. 이순영 시장의 빈소가 차려지고 문상객들이 속속들이 들어오기 시작하는데, 임창군 국무총리가 빈소로 들어서며 통곡한다.

"아니, 시장님! 어제 저랑 점심 같이 먹자고까지 약속했는데 하루 만에 이렇게 고인이 되시다니요, 너무 충격입니다."

그러고 나서 정은에게 위로를 전한다.

"뭐라고 해줄 말이 없다. 장례식 끝나고 기운 차리라는 소리밖에……."

아내 경아는 망연자실한 채로 고개만 끄떡일 뿐 아무 말도 안 하고 있다.

또 저녁 시간이 되자 전재현 부시장이 빈소로 들어섰다.

"시장님! 저는 무사 귀환을 바랐는데 이게 어찌 된 일입니까? 제가 시장권한대행까지 맡게 되었으니 참 기가 막힙니다."

이에 딸 정은도 위로를 전한다.

"부시장님께서 우리 아빠를 대신해서 고생하시겠네요. 아빠를 대신해서 너무 미안하네요."

한편, 그날 소현은 자신의 중학교 시절 친하게 지낸 미술 선생님의 어머니 장례식장에 가는 일정을 소화했다. 미술 선생님의 모친은 소현의 모교 이사장이기도 하다.

건국대병원 장례식장에 가는 도중에도 소현의 머릿속은 온통 이순영 시장뿐이었다.

'이혜숙 이사장님의 돌아가신 날짜는 잊을 수 없을 것이다. 이순영 시장님의 의문사 날짜와 하루 차이니까…. 이혜숙 이사장님은 85세시면 그다지 아쉬운 연세는 아닌데 이 시장님은 향년 64세라니 진짜 돌아가실 나이는 아니다.'

그녀는 별의별 상념에 잠기기까지 했다. 그날 소현은 정신이 몽롱한 채로 보냈다. 점심을 상갓집에서 먹었기 때문에 저녁은 대충 허둥지둥 먹고 9시 뉴스를 틀었다.

뉴스를 경청한 소현은 부득이한 경우에 전재현 행정부시장이 이순영 시장의 권한대행을 맡게 된다는 어제 뉴스의 보도를 떠올리며 그렇게 되지 않기를 내심 바랐으나, 그렇지 못한 현실에 슬픈 기색을 띠었다.

그리고 그날 밤 소현은 객쩍게도 '이순영 시장님을 고소한 여성은 어찌 보면 진짜 운이 나쁘다고 해야 하나……. 같은 여자로서 볼 때 파란만장하네.'라고 생각하면서 쓴웃음을 지었다.

또 소현은 어머니와 시장의 죽음에 관해서 대화했다.

어머니가 말한다.

"이순영 말이야. 여자를 너무 좋아하다 망한 거지."

소현이 대답한다.

"난 다르게 생각하는데. 시장님이 감정이 너무 풍부하셔서 실수를 하신 것 아니냐는 생각도 들어."

"그래. 네 말도 맞긴 해. 사실은 내가 이순영 시장을 직접 옆에서 본 적이 있어."

"어?"

"2018년 서울시 약 페스티벌 때 약사 자격으로 갔었어. 그런데 송파구 쪽 약 부스에 시장님이 오셔서 수고한다고 인사를 했어. 그래서 약사들이 그러면 시장님과 기념사진 찍자고 해서 같이 찍었어. 자, 여기 스마트폰에도 있어."

"어. 정말?"

"그래, 우연하게도 바로 옆에 이순영 시장이 서게 되었어."

대화가 끝난 후 소현은 그날 밤에는 어제 충격에 잠을 거의 설쳤기에 이렇게 기도하면서 일찍 잠이 들었다.

'40년 이상을 서울에 살면서 수장이 어이없게 세상을 떠나신 것도 처음인데, 더군다나 의아한 점도 많습니다. 이제 하늘에 맡깁니다.'

이순영 시장 사건이 일어난 지도 3일째가 되는 날이 밝았다.

서울대학병원 이 시장 빈소에 조근태 전 의원이 들어서며 한탄한다.

"며칠 전에 국정희 지사 모친상에서 대화했었는데, 이제 어찌 된 일입니까? 세상에…"

그리고 딸 정은이 엄마 경아에게 위로를 전한다.

"정현이가 인천공항에 도착했대. 올케하고…"

이에 경아는 아무 말도 못 하고 고개만 끄덕인다.

드디어 아들 정현이 빈소에 들어서자 취재진들이 질문세례를 하지만 묵묵히 침묵한다. 그리고 정현은 상주 자격으로 상복을 입고 빈소를 지키기 시작한다.

토요일을 맞아 소현은 시내 외출을 나갔다. 워낙 시내 나들이를 좋아하는 소현은 주로 주말을 이용해 시내에서 시간을 보낸다.

소현은 여느 때와 같이 대학 시절부터 단골이었던 광화문 교보문고를 갔다. 하지만 오늘은 왠지 그 주위가 남다르게 보였다. 늘 가는 곳인데도 말이다.

삼복더위 같은 찌는듯한 무더위는 아니지만 눈부신 여름 햇살 아래 소현은 이런 생각을 하면서 상념에 잠겼다.

'항상 시내는 그대로다. 앞으로도 그럴 것이다. 사람만 변할 뿐이다.'

그리고 시청 쪽도 바라보면서 마음속으로 뇌까렸다.

'저 건물은 그대로다. 근데 왠지 허전해 보이네. 저 건물의 수장이 변을 당하였으니….'

그러면서 소현이 힘없이 걸어가고 있는 도중에 80세가 가까운 어느 노인과 마주쳤다. 그런데 그 노인은 소현이 보기에 인상이 퍽 좋아 보였고, 기품있는 인상을 지닌 듯 보였다. 또 시내에 자주 나와서 1인 시위 뿐 아니라 시위란 시위는 참여하고 있는 분 같은 느낌을 주었다.

소현이 그 노인에게 홍삼 캔디 하나를 주면서 말을 건넸다.

"어르신, 피곤하실 텐데 이거라도 드세요."

그러자 노인이 답한다.

"아이고, 고마워요. 시간 있으면 잠깐 이야기 좀 할까?"

"네. 그러죠."

"요즘 워낙 불신 사회니깐 신분증 보여주는 건 필수인데, 여기 내 명함이에요."

"네. 감사합니다."

명함을 받아든 소현이 노인의 직함을 확인해보니 ○○교회 목사였다.

"어르신, 목사님이셨네요."

"어. 맞아요. 지금은 은퇴했고, 시골의 어느 교회에서 부흥 집회할 때 가끔 가서 설교하고, 그렇게 살아가요."

"아. 그래도 멋지게 사시네요."

"뭘, 별거 아닌데. 그나저나 내가 왠지 아가씨 친근하게 보이고 내 자식보다 어린 나이 같은데 말놓아도 되겠수?"

"당연히 되고 말고요. 저는 그게 더 좋아요."

"그래. 그렇지. 아가씨는 현재 어떠한 일을 하고 있는가?"

"아, 저는 작가예요. 아직 무명이지만요."

웃음을 지으며 소현은 답했다.

"아이고, 쥐구멍에도 해 뜰 날이 있다고 하지 않나? 꾸준하고 성실하게 살다 보면 언젠가는 빛을 보게 된다네. 내가 80년 가까이 살아오면서 그런 경우 많이 보았어. 그러니 힘을 내."

"네. 감사합니다."

"그나저나 요즘 한창 이순영 시장 사망 사건으로 온통 떠들썩하네."

"네. 맞아요. 저도 요즘 그 사건으로 충격이 심해서 어안이 벙벙해요. 사실 전 이승만 박사의 자유대한 건국이념과 박정희 대통령의 산업화 발전을 존경하는 정통우파예요. 그래서 이순영 시장님과는 사실 반대파라고 봐야 해요. 그런데 요즘 이상하게도 온통 제 머릿속에는 시장님 생각으로 가득 차 있어요. 옛말에도 있듯이 사람이 든 자리는 잘 몰라도 난 자리는 표가 난다는 게 정말 요즘 같아서는 실감이 들어요."

"아. 그래. 사실 나도 자네 못지않게 정통우파야. 그런데 이 시장님이 돌아간 건 나에게도 충격이었어. 좌와 우를 떠나서 사람의 생명같이 소중한 게 어디 있겠어. 안 그래?"

"네, 당연하죠."

"자네 진짜 이순영 시장 사건으로 마음이 아파?"

"아이고, 어르신 어떻게 제 마음을 그렇게 잘 파악하세요? 진짜 뭐가 있으시네요?"

"내가 그래도 사람의 마음을 다스리는 일을 한 사람이기에 전문가는 아니더라도 그 정도쯤은 파악을 하네."

"네, 시장님께서 성추행 사건으로 돌아가셨다는 게 저는 너무 안타까워요. '왜 그렇게 하셔야만 하셨을까.'라고요."

"저기 지금부터 나 자네에게 처음 만난 사이지만 비밀스러운 이야기 해도 될까?"

"네, 되고 말고요. 오히려 제가 신뢰받고 있다는 게 고맙네요."

"온통 언론은 비서 성추행 사건으로 이순영 시장이 자살했다고 발표하는데 사실은 말이야. 의혹이 엄청 많아."

"네. 의혹이요?"

"내가 자네가 마음이 아파하는 게 보여서 약간의 희망도 줄 겸해서 이야기하는 거야."

"시장님은 인간적으로는 반대파인 제가 보아도 좋으신 분 같아요."

"그래. 나도 그렇게 생각해. 내가 나이는 많아도 유튜브를 젊은 사람들 못지않게 많이 보는 편이야. 그래서 아마 세상 돌아가는 소식은 자네 못지않을걸. 내 자랑은 아니지만."

"아이고 별말씀을요. 제가 세상 돌아가는 소식 듣는 건 오히려 어르신보다 느려요."

"하하하. 그래, 솔직하군. 그럼 본론으로 들어가지."

"네. 기대됩니다."

"내가 이순영 시장 죽음으로 거의 하루 종일 며칠 동안 유튜브만 보았어. 그러다 결국 집사람한테 핀잔도 들었지. 내가 지금부터 자네에게 유튜브에 이순영 시장 죽음에 관한 영상을 틀어줄 텐데, 먼저 의향을 물어볼게. 희망을 주는 유튜브 먼저 틀어줄까, 안타까워하거나 이순영 시장 죽음을 하늘의 심판이라고까지 말하는 유튜브 먼저 틀어줄까?"

"사람마다 다르겠지만, 저의 경우는 과일을 먹을 때도 맛있는 과일은 맨 뒤에 먹습니다. 사람의 인생에도 이러한 격언이 있지 않습니까? 고생 끝에 낙이 온다고 하잖아요. 그러니 듣기에 좋지 않은 유튜브부터 먼저 보겠습니다."

"그래, 그러면 틀어줄게. 먼저 이순영 시장 재직 시절에 엄청나게 반대 시위를 했던 이수성 대수천 대표의 유튜브부터 보자고."

"네."

"여러분, 저는 평소에 하느님을 원망하면서 살았습니다. 작년 6월부터 얼마나 우리가 고생하면서 기도를 했습니까? 청와대 앞에서, 광야교회에서 그 추운데 밤새우고 기도를 했는데 우리한테 오는 것은 고통뿐이었습니다. 김성욱의 탄압, 이순영의 탄압 정말 눈물 나게 탄압을 받으면서 고통스럽게 저도 '하느님 살려주십시오.'라고 기도를 했는데, 이번엔 들어주셨어요."

"아멘."

"아, 하느님은 이렇게도 우리를 도와주시는구나."

"아멘."

"하느님의 뜻을 어긴 사람이 많아서 갔다는 얘기를 곽준경 목사한테 들었어요. 하느님 말씀 어기면 언제 가만히 간다. 이순영이 가만히 갔죠. 이제 누구도 가만히 갑니다."

"아멘."

"우리가 이겼습니까? 졌습니까?"

"이겼습니다."

"한번 외치고 시작하겠습니다."

"우리가 이겼다. 김성욱 끝났다."

"거, 여러분들 아마 궁금할 겁니다. 얼마나 잘못했기에 자살을 다 했나. 여기 고소장에 적힌 내용 보면 '이러니깐 자살을 하지 않았나.'라고 생각을 합니다. 보통 때는 그 비서한테 좋은 냄새가 난다고 코를 자꾸 갖다 댄답니다. 그리고 사람이 없으면 손이 예쁘다고 자꾸 손을 만진답니다. 즉, 갖은 짓을 다 한 거죠. 그리고 셀카를 찍을 때는 가까이서 엉덩이 주무르고 밤에도 연락을 한답니다. 그래서 비서가 사모님 안 계시냐고 물으면 '나 마누라하고 별거한 지 오래되었다.'라고 한답니다. 그러니 그것도 거의 5년 동안 얼마나 싫었겠습니까? 그리고 이 자매님이 완전히 정신이 뒤집힌 얘기, 이건 아예 성교하는 장면을 글로 묘사했는데, 그 내용인즉 이렇습니다.

'우선 눈을 감고, 입을 맞추고, 혀를 입에 넣고 돌려 감싸고, 다음은 목을 타고 내려와 젖가슴을 빨고, 고추가 딱딱해지면 다리를 벌리고 힘을 주어 넣고 여자는 쪼이면 된다.'

이 말을 듣는 순간 그 자매님이 심장마비에 걸릴 뻔했답니다. 이게 인간입니까? 이순영이가 여성들을 위한 인권변호사였습니다. 겉으로는 여성 인권변호사 가면을 딱 걸어 놓고…. 이런 파렴치한을 위해 서울시에서 5일장을 치러준다고요? 이거 미치지 않았습니까?"

영상을 다 보고 난 소현은 어르신께 이런 이야기를 했다.

"저도 충격이 큰데 이순영 시장님이 아무튼 실수를 하신 건 맞네요."

"어. 그래. 나는 자네가 비교적 젊은 여성으로서 되게 분개할 줄 알았는데, 의외인데?"

"저도 40 평생을 살면서 나름 느낀 것이 있는데, 사회적 위치가 그 사람의 인격을 말해주는 건 아니지만, 서울시장이라는 위치에서 이 정도까지 가기가 쉽지 않다고 저는 생각해요."

"자네 의외로 냉철한데."

"냉철한 게 아니라 제가 나름 경험한 바대로 추측한 건데, 시장과 비서는 아무래도 가깝게 될 수밖에 없는 구조거든요. 그래서 시장님께서 실수하신 것이 아닌가 하는 생각이 듭니다."

"그럼 자네는 이순영 시장님을 파렴치한 성추행범으로 보지 않고 실수했다는 차원으로 생각하는 거네."

"네. 맞아요. 그리고 한마디만 더 하자면 시청사로 들어가는 정문 입구에

'이순영 더러워'

라고 청테이프로 붙여놓았는데, 그건 선진시민으로서 하는 행동이 아니라고 봅니다. 물론 시장님에 대해서 화가 나는 마음은 이해합니다만, 공공건물에다 그런 행위를 하는 것은 바람직하지 않다고 봅니다."

"그래. 나도 이것에 대해서 동감이야. 자, 그러면 이제 비슷한 성격의 유튜브인데 자네도 알 거야. 곽준경 목사라고…."

"아. 네. 잘 알죠. 항상 '김성욱 물러가라.' 하시는 분이시잖아요."

"내가 사실은 말이지, 곽준경 목사 광야교회 예배 자주 참석하던 사람이야. 한번 들어보자."

"네."

"이순영 시장의 죽음에 대해서 제가 한마디 하려고 합니다. 이순영 시장이 여비서를 성추행해서 자살했다고 하지만, 저는 그거는 별개라고 봅니다. 작년에 내가 광화문광장에서 세계적인 강의를 했을 때, 이순영 시장이 예배를 탄압하려고 광화문광장에 직접 와서 직원들 시켜서 예배 중지하라고 방해를 했습니다. 그리고 사실 이순영 서울시장이 서울시장에 처음 당선된 후 기념 예배 설교자로 저를 초청했어요. 근데 가지 않았어요. 지금 생각해보면 그때 전도라도 할 걸 그랬어요. 설교 초청에 거부한 것이 후회됩니다.

다음으로 임창군 국무총리를 향해 말씀드립니다. 정신 차리세요. 교회에서 하는 대예배 빼고는 밥도 먹지 말고 아무것도 하지 말라는 당신이 교회 집사냐? 만약 종교 단체 모임에 그렇게 바이러스의 위협이 있다면 불교와 천주교도 제재해야지 왜 교회만 합니까? 3억 때려도 소용없습니다. 재판으로 가면 다 무효예요."

이 유튜브도 다 경청한 소현은 어르신께 말씀드렸다.

"이순영 시장이 광화문 광장에서 예배를 중지하라고 한 것은 코로나 때문이 아니었어요? 꼭 시장님만 잘못했다고 볼 수 없지 않습니까?

"솔직히 내 생각을 말하자면 곽준경 목사와 이순영 시장 일대일로 놓고만 본다면 나쁘신 분들은 아냐. 근데 코로나로 인해서 이렇게 의견충돌이 일어난 거지."

소현은 이 말에 힘없이 넋을 잃고 잠시 말을 멈추었다. 어르신이 그녀를 달랬다.

"이제는 약속대로 희망을 주는 유튜브 틀어주지. 마음에 슬픈 기색이 보이네."

"아, 네."

"아마 이 유튜브 보면 자네 놀랄걸."

"그래요? 하하하."

"유튜브 틀기 전에 먼저 사람을 소개할 건데, 애국가수 정지성이라네. 태극기집회 때 가끔 무대로 나와서 노래를 부르고 이 사람 노래의 18번은,

할 수 있을 거야~ 할 수가 있어~
그게 바로 너야~ 굴하지 않는
보석 같은 태극기 있으니~

라는 곡이야. 그리고 고양이를 항상 애지중지 여기고 어디를 가나 자주 데리고 다니며, 유튜브로 사람에게 인생의 동기도 부여해주는 동기부여 강사라고도 해."

"아. 그래요."

"그래. 그럼 틀어볼까?"

"여러분 안녕하십니까? 애국가수 동기부여 강사 정지성입니다. 지금 새벽 4시를 지나고 있는데요. 요즘 이순영 시장 사망으로 온통 언론이 떠들어대죠. 그런데 말입니다. 진짜 이순영이 사망한 게 맞다고 생각하십니까? 저는 아니라고 봅니다.

이순영의 시신을 본 사람 있습니까? 그리고 이순영 시장의 시신을 싣고 출발한 차량의 번호가 5637인데 서울대병원 영안실에 도착한 차량의 번호는 9623입니다. 이거부터가 뭔가 수상하지 않습니까?

그다음으로 며칠 만에 백골 사체로 변한 오근만도 그렇지 않습니까?

이 모든 사실의 조각을 비추어보면 이순영도 해외로 도주했을 가능성이 97% 확실합니다. 빨갱이들의 상상을 초월하는 생쇼는 살인을 자살로 만듭니다.

이 유튜브를 보시는 여러분들, 제 말을 의심하는 분도 많겠지만, 저는 확신합니다. 이순영이 진짜 사망했다면 이정현이 상주로 귀국할 것이고, 이순영의 시신이 끝까지 확인되지 않으면 결국 오근만, 주철영과 같이 외국으로 도주한 거겠죠.

고양아, 이순영은 살아있지? 그치?"

침울했던 소현의 얼굴에 화색이 돌기 시작했다. 이를 본 어르신이 말을 건넸다.

"헤헤. 사람의 표정은 거짓이 없다더니 자네 얼굴에 왠지 화색이 돌기 시작하는구먼."

"충격을 받았는데도 기분이 좋아지네요."

"당연한 거지. 사람의 감정이 얼마나 섬세한데."

"그런 것 같아요."

"나는 성격이 상당이 지나치다 싶을 정도로 긍정적이라네. 이순영 시장이 자살했다는 소식에 절대 아니라고 확신했던 사람이고, 심지어 이순영 시장 시신이 서울대병원 영안실로 들어오는 것까지 유튜브로 시청했는데, 어디에선가 5637과 9623 소리가 들리는 거야. 그래서 이거는 뭔가 수상하다고 생각했지. 그래서 혹시 살아있지는 않을까 생각한 거네. 그리고 정지성 유튜브를 보니 더 확신이 들었고, 내 추측인데, 해외로 도주했을지 알어? 혹시라도."

"저도 솔직히 이 시장 시신을 발견했다는 종로경찰서 형사과장이라는 사람의 인터뷰가 앞뒤가 맞지 않다고 생각했어요. 그리고 자살로 단정지었는데, 저는 절대 타살이라고 확신했어요. 그런데 이렇게 정지성 강사의 유튜브를 보고 나니 정말 저의 마음은 차라리 시장님께서 도주해서 살아있기라도 했으면 하는 마음이 절대적이에요. 인간의 생명은 소중하니까요."

"그래. 나도 진짜 이순영 시장 생전에 엄청나게 비판했지만, 어떻게 보면 그 양반도 정치적인 희생자야."

"저는 진짜 좌파와 우파를 떠나서 시장님 같은 사건이나 없었으면 좋겠어요."

"그래. 그래야지. 이제 시간이 많이 지났으니 슬슬 일어나서 움직여볼까?"

"네."

"아. 그리고 참, 혹시라도 모르니깐 오늘 나와의 이야기는 절대 비밀이네."

"네. 그럼요."

"진짜 하고 싶으면 향후 이 정권이나 끝나고 하시게."

"네, 명심할게요. 어르신 항상 건강하세요."

"그래. 그래도 정지성 강사의 주장이 사실인지 아닌지 모르지만 사실이길 바라는 자네의 얼굴에 화색이 돌고 희망을 가지게 되었으니 감사하구면."

"하하하."

소현의 발걸음이 시청 쪽으로 향했다. 어르신과 대화를 나누고 나니 시청이 다르게 보였다.

소현은 시청을 지나가면서 마음속으로 이런 고백을 했다.

'정지성 강사의 추측대로 이순영 시장님이 제발 해외로 도주한 것이 사실이길……'

그래서인지 집으로 돌아오는 발걸음이 가벼웠다. 소현은 느꼈다. 이렇게 희망이 얼마나 사람의 삶에 있어서 중요한지를 깨달았다. 단 1%라도 말이다.

그날도 소현은 어김없이 9시 뉴스를 틀었다. 어제와는 다르게 1%의 희망을 안고 들으니 확실히 달랐다. 아무리 충격적인 뉴스일지라도…….

뉴스 시청을 끝낸 소현은 문득 이런 생각을 했다.

'사실 일반 사람이면 오늘이 발인인데 이순영 시장님은 유명인사라 5일장이다. 그리고 시내에서 만난 그 어르신의 대화는 너무 뜻깊었다. 만약 이순영 시장이 해외로 도주했다면…… 하지만 사람의 추측은 틀릴 수도 있는데. 이 추측이 맞길 하늘에 빌어야지.'

12일 아침이 밝았다. 날씨는 장마철이라서 그런지 흐렸다.

이순영 시장 사건 이후 처음으로 맞이하는 일요일이다. 이제 이순영 시장 영결식 바로 전날이자 공식적인 마지막 조문 날인 셈이다. 서울시청광장 시민분향소는 영결식 날 밤까지 조문이 가능하다.

서울대학병원 빈소에서 마지막 날을 보내고 있는 정은은 넋두리를 늘어놓았다.

"내일이면 아빠가 발인하는 날인데 너무 허무하다."

그때 한 노인이 빈소에 들어섰다. 90이 다 된 그녀는 위안부 피해 여성의 구명을 위해 당사자로서 목소리를 내온 이병옥이었다.

"시장님! 이게 어인 일입니까? 시장님께서 저 같은 위안부 여성을 위해서 얼마나 헌신하시고 만날 때마다 따스이 손까지 잡아주셨는데 이렇게 가시다니요? 저보다 훨씬 어리신 분이 말도 안 됩니다."

이에 딸 정은이 병옥의 손을 꼭 잡았다.

"저희 아버지는 위안부 할머니뿐 아니라 서울시민 모두를 사랑하셨어요. 시민의 말이라면 항상 귀 기울이시고 들어주셨어요."

"위안부 할머니를 공관으로까지 초청한 사람은 시장님밖에 없을 겁니다."

한편 이순영의 고향 창녕에도 분향소가 세워졌다.

창녕 분향소에서 분향을 마친 한 시민은,

"이순영 시장 팬클럽 모임은 주로 부곡 온천장에서 했다마. 모임에서 만나면 안부도 물어주고 가족처럼 다정했던 분인데 이렇게 떠날 줄 몰랐다 아이가."

이에 줄곧 첫날부터 분향소를 거의 떠나지 않은 영춘은,

"부곡온천이라. 타지사람들은 부곡화와이라고 많이 알고 있지요. 80년대 후반 개장 이후로 서울에서도 수많은 관광객이 다녀가곤 했지요. 흔히 부곡화와이 물로 온천을 하면 피부가 뭔가 다르다고 할 정도로 관광객들의 칭찬이 자자했지요. 그런데 2010년대 후반부터 거의 찾는 사람이 없어서 현재는 추억의 장소가 되었지요."

라고 잠시나마 화제를 돌려서 답변하여 이순영 시장 사망 소식에 실신이라 다름없는 상태의 마음을 추스르기도 하였다.

계속해서 영춘은,

"부곡온천장에서 팬클럽 모임했을 때가 아직도 눈에 선명한데, 순영아! 너 이게 뭐하는 기고? 이렇게 많은 사람 눈에 눈물 흘리게 하고…… 진짜 말이 안 나온다."

이에 분향소에 와있던 창녕 마을 주민이 맞장구쳤다.

"그래. 맞다마. 이순영이! 당신을 이렇게 추모하는 사람이 많은데 세상을 놔버린 기가? 이라면 못쓰지 못써."

이에 영춘은,

"그라게 말입니더, 9일 날 실종 소식에도 살아 돌아올 줄 알았심더. 그란데 아이고 이게······."

그리고 분향소를 잠시 나와서 영춘은 이순영 시장 선영에 들렀다. 내일이면 순영의 유해가 매장될 산소를 준비하기 위해서다.

선영에 올라가 한창 순영의 산소 자리를 준비하던 영춘은 선영을 향하여,

"순영이 아버님 어머님. 저 순영이 죽마고우 영춘입니다. 저 아시지예? 학교 때부터 이순영 집에 가면 따스하게 맞아주셨죠. 그란데 말이죠. 지가 와 여기 왔는 줄 아십니까? 순영이 때문에 왔습니다. 영이가 내일 여기 옵니다. 왜 내일 여기 오냐고예? 아버님 어머님 놀라지 마이소. 인사드리러 오는 게 아니라, 유해로 옵니다. 그래서 지가 영이 유해 안장할 자리 준비하러 왔습니다. 저 하나 묻고 싶은 게 있다 아입니까. 순영이 나이가 저도 마찬가지지만 이게 세상을 떠날 나이입니까? 아버님 어머님 세대는 60대에 세상 떠나는 게 보통이었지만, 요즘은 80, 90세 사는 시대입니다. 그라고 말이지요, 순영이가 3선을 하고 서울시장 임기가 이제 거의 2년 남았는데 또 할 일이 얼마나 많은데 갑자기 이렇게 가다니 순영이한테 오늘따라 저도 따지고 싶네요. 아버님 어머님 내일 순영이 오거들랑 혼령이시지만, 놀라지 마시라고 내 미리 말씀 올립니더."

라고 고백한 뒤 새어 나오는 눈물을 훔쳤다.

그리고 또다시 눈에서 터져 나오는 눈물을 주체하지 못하면서 중얼거렸다.

"순영아, 니 지금은 하늘에서 듣고 있겠제. 내가 듣기로는 여비서 성추행 때문에 스스로 극단적 선택을 했다고 하는데 나는 너가 꼭 그것

때문에 유명을 달리했다고 보지는 않는데이. 만약 여비서 성추행 때문이라면 왜 잘못을 시인하고 책임을 지던가 얼마든지 좋은 방법이 있지 않겠나? 근데 극단적 선택을 와 하노? 어렸을 때 이야기하겠다만은 내가 너 집에 놀러 갈 때마다 느그 어무니 너에게 늘 우리 영이 우리 영이 하시믄서 끔찍이 사랑을 주었던 거 내 누구보다 잘 안다. 그라고 니 큰누나도 니랑 나이 차이 많이 나서 거의 자식같이 아꼈다. 이걸 생각하면은 니 그런 선택 몬 한다. 못하고말고. 와 그랬노! 와 그랬노! 와 많은 사람 가슴에 못을 박느냐 말이다."

내일 순영이 안장될 자리를 다 정돈한 영춘은 순영의 큰누나 순녀에게 다가갔다.

"내가 이란 일로 누님을 만나니 참 말이 안 나옵니더."

이에 큰누나 순녀는,

"그래, 영춘아. 나는 지금이라도 영이가 꼭 돌아올 것만 같다. 아이고 우짜노."

"누님하고 이순영 나이 차이가 20년 정도 되는데 아무리 사람이 태어나는 건 순서가 있어도 가는 건 순서가 없다지만 이건 말이 안 되제."

"니 말 다 맞다마. 그란데 와 우리 어렸을 적뿐만 아니라 영이나 니 어렸을 적에도 보통 형제가 오남매 이상은 다 되지 않나? 그게 와 그라겠노? 옛날에는 요즘과 달리 의료시설도 그렇고 약도 특별한 게 없어서 아그들이 잘 죽었지 않나? 그래서 애들을 우리 부모네들은 많이 나았제. 집집마다 어려서 죽은 형제들 의외로 적지 않다. 그래서 내 말은 그나마 우리 영이는 어려서 잃은 자식은 최소한 아니지 않나? 그갈로라도 위안을 삼아야지 별 수 있겠나?"

"저 막 순영이 부모님 선영에 가서 한참 울분을 토했심더."

"그래. 와 안 그렇겠노. 내도 지금 어떤 심정인 줄 아나? 영이 돌려노라고 하고 싶다."

"순영이가 집안의 자랑이었는데 아이고."

"니 우리 부모님 선영에 갔다왔제. 나 내 아버지 선영에 가게 되면은 이리 말할 기다. 아버님 왜 영이를 데리고 가십니까? 라고 말이다."

"요즘 젊은 사람들은 이해를 몬하겠지만, 저나 순영이 시대만 해도 많은 부모들이 아들만 귀히 여기면서 키우지 않았습니까. 순영이는 아들로서는 둘째인데도 꽤 부모님 사랑을 받았지요."

"그래, 맞다. 특히 영이는 칠남매 중 여섯째라 부모님이 늦게 난 아라 더 그랬다. 내는 수긍하면서 살았지만, 우리 집에서 대학까지 나온 아는 영이뿐이고 나머지 영이 위의 누나 네 명은 제대로 못 배웠다 아이가. 누나 네 명이 겉으로 말은 안 했어도 하고 싶은 게 와 없었겠나? 가시나로 태어난 게 어떨 때는 한스러웠을 기다. 내도 우리 세대가 나뿐만 아니라 많은 사람이 그랬다 쳐도 한이 없다고 하면 거짓말이다. 그라고 내는 그나마 맏딸이라 부모님이 흔히 살림 밑천이라고 조금은 귀하게 여기셨다. 그란데 밑에 둘째와 셋째딸은 타지에서 고생 억수로 했제. 내가 평소에 영이 영이 해서 갸만 아끼는 줄 아는데 둘째와 셋째는 내 동생 아니고 뭐이고. 표현은 몬 해도 다 애틋함은 있다 아이가."

"내 알죠 압니다. 영이도 평소에 누나들 보면서 얼마나 안쓰러워했는데요."

"그나저나 영이가 이렇게 허무하게 세상을 떠나서 화가 난다. 나 영이가 저세상에서 듣고 있다면 이렇게 말하고 싶다마. 영이야! 이 자슥아!

니가 우리 집뿐 아니라 창녕의 아들이라고도 불릴 정도로 지역의 자랑거리 아니었나? 그런데 이렇게 세상을 버리면 우짜노! 이 못난 자슥아!"

"네, 지도 눈물을 그치려 해도 어디서 이렇게 샘솟듯이 흘러나오는지 주체할 수가 없어예. "

"와 안 그렇겠노. 영춘이 너가 감성이 풍부해서 그란 게지. 괜찮다. 펑펑 울그라. 울고 싶을 때. 그래야 건강에도 좋은 기라. "

"네. 내일 순영이 유해가 서울에서 내려오면 또 울 것 같네요."

"괜찮다카이. 이때 안 울고 언제 한번 울어보겠나."

"네. 고맙습니더."

순녀 누님과 대화를 하면서도 눈물이 그칠 줄 몰랐던 영춘은 겨우 자리를 일어나서 자신의 집으로 갈 채비를 했다.

자택에 들어온 영춘은 아내에게,

"내 아직도 어안이 벙벙하고 눈물이 나온다."

"당연 그랄 테지. 안 그란 게 이상하지. 실컷 울어라. 괘안타마."

"정말 내일 순영이 유해가 동장가마을에 온다 카니 내가 어떻게 될지 모르겠다마."

"그래도 마음 추스르고 꿋꿋하고 죽마고우답게 하라마. 서울에서도 많이 올 텐데."

"그래. 그래야지. 이제껏 이순영이는 웃는 모습으로 창녕에 왔는데 내일은 유해라니 아직도 믿기지가 않아. 나 꿈을 꾸고 있는 게 아닌가 싶어. 내일 왠지 순영이가 웃으면서 올 것 같구마."

"왜 안 그렇겠어. 사람이란 게 영혼이 있으니 시장님도 저세상에서 당신을 보고 있을 기다."

"진짜 저세상에서라도 들었으면 얼마나 좋겠어."

"오늘 푹 쉬고 내일 시장님 유해 따듯하게 맞이하소."

"그래. 휴."

일요일, 여느 때와 같이 교회 갈 준비를 마치고 집에서 나온 소현은 지하철을 탔다. 일요일이라서 그런지 자리가 여유로운 편이었다. 바로 지난주 일요일이나 이번 일요일이나 지하철 타는 것은 같다. 그러나 소현의 마음 상태는 확연히 달랐다. 오늘만큼은 왠지 다른 마음이 들었다. 그럼에도 소현은 어제 시내에서 노인과 유튜브를 보며 희망의 대화를 나눈 것을 상기해가면서 1%의 소망을 가진 것만으로도 만족했다.

1%의 소망을 가진 채로 지하철 의자에 앉아있던 중 건너편 좌석에서 20대 후반으로 보이는 한 남자가 들고 있던 커피를 쏟았다.

"아 씨, 다 흘렸네. 휴지 없는데……."

이를 본 소현은 남자에게 휴지를 건넸다.

"저기요, 저에게 휴지가 많이 있거든요. 제가 치우는 데 넉넉하게 드릴 테니 일단 손부터 닦으세요."

"아, 고맙습니다."

남성은 인사한 후 소현에게서 받은 휴지로 의자와 바닥에 쏟아진 커피를 닦아냈다.

'그래도 양심은 있는 사람이네. 술 취하고 토해도 그냥 내버려 두고 가서 다른 승객들이 불쾌감을 느끼게 하는 사람도 많이 봤는데, 이 청년은 공공 예의는 있네. 그래서 내가 휴지를 건넨 거다. 일면식도 없는 사람이지만, 사람의 말에도 아와 어가 다르듯이 실수를 해도 뒤처리를

어떻게 하느냐에 따라서 180도 다르게 보일 수 있다.'

청년을 흐뭇하게 바라보던 소현이 물티슈도 꺼냈다.

"여기 물티슈도 있으니 마무리하세요. 손도 닦으시고요."

"와, 진짜 고맙습니다."

사실 소현은 이날만 특별히 물티슈와 휴지를 휴대한 게 아니다. 깔끔한 성격의 소현은 평소에도 외출할 때면 손가방에 다른 건 몰라도 물티슈와 휴지는 우선순위로 챙긴다. 그래서 이 날도 당연히 소현의 손가방에 있어서 청년에게 물티슈와 휴지를 건넨 것이다.

그런데 진짜 소현이 갑자기 이러한 선행을 자진해서 하였을까? 그것도 마음이 어수선한 상태에서 말이다.

물론 소현의 학교 때 전공의 영향일 수도 있다. 그녀는 사회복지학을 공부해서 이미 사회복지사 1급 자격증이 있는 상태다. 사회복지란 이 사회에 곤경에 처한 사람들을 위한 학문이기도 하니깐 말이다. 하지만, 꼭 전공 때문만은 아니다.

이때 소현의 머릿속에 무언가가 갑자기 떠올랐다.

'이 지구상에 무엇보다 사람처럼 마음속을 헤아리기 힘든 존재도 없다. 오죽하면 흔히 하는 말로 열 길 물속은 알아도 한 길 사람 속은 모른다고 하였을까. 그리고 사람같이 약한 존재 없고 사람같이 강한 존재 없다. 그렇다, 내가 안 좋은 일로 엄청 마음이 상해있다면 선행도 좀처럼 하기 힘들었을 것이다. 그런데 내 마음속에는 혹시나 이순영 시장님이 정지성 씨의 유튜브에서 본 대로 어디에선가 살아 계신다는 희망을 1%라도 가지고 있으니 20대 청년에 대한 선행도 그런 마음 상태에서 나온 것이다. 희망이라는 단어가 정말 사람을 엄청난 절망 가운데서

도 일어나게 하는 원동력이 어마어마하다.'

어느덧 지하철은 목적지에 도착해서 소현은 평상시 일요일대로 교회에서 예배를 드렸다. 예배를 파한 후 소현은 왠지 시청 앞 서울광장 이순영 시장 분향소에 가고 싶은 마음이 들어서 시청을 가는 버스를 탔다. 드디어 서울광장 분향소에 도착한 소현은 그래도 이순영 시장 분향을 하려고 줄을 섰는데 다리가 갑자기 아프기 시작했다. 그녀의 차례가 오기까지는 한참 기다려야 했다. 결국, 소현은 분향을 포기했다. 그리고 이렇게 소리치고 싶었다.

'이렇게 의문이 많은 상태로 내일 영결식을 치를 수는 없다. 그리고 와룡공원에서 이순영 시장님 시신을 서울대학병원 영안실로 이송하는 과정에서부터 의문투성이인데 분향소를 서울광장에 설치하는 게 말이 되느냐! 당장 무효다!'

정말 소현의 목구멍까지 분노가 치밀었다.

간신히 마음의 분노를 가다듬은 소현은 지하철을 타고 집으로 왔다. 그리고 그 날밤 소현은 어머니에게 의문의 질문을 하면서 대화를 이어나가기 시작했다.

"엄마가 보기에는 이순영 시장님 여비서가 고소한 것 때문에 스스로 목숨을 끊었다고 생각해?"

"글쎄, 뭐 언론에서 그렇다고 하니깐 믿는 수밖에."

"난 절대 아니라고 생각해. 예전에 국정희 도지사가 여비서 성폭행했는데 감옥에는 갔어도 자살은 안 했잖아. 그리고 얼마 전에 자진사퇴한 안병찬 부산시장도 자살까지는 안 했잖아. 이순영 시장이 정말 여비서가 성추행 때문에 고소했다면 안병찬 시장같이 차라리 시장사퇴 기자회견을 하지 않았을까?"

"네가 그렇게 말하니깐 일리가 있네."

"나는 분명히 정치적으로 이순영 시장에게 안 좋은 무언가 있을 거라고 생각해. 그래서 여비서 성추행 고소 건을 핑곗거리로 삼은 거는 아닐까 하는 생각도 들어."

"음."

"나나 우리 식구 다 선거 때 이순영 시장님한테 표를 준 적이 없는데 막상 이렇게 의문의 사건이 생기고 나니 안쓰러운 생각이 들어."

"음."

"이순영 시장 정말로 자살은 아니라고 생각해."

"근데 난 유족이 이해가 안 가. 자기 아버지고 남편인데 부검을 왜 하지도 않고 장례를 치르는지 몰라. 만약 나 같았으면 며칠 단식을 해서라도 장례를 이대로 치르지 못하게 했을 거야."

"아휴, 그렇지. 나 엄마 성격 알잖아. 엄마가 초등학교 1학년 때 할아버지가 회사 일로 부산에 가서 살 때 학교를 그 지역에서 다녔는데 맨날 부산 아이들이 서울내기 다마네기라고 놀리는 것까지는 참았다고. 그런데 어느 날 어떤 여자애가 엄마를 깔고 뭉개서 엄마가 그 계집애 머리채를 꼭 쥐어 잡고 흔들어서 결국에는 그 애가 울면서 일어났다며. 그 기질이 어디 가겠어."

그리고 소현은 예전에 할머니가 돌아가셨을 때를 상기했다.

"부검 이야기가 나와서 말인데 6년 전에 할머니 돌아가신 날 생각이나. 그때 집 근처에 있는 요양원에서 할머니가 아침에 기척이 없고 몸을 흔들어도 아무 반응이 없어서 돌아가셨다고 새벽에 연락이 오자마자 엄마가 부리나케 달려갔던 생각이 나. 그래서 할머니의 귀에 마지막으로 그동안 고마웠다고 말했었잖아."

"그래. 요양원 관계자들은 아무래도 돌아가신 분을 많이 상대하다 보니 나에게 이러한 말을 하더라고. '하고 싶은 말씀 있으시면 다 하세요. 저희가 임종도 경험해보아서 아는데 청각이 가장 늦게 소멸된답니다.' 이 말을 듣자마자 얼른 '엄마 그동안 고마웠다'라고 속삭였지."

어머니는 또 계속해서 말을 이어나갔다.

"그리고 요양원에서 아산병원에 연락해서 할머니 시신을 모셔가도록 했더니 병원관계자들이 금방 와서 모시고 갔었어."

"아."

"15분 후에 아산병원에 도착했는데 곧장 영안실로 가는 게 아니라 검안 의사를 거쳐야 해. 먼저 신체의 반응을 살피고 각종 검사를 한 뒤에 검안 의사가 사망하셨다고 판정을 내려야 영안실로 가게 되어있어."

"그렇지."

"시신 신고 왔다고 무조건 영안실로 가는 줄 알아? 천만에. 사람의 생사인데 무작위로 하겠어? 인간 그 자체로서의 존엄이 있는데."

"그런데 이순영 시장은 서울대학병원으로 시신을 싣고 온 차 번호가 다르니까 이순영 시장 시신을 본 검안 의사에게 기자가 질문했는데 냉정하게 모른다고 딱 잘라서 말했대. 우리 할머니 같은 일반인의 사망도 절차를 거치는데 하물며 천만 서울시의 시장을 9년 정도 한 사람을 그렇게 우습게 할 수 있어? 더구나 부검도 안 하고 자살로 단정하고 곧바로 장례를 치르게 하고……. 이거 완전 막말로 개죽음이고 정치적 희생물이야."

소현의 어머니가 화제를 돌렸다.

"너 솔직히 말해봐. 이순영 시장 좀 좋아했지?"

"이념은 다르지만 인간적으로는 좀 좋아했어."

"음."

"혹시, 도망간 거 아닐까?"

"글쎄, 그럼 시신은?"

"사실 시신은 마음만 먹으면 언제든지 구할 수 있어."

소현은 이때 분위기를 누그러뜨리려고 이런 말도 건넸다.

"지금 내 심정이 어떨 거 같아? 난 이순영 시장이 자살이 아닌 타살이라고 의혹이 밝혀지길 바라게, 아니면 어디라도 도망가서라도 살아있길 바라게?"

"너야 어디를 가서라도 살아있길 바라겠지."

"그거야, 진짜."

이렇게 마음속에 희망을 가진 채로 대화를 끝낸 소현은 그날도 어김없이 9시 뉴스를 틀었다.

'오늘도 역시 이순영 시장 장례식에 관한 내용이겠지. 정말 몹쓸 놈의 정부 같으니라고……'

뉴스 시청을 다 본 소현은 마음속으로 이렇게 외쳤다.

'일개 시민의 죽음도 부검을 안 하는 경우는 없다. 하물며 시장의 죽음을 이렇게 할 수 있는가! 말도 안 된다.'

분노한 마음을 가라앉히고자 소현은 물을 한 컵 마시고 회상의 시간을 가졌다.

자신의 방에 드러누운 채로 소현은 예전에 부검을 통해 진실이 밝혀진 사건 두 가지를 떠올렸다.

첫 번째는 1987년 1월 14일 서울대학생 박종철 군 고문치사사건이다.

이때 소현은 초등학생이다. 초등학생이면 집에서 어른들이 보고 이야기해주는 정도로만 이해할 수 있는 수준이다.

> 박종철은 1월 14일 아침 8시 10분경에 관악구 신림동 하숙방에서 연행되어 9시 16분경 아침 식사로 나온 밥과 콩나물국을 조금 먹다가 입맛이 없다면서 냉수를 몇 잔 마신 뒤, 10시 15분경부터 박종운 소재에 대하여 심문 도중에 수사관이 책상을 치자 박종철이 "억" 소리를 지르며 쓰러져 병원으로 후송되었으나, 정오 즈음에 사망했다고 한 것이다. 이어 강민창은 "내가 아는 한 가혹행위는 없었다"며 "먼저 가족들에게 경찰이 결백하다는 걸 납득시키고 부검 결과가 나오면 나중에 떳떳이 전모를 밝히겠다"고 하여 "박 군을 처음 본 중앙대 부속병원 의사(오연상을 지칭)가 박 군이 쇼크사로 숨진 사실을 확인했다"고 밝혔다.

이 기사를 접한 소현의 어머니가 분통에 차 소리쳤다.

"대학생 정도의 체구가 책상 치는 소리에 죽겠어? 무언가 의심의 소지가 있을 거야. 아깝다. 그 집 부모는 아들이 서울대를 입학했을 때 얼마나 기뻐했을까. 그런데 이렇게 허무하게 보내니 그 심정 이루 말할 수 없을 거야"

이에 어린 소현이 물었다.

"서울대학교가 우리나라에서 제일 좋은 학교야?"

"응, 너는 아직 국민학생이라 잘 모르지만"

"대학생 오빠가 죽어서 너무 안됐다. 원래 할머니 할아버지 돼서야
죽는 건데."

그리고 다음 날부터 박종철 군 사건에 대한 진실이 밝혀지기 시작했
다.

15일부터 밤 9시 5분부터 사건을 담당한 서울지검 공안부 부장검사
최환, 형사부 검사 안상수 등의 지휘하에 부검의 황적준이 부검을 한
끝에 박종철이 고문으로 인해 사망했다는 것이 밝혀지게 된다. 이후 다
음 날 강민창은 위와 동일한 기자회견에서 "부검 결과 사체 외표검사에
서 박종철의 왼쪽 무릎에 0.6cm의 찰과상이 있었고, 오른손 엄지, 검
지 사이에 손등 쪽에 작은 멍이 있었고, 내시경 검사 결과 오른쪽 폐에
탁구공만 한 출혈반이 발견되었다"고 밝혔다.

그러나 강민창은 "황적준이 '출혈반이 생기는 원인은 여러 가지가 있
으나 전기 충격요법 및 인공호흡을 해도 생길 수 있으며, 특별한 치명상
은 발견이 안 되었지만 목과 가슴 부위에 피멍이 있었다'고 말했다"면서
"부검 결과가 나오는 즉시 수사관들을 조사해 잘못이 드러날 시 엄중
처리하겠다"고 밝혔으나, 고문 사실은 부인하였다.

그러나 위와 같은 발표는 중앙대 부속 용산병원 내과 의사 오연상에
의해 거짓으로 밝혀졌다. 그의 발표에 따르면, 박종철은 병원에 옮기던
때에 사망한 게 아니라 사건 당일인 14일 오전 11시 45분경에 이송 당
시 사망한 상태였으며, 자신이 도착했을 때 박종철의 복부는 부푼 상
태였고 청진기 진단 결과 복부에서 '꼬르륵' 하는 물소리가 났는데, 쇼
크사는 심장마비 뒤에 호흡곤란이 생기므로 쇼크사는 아닌 것으로 판

단했다. 또 그는 자신이 도착할 적 조사실 바닥에 물기가 있었고, 자신은 진료가 아닌 사체 검안서를 썼다고 밝혔다.

이게 어떻게 알려졌는가 하면, 신성호 기자가 취잿거리를 찾기 위해 검사실을 돌아다니다가 어떤 검찰청 직원이 "경찰들 큰일이야"라고 운을 뗐고 사건의 냄새를 직감한 기자가 그 사건에 대해 이미 알고 있는 척 말에 맞장구를 쳐서 내용을 빼냈다고 한다.

결국, 예상대로 박종철 군이 고문으로 사망했다고 판정이 난 기사를 본 소현의 집안 식구들은,

"앞으로 이 나라의 인재가 될 수도 있는 사람인데 안타깝지. 옛날하고는 확실히 국민들 의식이 깨어있는 정도가 달라."

라고 아쉬움에 혀를 찼다.

두 번째로는 100억대 자산을 노린 박한상 존속 살인사건이다.

1994년 5월 19일. 이때 소현은 고등학교 1학년 학생이었다. 이날 고등학생의 일상이 늘 그렇듯이 학교 수업을 마치고 과외공부를 끝내고 잠시 머리를 식히고자 뉴스를 틀었다. 삼성동 고급 주택가에서 방화사건이 일어났다는 소식이었다.

뉴스를 본 소현은 보도 중 곳곳에 나오는 불에 탄 집을 보면서 섬뜩하면서도 끔찍한 살인이라는 생각이 들었다.

소현이 어머니에게 뉴스에 관해 일렀다.

"한약상 하는 집인데 대단히 많은 재산을 모았나 봐."

이에 약사인 소현의 어머니는,

"한약상 하는 사람이라고 다 부자는 아냐. 그래도 저 집은 상당히 성

공한 집이야."

"음. 근데 사람이 죽었으니 무슨 쓸모가 있겠어."

다음 날, 소현은 등교하자마자 왠지 몸이 이상이 있다고 느꼈다. 자꾸 배가 아팠다. 결국 참다못한 소현은 양호실을 찾았다.

"소현아. 내가 보기에 체한 것은 아닌 것 같은데 혹시 배가 아픈 게 오래되었니?

"네, 자꾸 오른쪽 아래 부위가 아파요."

"아. 그러면 학교 끝나고 병원에 가서 엑스레이 검사받아봐. 내 생각에는 맹장 쪽인 것 같아. 내가 왜 이렇게 짐작을 하냐면 주위에 너랑 같은 부위가 아파서 계속 참고 미루다가 결국 복막염까지 가서 굉장히 고생한 사람이 있거든. 그러니깐 검사해봐."

"네. 고맙습니다."

학교를 파하고 집으로 돌아온 소현은 할머니에게 부탁했다.

"할머니, 나랑 같이 병원에 가줄래?"

"물론이지. 왜 어디가 이상 있는데?"

"자꾸 오른쪽 아래가 아파."

"그래? 그럼 가서 진찰이나 받아보자."

할머니와 병원에 가서 엑스레이 검사를 받은 소현은 맹장 수술 권유를 받았다.

"맹장에 이상이 있습니다. 수술하셔야 합니다. 소현 학생, 담임선생님께 알리세요."

그다음 날 소현은 담임선생님께,

"선생님. 저 수술해야 한대요. 학교 결석해야겠어요."

이에 선생님은,

"그래, 소현아. 맹장 수술하는 게 차라리 향후를 위해서 좋아. 그나마 긍정적으로 생각해. 1학년이기에 망정이지 3학년이면 얼마나 심적으로 부담이 클 뻔했어."

그리고 5월 25일 소현은 병원에 가서 맹장 수술을 예약했다.

"소현 학생, 잘 생각했어. 너무 겁먹지 말어. 그나마 1학년이니깐 다행이다. 학업은 잠시 쉬고 수술 하루 전까지 집에서 먹고 싶은 거 마음껏 먹어."

이렇게 의사로부터 안심의 말을 들은 소현은 집에 와서 숙제만 끝내고 뉴스를 시청했다. 그날 뉴스부터 소현은 무언가 심상치 않음을 직감했다.

5월 26일, 할머니가 호들갑을 떨며 학교를 파하고 온 소현을 맞이했다.

"소현아. 세상에 천인공노할 일이 벌어졌지 뭐니! 한약상 부부 살해사건의 범인이 큰아들이란다."

"정말?"

"그래. 아들, 아들 할 필요 없어."

그리고 소현은 의사의 조언대로 맛있는 과일을 먹고 휴식을 취하다가 9시 뉴스를 틀었다.

뉴스 시청을 끝내고 충격에 빠진 소현은 할머니에게,

"시신에서 피가 흐르고 있었다는 게 이상했어. 화재로 죽은 사람의 몸에서 왜 피가 흘러? 아무튼 부검이 효자네."

"그러게. 그나저나 이를 어쩐다."

그 후 소현은 맹장 수술을 받았다. 수술이 끝난 직후 의식을 회복한 소현은 수술 부위를 칼로 찌르는 것 같은 고통을 느꼈다. 소현은 엉뚱하게도,

'몇 센치 쨌 것도 죽을 것같이 아픈데 박한상 부모는 수십 방을 찔렸다니 그 고통이 오죽했을까! 나는 아무것도 아니다.'

라고 생각하면서 참고 견디었다.

진통 주사를 맞고 다음 날을 맞이한 소현은 수술 소식에 반 친구들이 너나없이 병문안을 와서 재미있게 이야기해서인지 잠시 통증을 잊었다. 담임선생님까지 선물을 사 들고 병문안을 오셨다. 또 친지와 부모님 지인들까지 병문안을 왔다. 손님들은 하나같이 박한상 사건을 많이 이야기했다. 그만큼 충격이 큰 사건이었으리라.

소현은 마음속으로,

'이 두 가지 사망 사건의 공통점은 부검이 아니었다면 영원한 미제로까지도 남을 수 있었다는 거다. 그리고 한 사건은 대학생이고, 한 사건은 100억 자산가이지만, 평범한 40대 부부다. 일반 시민의 죽음도 이렇게 부검은 물론 철저하게 진상 규명을 하거늘 공인이라고도 칭할 수 있는 서울시장의 죽음을 부검은 고사하고 철저한 진상 규명도 없이 화장시켜서 고향에 안장한다는 것은 도저히 이해할 수 없다.'

라고 외치면서 잠들었다.

2020년 7월 13일

 드디어 이순영 시장이 1970년 혈혈단신으로 완행열차 타고 서울에 온 지 딱 50년 만에 고향 창녕으로 영원한 안식을 위하여 떠날 시간의 날이 밝았다.

 그날은 아침부터 비가 내렸다.

 서울대학병원 이순영 시장 빈소에서 영정을 정현이 들고 나오면서 영결식장에서 불교식으로 발인식을 거행한다.

 발인식을 마치자 한 스님이,

 "이순영 시장님 극락왕생하소서."

 라고 마지막 인사를 한다.

 그리고 이순영 시장의 관이 영구차에 실리고 시청으로 향한다.

 드디어 도착한 서울광장, 운구차는 9년 가까이 출퇴근을 한 정든 일터 시청사를 한 바퀴 돈 뒤 멈춰 선다.

 서울대학병원에서 발인을 마친 운구 차량이 빗줄기를 맞으며 시청 앞 광장에 들어서자 시민들이 너나 할 것 없이 에워싸며,

 "시장님, 시장님. 흑흑."

 "나쁜 놈들 없는 좋은 곳으로 가세요."

"시장님 사랑합니다."

등등 애도를 표했다.

'서울시장 시민 이순영'이라고 적힌 위패와 영정이 들려진 채로 시민분향소 앞을 지나 시청 정문으로 들어간다.

이순영 시장의 영정과 위패가 들어서자 시청직원은 고개를 숙인 채 흐느꼈다.

"시장님! 시장님!"

그리고 소통의 장소라며 시민들과 만났던 다목적홀에 영정이 도착하면서 영결식은 시작된다.

영결식장에서 딸 정은은 유족대표로 인사를 한다.

"평범한 작업복을 입은 시민들의 끝없는 진심 어린 조문에 누구보다 기뻐하는 아버지가 이렇게 부르는 거 같았습니다. '오세요, 시민 여러분, 나에게는 시민이 최고의 시장입니다.'"

영결식을 마친 후 순영의 위패가 시청 홀 밖으로 나가자 시민들이 기다렸다는 듯이 그의 마지막 가는 길을 지켜보면서 흐느낀다.

심지어 누군가는 운구차에까지 다가가서 절을 하기도 한다.

이때 스마트폰으로 영결식을 지켜보았던 소현의 마음속에는 이순영 시장을 죽음의 의혹이 풀리기 전까지는 떠나보낼 수 없다고 굳게 다진다.

또, 시청 앞 서울광장 분향소에 시민들이 분향을 계속하는 장면이 소현의 눈에 들어왔다.

소현은 당장이라도 한걸음에 시청까지 달려가 영결식장 앞에서 이렇게 소리치고 싶었다.

"부검도 안 하고 사인조차 불분명한 장례 있을 수 없다! 무효다!"

이렇게 마음속에서 분노가 일어난 소현은 이를 풀고자 지인에게 전화를 걸었다. 그 지인은 80세의 교회 장로이다.

"여보세요, 장로님?"

"어 소현이니. 어쩐 일이야? 아침부터 전화를 다 하고."

"너무 분이 나서 연락드렸어요."

"아니 뭐 때문에?"

"오늘 이순영 시장님이 서울에서의 마지막 일정을 보내고 창녕으로 내려가는 발인 날이잖아요. 그래서 아침에 시청 다목적홀에서 영결식을 거행했어요."

"그래. 나도 그건 알아. 유튜브로 봤어. 근데 무슨 일로 소현이 분노한 거야?"

"장로님은 워낙에 우파시잖아요. 하지만 인정은 많으셔서 개인적으로 이순영 시장님 사건 보고 안쓰러워했잖아요."

"그래. 이념에는 좌와 우가 있지만, 사람 자체로는 다 귀한 존재지."

"네 맞아요. 그런데 이순영 시장님을 부검도 안 한 채로 영결식 치르고 추모공원에서 화장하고 고향 창녕에 안장되잖아요. 만약 제가 이순영 시장님 가족이었다면 끝까지 부검 없는 장례는 절대 있을 수 없다고 항의하면서 있는 힘을 다해 버텼을 거예요."

"그래. 네 말이 백번 맞아. 그런데 내 추측으로는 둘 중 하나야. 이순영 시장 유가족에게 정부의 압력이 있었거나 그게 아니면……."

"그게 아니면이라니요?"

"왜, 소문에 의하면 이순영 시장이 그렇게 부부관계가 좋지 않다고 하더라. 그래서인지도……."

"에이, 아무리 사이가 좋지 않았어도 남편이고 아버지잖아요."

"그건 맞지. 하지만 내 생각에는 정부의 압력이라는 쪽에 더 비중을 둬."

"정부의 압력이라고요? 서울시장 정도면 진짜 한국의 심장부 대표이고 나라 전체를 놓고 보아도 주요 인물인데 정부에서 그렇게 우습게 대할 수 있나요?"

"우습게 대하는 게 아니라 이순영 시장을 견제했다고 생각해 나는. 왜냐면 이 양반이 차기 대권후보로 많은 여론이나 대중들 입소문에서 거론이 되었거든. 그런데 그 점이 정부의 눈에 거슬릴 수도 있을 거야. 그래서 그렇게 쉬쉬하는 거라고 생각이 들어."

"그분이 대통령이 되면은 큰일 나는 게 있나요?"

"큰일 나는 게 아니라 아마 속된말로 지네들이 감추고 싶은 무언가가 있을 거야."

"휴. 그러면 이순영 시장님이 희생타네요."

"그렇다고도 봐야지."

"정치라는 그 세계가 정말로 냉혹하기가 그지없네요."

"당연하지. 일단 정치인이 되려면 어느 분야에서 두각을 나타내는 게 우선순위야. 예를 들어 직업이 교수라고 하자. 교수로서 명성을 얻었거나 변호사면은 예전에 신주혁이처럼 인권변호사로서의 명성이 있다거나, 그래서 다 자신의 분야에서는 알아주던 사람들이 경쟁을 통해서 입성했으니 치열할 수밖에."

"아, 저도 그건 느끼겠어요. 흔히 정치인을 개인적으로 만나신 분들이 하나같이 하시는 말씀이 일대일로 만나면 진짜 좋으시대요."

"당연하지. 그 자리까지 오기까지 얼마나 많은 노력과 사람들과의 관계에서도 숱한 애로사항을 경험했겠어."

"아무튼 이순영 시장님과 저는 일면식도 없는 사이지만, 막상 이런 일이 터지고 보니 충격이 아직도 가시질 않네요."

"소현아, 오늘은 이순영 시장님 마지막 길인데 다시는 이렇게 시민을 의문케 하는 사건이 없기를 기도하면서 명복을 빌려무나."

"네, 그러죠."

"그렇게 했는데도 정 마음속에서 슬픔과 분노가 가시질 않는다면 오늘은 비도 오니깐 시내 서점에서 만날까?"

"네, 그러죠. 장소가 시내 서점이 아니더라도 괜찮아요."

"그럼. 그러지."

소현은 통화를 마치고 유튜브에 들어갔다가 우연히 부모연대 김영희 방송을 보게 되었다. 덕수궁 대한문 앞에서 시위하는 모습을 보니 기분이 썩 좋지가 않았다.

부모연대 회원들의 시위 주제는 이순영 시장 성추행이었다.

그들이 든 피켓에는,

성폭행범 이순영 우상화 말도 안 된다!
만져시민당!

등등이 쓰여 있었다.

부모연대 사무총장과 김영희 대표가 선두에서 이순영 시장을 향한 분노를 외쳤다.

"시장이란 사람이 자기 딸 같은 비서에게 4년 동안이나 성추행을 했다니 이런 파렴치한 인간에게 서울특별시장 장례라니 말이 됩니까?"

"만져시민당 용서할 수 없습니다. 시장침실로 유인해서 온갖 추행을 한 것도 모자라 밤에도 전화를 해대고! 이제 내년 서울시장 선거에는 민주당에 표를 줘선 안 됩니다!"

"성추행범 이순영은 이제 화장터로 갔습니다. 그런데 이순영이가 정말로 죽었는지 알 수 없습니다. 시체 공개하라!"

이를 시청한 소현은 이순영 성추행 사건으로 시위한 부모연대 회원들에게 이와 같은 편지를 쓰고 싶었다.

시위는 민주주의 국가라면 당연한 권리지만, 7월 13일 오늘은 이순영 시장의 발인 날입니다. 아무리 이순영 시장이 여비서를 성추행한 것이 잘못되었다 할지라도 꼭 오늘만 날입니까? 내일도 날이지 않습니까? 싫든 좋든 서울시의 수장을 9년 동안 지내시지 않았습니까? 그리고 항상 문제는 한 사람의 말만 듣고 섣불리 판단하는 것은 성급하다고 봅니다. 항상 쌍방의 말을 듣고 판단해야 한다고 저는 생각합니다. 정말 이순영 시장이 여비서를 성추행했다는 명백한 증거가 나왔을 때 그때 이순영 시장에 대하여 비난을 퍼부어도 된다고 저는 생각합니다. 참고로 저는 이순영 시장이 3선 서울시장 선거를 치를 때 단 한 번도 표를 준 적이 없는 사람입니다. 심지어 반대파에 가까웠지만, 기본적인 사람으로서 갖추어야 할 예의는 지켜야 한다고 봅니다.

또, 이순영과 같은 고향 사람이자 유명 정치인 심성학은,

"피해자가 한 명만이 아니라는 소문도 무성하고 심지어 채홍사 역할
을 한 사람도 있었다는 말이 떠돌고 있습니다. 이런 말들을 잠재우기
위해서라도 검·경은 더욱더 수사를 철저히 하고 야당은 팀이라도 구성
해서 진상 규명에 적극적으로 나서십시오."

라고 했다.

그리고 한 시민단체에서는 심지어,

"채홍사 전재현은 시장권한대행 맡을 자격이 없습니다. 즉각 사퇴해
야 합니다."

라며 시장권한대행에게까지 책임을 물었다.

연합일보에도 이 시장을 비판하는 논조의 기사가 올라왔다.

[고(故) 이순영 서울시장 유고로 시장권한대행을 맡은 전재현 서울시 행
정1부시장이 이번 일과 관련된 책임에서 자유롭지 못하다는 지적이 나
오고 있다. 이순영 시장을 성추행 혐의로 고소한 A씨는 전 부시장이 이
순영 시장 비서실장으로 있을 때 외부기관에 있다 서울시장 비서로 채
용된 것으로 나타났고 고소인 측은 비서 근무 이후 성추행이 지속됐다
고 주장하고 있어서다.

연합일보가 입수한 서울시장 비서실 근무 현황 자료 등을 종합하면, A
씨는 2015년부터 4년 동안 시장 비서실에서 근무한 것으로 파악된다.
전 부시장이 이순영 시장 비서실장으로 일한 시기와 1년 정도 겹친다.

전 부시장은 당시 비서실장으로서 A씨를 시장 비서실에 채용한 해당 부서 책임자다. 채용 당시 상황을 잘 알 수밖에 없는 위치다.

전 부시장이 이번 사태 책임에서 자유로울 수 없다는 지적은 전 부시장이 비서실장으로 근무하는 동안에도 성추행이 벌어졌을 가능성이 높다는 점에서도 제기된다.]

전재현 부시장에게도 이순영 시장 성추행 사건의 책임을 지우고 심지어 '채홍사'라는 비난까지 하는 사람들을 보며 소현은 비난도 상황에 맞게 해야지 시기가 아니라고 생각했다.

또, 갑작스럽게 시장권한대행이 된 전재현 부시장에 대해서는 너무 어깨가 무겁겠다며 안쓰러운 마음까지 들었다.

이에 대해서 소현은 전재현 부시장에게도 책임의 추궁을 돌리는 사람들에게 이러한 당부의 편지를 전하고 싶었다.

대한민국은 이제 세계에서 10위권의 경쟁력을 갖춘 국가입니다. 그리고 시민의식도 외국인들이 방문 시에 좋은 인상을 가지고 갈 정도로 세계 어느 나라에 뒤지지 않습니다. 그런데 대한민국의 시민은 이 점에서는 부족하다고 생각합니다. 바로 '아량'입니다. 예부터 사람이 든 자리는 몰라도 난 자리는 표가 난다는 말이 있듯이 정말로 서울시장의 유고가 저는 한 사람의 서울시민으로서 아버지의 부재를 느꼈습니다. 그리고 실수가 없는 사람은 한 사람도 없듯이 전재현 행정1부시장이 예전에 문제의 여비서를 추천한 실수를 하였다 하더라도 현재 서울시장 권한대행입니다. 한 가정에 비유하자면 아버지의 갑작스러운 부재로 어머니가 아버지의 역할까지 소화해야 하는 상황이 닥친 것입니다. 그러면 이 가정의 자녀들은 갑작스럽게 아버지의 역할까지 소화하는 어머니에게 예전에 어머니의 실수로 아버지가 문제를 일으켰다는 비난을 하는 것이 자녀로서의 태도입니까? 아니라고 저는 생각합니다. 이 가정의 자녀는 어머니에게 응원의 소리를 하는 것이 성숙한 자녀의 태도라고 생각합니다. 현재 서울시는 이 가정의 처지입니다. 갑작스럽게 시장의 유고로 막중한 시장의 업무를 떠맡으신 전재현 행정1부시장에게 서울시민들은 응원의 메시지를 보내야 한다고 저는 생각합니다. 그리고 현 상황에서 전재현 행정1부시장을 향하여 채홍사라는 비난을 하면서 고소까지 하는 어느 사회단체의 모습은 미성숙한 시민의식이라고 생각합니다. 마지막으로 저는 서울시는 이러한 상황을 지혜롭게 극복한다면 향후 세계 최일류 도시로 도약하게 될 것을 믿는 바입니다.

이렇게 자신의 의견을 토로하고픈 소현은 이순영 시장에 대해서는 저녁에 장로님하고 이야기를 더 하리라 계획을 세우고 일단 일상으로 돌아왔다.

한편 창녕에서는 서울추모공원에서 화장을 마치고 이순영의 유해를 맞을 준비를 하기 위해서 친지와 고향마을 사람들과 지인들까지 속속들이 동장가마을에 모여들고 있었다.
그리고 추모의 현수막이 곳곳에 걸렸다.

삼가 고인의 명복을 빕니다.

이순영 씨와 술술 잘 풀리는 대한민국
영원한 서울시장 당신을 기억합니다

이순영 시장의 먼 친척은 가슴을 치며 통곡했다.

"순영이가 공부도 수재 소리를 들을 정도로 잘하고 경기고등학교 합격했을 때와 사법시험 합격했을 때 마을 사람들이 창녕에서 인물 났다고 내 일같이 기뻐했는데 마무리를 잘 했어야제. 이기 뭐꼬."

이순영 시장 생가에 영정 사진과 함께 제사상을 준비하던 한 60대 여성이 탄식했다.

"시장님. 이왕 창녕에 오시려면 대통령은 못 되어도 대선후보라도 되어서 오시었으면 얼마나 기쁜기여. 그란데 이건 아니지 않나요?"

이에 생가에서 기다리던 한 어르신이 맞장구를 쳤다.

"그라게 말이제. 대통령이 되어서 이리 만나면 을매나 좋았겠노."

이렇게 아쉬운 대화가 오가는 도중에 드디어 이순영의 유골함을 실은 운구차가 오후 5시 20분께 마을과 생가 주변에 도착했다.

그리고 장례위원회는 미리 이순영의 유가족과 친지 외에는 생가 출입을 통제하기로 의견을 모았다.

운구차가 생가로 들어서자 모여있던 친지들과 지지자들이 다가갔다. 한 여성이 울부짖었다.

"아이고 시장님 이렇게 오시면 어떡합니까? 흑흑."

다른 한 지지자는 출입을 통제하자 생가 앞에 서서 울먹였다.

"왜 우리 국민들 놔두고 가십니까!"

곧 엄숙한 분위기 속에서 유가족과 친지 등이 보는 가운데 제사가 진행되었다.

이때 이순영 시장의 유가족 일부가 "이순영! 이순영!" 이름을 부르며 오열했다. 추모객들도 눈물을 흘렸다.

이렇게 탄식과 아쉬움을 뒤로한 채 이순영 시장의 유족과 친인척, 지인등은 생가에서 인사를 올렸다.

"이순영 시장님! 이렇게 생을 마무리하신 게 너무나 마음이 아픕니다. 부디 극락왕생하소서!"

이순영 시장 사망 소식을 전해 듣고 거의 눈물로 날을 보내고 매일 선영에 올라와 장지를 준비하던 죽마고우 영춘은,

"순영아, 운구차가 생가에 도착하기 전까지만 해도 진짜 믿기지가 않았다. 그런데 정말 현실이구마. 그라고 최근 전화통화도 하지 않았나. 6월 중순에 창녕에 오기로 했다가 7월 초로 미뤘는데 결국 너를 만나지 못하고 이리되었다. 이제 내가 니에게 해줄 말은 이거밖에 없다. 이제라도 무거운 짐을 내려놓고 영면하길 바란데이."

한 여성 지지자는 마을을 벗어나 장지로 향하는 이순영 시장을 향해,

"시장님! 그동안 행복했습니다. 고맙습니다. 시장님의 유지 받들겠습니다. 안녕히 가세요."

라고 허리를 숙이면서 인사를 했다.

그밖에도 생가에 경상남도 교육감, 창원시장 등 지역의 정·관계 인사들이 다수 찾아와 마지막 가는 길을 배웅했다.

이윽고 생가에서 500m 거리에 있는 장지에 도착한 유가족과 친지와 지인 몇몇은 이순영 시장 유골함을 안장하면서 유가족들은 어안이 벙

벙한데 친지 중 한 여성이,

"아이고, 이제 진짜 이순영 시장 영원한 안식에 들어가는 기가? 내 진짜 이순영 시장을 땅속에 차마 유골함을 묻고 싶진 않지만 어쩌겠나? 저세상에서나 웃으며 만나기를 기대하꼬마."

죽마고우 영춘은,

"순영아, 내가 너의 부모님 보고 계신 데다 너를 안장하는 마음이 어떤 줄 알기나 하나? 당장이라도 나 실신하고 싶다."

또 이순영 시장 선영을 향해서,

"이제 진짜 순영이 왔습니다. 순영이 유언대로 선영에 안장되고 싶다고 하여 그리하는데 겨우 말랐던 눈물이 다시 터져 나옵니다. 진짜 대통령까지는 안 되어도 천수를 다하다가 평안하게 눈감고 왔으면 내도 암 말 안 합니다. 근데 비통하게 왔으니 할 말이 없습니다. 아버지 어머니 이제 순영이 저세상에서나마 잘 보살펴주이소. 내도 언제고 세상 떠날 긴데 그때 서로 웃으면서 만납시더."

이렇게 통곡 가운데 안장을 마친 친지 및 지인들은 선영에서 내려오면서 유가족을 위로했다.

"마음 굳세게 먹고 살아가야지 우짜겠노. 이제 그 말밖에 해줄 게 없으니……."

그리고 선영에 내려와서 생가에 모여있던 사람들에게 영춘은,

"저 이제 집에 갑니더. 모두들 고생했습니다. 이순영 시장 명복을 빌면서 편히들 잠드이소."

라고 흐느끼면서 인사를 한 뒤 귀가했다.

자택에 들어온 영춘이 아내에게 토로하는 목소리가 아직 먹먹했다.

"살아생전에 오늘은 절대 잊지 못할 날이 될 기라."

이에 영춘의 아내는,

"당연하제. 잊는 게 이상한 기지. 그나저나 우짜겠노. 아직도 눈물이 나오면 실컷 울그라. 그라고 이순영 시장 명복을 빌면서 일찍 주무시오."

"그래."

잠들기 전, 영춘은,

"순영아, 내 말 듣고 있나? 나 앞으로도 너 산소에 자주 들르고 벌초도 해 줄 거니깐 섭섭하지는 않을 기다."

라고 다짐했다.

한편 서울에서 소현은 하루를 마무리하는 밤 9시 뉴스를 시청하기 전에 오전에 통화했던 80세의 교회 장로에게 다시 전화를 걸었다.

"안녕하세요."

"어, 그러지 않아도 너한테서 연락 올 것 같았다."

"오늘 날씨가 장마철인 탓인지도 모르겠지만, 비가 온종일 내리다시피 했어요."

"그래. 하늘도 이순영 시장의 의문의 죽음을 슬퍼한 것일까?"

"그럴지도 모르지요."

"그래. 그런데 소현아 내가 식사를 지금 못했어. 오늘 저녁이 좀 늦었네. 저녁 먹고 9시 뉴스 다 보고 다시 연락하자."

"네."

통화를 끝낸 후 소현은 9시 뉴스를 틀었다.

이제 이 시장에 대해서 자세히 나오는 뉴스는 마지막일 거라는 마음으로 경건히 시청했다.

'이순영 서울시장 오늘 영결식…9년 출퇴근한 시청 떠나 고향으로'

뉴스 시청을 끝낸 소현은 약속대로 장로에게 연락했다.

"안녕하세요. 저 소현이에요."

"어. 그렇지 않아도 전화한다 그랬잖아."

"네, 9시 뉴스 보셨죠?"

"당연. 다 봤지."

"진짜. 이순영 시장님 죽음에 많은 의문을 남긴 채로 영결식 치르고 창녕에 내려갔네요."

"내가 살다 살다 이렇게 의문을 남기는 죽음은 처음 본다."

"저도 그래요."

"오늘 밤까지 이순영 시장 서울광장 분향소 운영한다더라. 오늘 비가 왔는데도 사람이 좀 있더라."

"저 울분이 터질 것만 같아요."

"그래. 공감해."

"뉴스를 보면서 저를 가장 화나게 한 게 뭔 줄 아세요?"

"글쎄, 뭐 다겠지."

"그것보다도 오늘이 영결식 날이자 발인 날이라고도 부를 수 있는 날이잖아요."

"그야 그렇지."

"근데 어떻게 말입니까? 발인 날 이순영 시장님 잘못에 대해서 기자 회견을 하는 게 말이 됩니까?"

"소현아, 무슨 말인지 그게……."

"오늘 아침에 시청에서의 영결식을 끝으로 서울추모공원에서 화장한 후에 유해가 창녕으로 내려갔잖아요. 근데 오후 2시에 한국여성의전화 건물 지하 2층에서 서울시장의 위력에 의한 성추행 사건 기자회견을 열 었어요. 오늘 오후 2시면 이순영 시장님의 유해가 화장을 마치고 창녕 에 내려가는 도중이에요. 근데 그 시간에……."

"아, 소현아, 네가 예리하네. 네가 워낙에 꼼꼼한 데다가 섬세하다는 거는 내가 족히 알았지만 이렇게 시간까지 파악할 줄은 몰랐다."

"저도 하도 기가 막혀서 그래요."

"기가 막혀서보다는 네가 관찰력이 뛰어난 건 인정해야 돼."

"그렇게 봐주시니 감사해요. 아니 기자회견을 왜 꼭 오늘 해야만 합 니까? 내일 해도 되잖아요. 오늘만 날이 아니잖아요. 그리고 솔직히 이 순영 시장님이 역적에 해당하는 죄를 지었습니까? 그렇다고 성추행을 잘했다고 하는 건 아니에요. 물론 성추행은 시장님께서 실수하신 겁니 다. 성추행 사건도 사실 한쪽의 말만 듣고 판단한 거예요."

"소현아, 한쪽의 말만 들을 수밖에 없는 상황이잖아. 그 상대가 있으 면 언제든지 해명할 수 있지만 그게 아니잖아."

"네, 그 말씀도 맞아요. 하나 영결식 날이고 발인을 마치고 그것도 유 해가 안장도 되기 전에 고향에 내려가고 있는데 기다렸다는 듯이 기자 회견이라니요? 그 날만이라도 고인에 대한 예우는 지켜야 하지 않나 요."

"오, 너 말이 듣고 보니 일리가 있다. 난 그렇게까지는 차마 생각을 못 했어."

"한국이라는 나라의 문화가 생존한 사람보다 유명을 달리하신 분께 더 예우를 갖추는 유교적인 색채가 조금은 남아 있어요. 이러한 나라에서 발인 날에 사람의 잘못에 대하여 추궁을 하는 기자회견을 합니까? 너무한 정도가 아니라 가혹하다고까지 생각해요."

"아이고, 너 말 하나 틀린 것 없다."

"그리고 발인 날 시청 앞에서 피켓 들고 시위하는 것도 다음 날 해도 되는데 꼭 그날 해야 합니까? 이는 고인에 대한 예우를 짓뭉개버리는 거예요."

"시위하는 분들이 이순영 시장 생전에도 워낙 반대파였었어. 그 원인도 커."

"저는 반대시위도 사람으로서의 기본적인 도리를 바탕으로 해야 한다고 생각해요. 한국은 경쟁력이 세계 10위권을 차지할 정도로 선진국에 들어섰는데 시민들의 의식도 이에 따라주어야 선진사회라고 봐요."

"그래. 소현아."

"네."

"내가 너랑 대화하면서 느낀 게 있는데 너 이순영 시장님을 위해서 무엇을 해주고 싶은 게 있는 거 같다."

"아이, 저 같은 소시민이 뭐 있겠어요."

"이 시장 봐라. 3선 서울시장까지 했으면서도 장례만 화려하게 치렀지 부검이니 진상 규명이니 피하는 거 보면 완전히 냉대받은 수준이야. 오히려 소시민이니깐 가능한지도 모르지."

"그럴까요? 저도 여성인데 왜 여성으로서 이 사회에서의 겪는 고통을 모르겠습니까? 하지만, 발인 날 성추행 사건 기자회견을 한 것은 결코 잘한 일은 아니라고 생각해요."

"나도 정통우파지만 이순영 시장 사건은 어쨌든 마음이 아프다."

"저는 의문이 가는 중 하나가 이순영 시장님이 생전에 위안부 문제에 서만큼은 빼놓을 수 없을 정도로 공헌을 한 분입니다. 심지어 40대 중 반 때 위안부 문제로 도쿄 법정까지 가서 검사의 임무까지 수행하신 분 이세요. 아무리 성추행 가해자로 고소당했지만, 이순영 시장님의 성격 이 원인이 되었을 수도 있다고 저는 생각해요."

"아, 어째서?"

"사람이 왜 감성적인 분이 있는가 하면 이성적인 분이 있어요. 또 마음이 따뜻하신 분이 있는가 하면 차가우신 분도 있어요. 근데 제가 추측하기로는 이순영 시장님께서 감성이 풍부하시고 따뜻하신 분이라 이러한 점이 오히려 사건의 발단이 되지 않았나 생각해요. 하지만 어디까지나 제 추측일뿐이에요."

"소현아, 나 얼마 전부터 생각한 게 있는데 네가 말보다는 글로써 표현을 잘하잖아. 네가 이순영 시장님의 죽음에 대해서 글을 쓰면 좋을 거 같아."

"근데, 장로님도 제가 정통우파라는 거 아시잖아요. 요즘이야 온통 제 머릿속은 이순영 시장님 죽음에 관해서만 가득 차 있지만, 원래는 반대파였잖아요. 이런 제가요?"

"네가 이건 잘 몰라서 하는 얘긴데, 국회의원도 당이 달라도 개인적으로 친분이 있는 관계에 있으면 바둑도 같이 두곤 해."

"아, 예전에 텔레비전에서 본 장면이 생각이 나요. 나이가 이순영 시장님하고 거의 비슷하신 탤런트 정한영 씨라고 있어요. 그분이 1996년도에 국민회의 소속으로 국회의원에 당선되었어요. 당선 직후 어느 토크쇼에 나오셨는데 그분이 이런 말씀을 하신 기억이 나요. 진행자가 그분에게 '탤런트 출신 국회의원이 되셨는데 국회에 가면 의원분들 중에 혹시 사인해달라는 분은 없었나요?'라고 물었어요. 그러자 정한영 씨께서 '사인보다는 댁이 출연했던 방송 잘 보았다는 분들도 있고요, 심지어 신한국당 의원님 중 한 분이 절 보고 열렬한 팬이라고 하시더군요. 그래서 정치는 초보인 제가 느끼는 바가 있었어요. 당이 다를 뿐이지 인간적인 관계하고는 별개더라고요.'라고 웃으면서 답하시던 장면이 생각이 나네요."

"그래. 바로 그거라니까. 내가 네가 이순영 시장 사건 이후로 나에게 이야기하는 거로만 봐서도 느끼는 바가 있었는데 네가 이순영 시장을 인간적으로는 싫어하지는 않았다고 생각해."

"네. 그건 그래요."

"그리고 내가 너에게 이 말을 해주고 싶었는데 너는 글을 쓰는 사람이니깐 이순영 시장 사건에 대해서 일반 시민들은 애도는 하지만 머릿속에까지 오래가지는 않을 거야. 하지만, 너는 아직 마음속에서 잊지 못한 것 같아서 그 마음을 글로써 토로하면 어떨까 하는 생각에서 권유한 거다."

"아, 그래요. 제가 이순영 시장님의 억울함을 조금이나마 풀어줄 수도 있다 이건가요?"

"다는 아니겠지만 조금이라도 풀어줄 수 있는 건 맞다고 생각해."

"그럴까요?"

"그래. 소현아, 잘 생각해봐. 나 잠시 이불 펴놓고 이 닦고 세수하고 있을 테니깐."

"네. 그럼 제가 깊이 다시 생각한 후에 연락 드릴게요."

"그러자. 지금이 가만있어봐, 시간이 딱 10시다. 소현이는 이게 초저녁이지?"

"그래요. 제가 올빼미 체질이잖아요."

"나도 약간 올빼미 체질이야."

"하하하. 그럼 저도 세수하고 잠깐 상념에 잠겨 있을게요."

"그래. 그러면 이따가 늦어도 11시 전에는 연락 줘."

"네."

말한 대로 잠시 상념에 잠겨 있기로 한 소현은 이순영 시장 영결식보다 성추행 사건 기자회견에 대한 분노를 잠재웠다.

분노를 잠재우고 평정을 찾은 그 순간, 무언가 소현의 머릿속에 스쳐갔다.

이순영 시장의 시신을 부검하지 않았다는 것에 분노한 소현은 일반 시민의 죽음도 부검을 통해서 원인을 밝혀낸 박종철 군 고문치사사건과 100억대 자산가 부모를 살해한 박한상 사건이 생각이 나듯이 정치적으로는 서로가 반대지만 인간적인 친분은 있었던 일화를 불현듯 떠올렸다.

첫 번째로는 애증의 관계인 박태성 의원과 이순영 시장의 관계성에 관한 일이다.

그녀는 연합일보 기사를 본 기억을 떠올렸다.

[한국민당 박태성 원내대표는 "이순영 서울시장의 차기 정치 행보가 점입가경"이라며 "어제는 대전, 오늘은 부산·경남으로 향하는 등 대선 행보를 하고 있다"고 비판했다.

박 원내대표는 국회에서 열린 의원총회에서 "서울시장이면 서울시정에 매진하는 게 천만 시민에게 할 도리"라며 이같이 말했다.]

서울시 국정감사만 해도 박태성과 이순영은 대립하는 양상이었다.

"이순영 시장님, 반갑습니다."

"네, 오랜만입니다."

"오랜만입니다. 국감 벌써 여덟 번째 보는 것 같죠?"

"그러게 말입니다. 의원님하고야 너무……."

"미운 정 고운 정 다 들만한데 아직도 이순영 시장은 별로 변하지 않아요."

"아이 왜 그러십니까? 하하하하."

"10년이면 강산도 변하는데 왜 아직도 진보진영이나 이런 좌파 이 진영논리에 갇혀 가지고 이제 서울시장 대한민국 헌정 역사상 이렇게 8년 동안이나 하는 시장 없잖아요. 그죠?"

"제가 박태성 의원님 지역구에 뭐 여러 가지……."

"내 지역 이야기하지 마시고……."

"열심히 하고 있죠."

"이제 서울시장 8년 차면은 국민통합도 좀 생각하고 또 진영논리에서 벗어나서 대한민국의 진정한 미래도 걱정해야 되는데, 이순영 시장은 아직도 서초동 집회에 화장실 몇 개 갖다 놓고 광화문에 몇 개 갖다 놓은 이런 가십으로 시장 기사가 올라서 되겠습니까?"

"나름대로 노력하고 있습니다."

"노력하는데 잘 안 되고 있는 거죠?"

이와 같이 박태성 의원과 이순영 시장은 팽팽한 대립각을 세우는 사이였다.

그러던 어느 날, 모 방송사의 소통장려 프로그램 '우리 친구 맞아요'에 박태성 의원이 게스트로 출연했다.

"이순영 시장과 나는 격하게 부딪혔던 사이였죠. 그래서 제가 언제 한 번 식사를 하자고 해서 나갔는데 부부동반이었거든요. 음식을 먹으면서 많은 이야기를 했는데 그 때보니까 그분의 입이 짧더라고요. 그래서 그분의 입맛을 생각해서 밑반찬을 준비했습니다."

이에 진행자가 짓궂은 질문을 했다.

"시장님이 이 요리 안 드시는 거 아니에요?"

"이렇게 정성을 들였는데 그 사람 성격상 눈물 흘릴걸요."

계속해서 박 의원은 아주 자신만만한 태도를 보였다.

"제가 예전에 잠깐 포장마차를 했었는데 그때 실력으로 음식을 해보았어요. 제가 직접 장을 봤고요, 또 전국 각지에서 신선한 재료를 공수했지요."

이렇게 방송관계자들이 박 의원의 정성이 담긴 도시락을 싸 들고 시청 시장실에 가서 이순영 시장에게 전달했다.

"시장님. 저희는 '우리 친구 맞아요' 프로에서 왔는데요, 시장님께 드릴 도시락 가지고 왔습니다."

"정말 기대되네요."

"박태성 의원님께서 이순영 시장님을 위해 새벽부터 장을 보셨는데 전국 각지에서 신선한 재료를 골라다가 직접 손수 만드셨대요. 이 인삼 갈비찜과 잡채가 대표적인데 드셔보시죠?"

이 시장이 잡채를 한 젓가락 먹었다.

"와. 정말 맛있네요."

방송관계자들이 이순영 시장에게 박 의원을 향해 영상편지 남길 것을 권했다.

"자, 박태성 의원님께 한 말씀 드리시죠."

"의원님 머릿속에 정말 많은 사람이 있으신데 그중 저를 선택해 주셨다니 정말 감사하고요, 진짜 맛있었습니다. 앞으로 국정감사 때 살살 해주실 거죠? 하하하."

그렇게 훈훈한 모습을 비쳤던 장면이 아직도 눈에 선했다.

두 번째로는 우암 송시열과 미수 허목에 관한 일화이다.

조선 중기 때의 일이다. 우암 송시열은 서인의 거두이자 노론의 영수로 미수 허목은 남인의 영수여서 두 사람은 정치적으로 팽팽히 맞설 수밖에 없었다.

1659년 17대 임금인 효종이 승하하자 현종이 왕위에 올랐다. 효종이 자신의 계모인 자의대비보다 먼저 세상을 떠난 것이라 이를 두고 조정 대신들 사이에서는 현종 앞에서 자의대비의 상복 입는 기간을 두고 논쟁이 벌어졌다.

"나의 부왕께서 41세의 춘추로 아까운 세월에 승하하심을 경들도 알 것이오. 근데 더 슬픈 건 계모인 자의대비보다 먼저 세상을 등지셨다는 것이오. 과인에게는 할마마마가 되시는 자의대비께서 조선 예법에 따라 상복을 입는 기간을 경들과 함께 논하려 하는데 이 자리에서 각자의 생각을 말해보시오."

우암 송시열이 먼저 나섰다.

"전하, 주자가례에 따르면, 어머니보다 장남이 먼저 죽으면 그 어머니는 3년 상복을 입고, 차남 이하 아들이 죽으면 1년 상복을 입는 것으로 되어 있습니다. 승하하신 부왕께서는 인조대왕의 장남이 아니라 차남이므로 1년 상복을 대비마마께서 입으심이 옳은 듯하옵니다."

이에 미수 허목이 반박했다.

"전하, 승하하신 부왕께서 차남이긴 하오나 이 나라의 왕이시지 않습니까? 그러니 최고의 예로 대우해야 함이 마땅하옵니다. 그러니 3년 상복을 자의대비마마께서 입으심이 옳다고 신은 생각합니다."

현종은 잠시 눈을 감고 상념에 잠기다가 결정을 내렸다.

"내 깊이 생각해 보아 하니 과인의 할마마마인 자의대비께서 1년 상복이 더 옳다고 생각이 들었소. 과인의 부왕은 현명하신 통치자였으나 아까운 춘추에 세상을 떠나시어 할마마마께 자식이 부모보다 세상을 먼저 등지는 불효를 하신 듯하오. 그러니 송시열 대감의 의견대로 1년 상복을 결정하겠소이다."

이 논쟁에서 서인이 승리를 거두었다.

하지만, 예송논쟁은 한 번으로 끝나지 않았다.

그로부터 15년의 세월이 흘러 현종 15년 해에 현종의 모후이자 효종의 왕비 인선왕후가 죽으면서 자의대비의 상복 입는 기간을 놓고 다시 복상 문제가 제기되었다.

그러자 현종은 조정 대신들과 이 문제를 의논하게 되었다.

"과인의 모후이신 인선왕후께서 돌아가시었소. 그런데 그분의 시어머니인 자의대비보다 먼저 세상을 등지셨으니 과인의 할마마마인 자의대비께서 조선 예법에 따라 상복을 입는 기간을 경들과 함께 논하려 하오."

우암 송시열이 주장했다.

"전하, 조선의 예법의 따라 장남의 며느리가 죽었을 경우 1년 상복을 차남의 며느리가 죽었을 경우 9개월 상복을 입는 것으로 되어있습니다. 돌아가신 인선왕후께서는 차남의 며느리시오니 9개월 상복을 입어야 함이 지당합니다.

이번에도 미수 허목은 반대 의견을 냈다.

"전하, 돌아가신 인선왕후께선 차남의 며느리지만, 승하하신 효종대왕의 부인이자 전하의 모후가 되시옵니다. 그러니 1년 상복을 자의 대비마마께서 입으심이 옳다고 신은 생각합니다."

이에 현종이 결론을 내렸다.

"내 깊이 생각하였는데 지난번 부왕의 승하에 할마마마께서 상복을 입으시는 기간을 1년으로 정했는데 이번에도 차남의 며느리였다는 이유만으로 결하다니 화가 나는구려. 그러니 1년 상복을 정하겠소."

결국, 이 예송에서는 남인의 설이 옳다고 인정됨에 따라 1년 상복으로 정해졌다.

이렇게 허목과 송시열의 정치적 대립각을 펼치던 어느 날 우암에게 몸에 이상이 생기고 만다. 우암은 속병이 크게 나서 소화가 되지 않는 고통이 오래 지속되었고 아무리 용한 의원, 좋은 약을 써도 효과가 없었다. 우암의 자제도 또한 효성이 지극하였는데 아버님의 병을 고치지 못하니 그 죄가 크며 아버님 뵙기에 여간 송구스러운 것이 아니었다.

하루는 우암의 아들이 아버님께 고하였다.

"아버님의 병환을 고치고자 하나 차도는 전혀 없으니 그 죄스러움 어디에 견줄 바가 없습니다."

이에 우암이 골똘히 생각했다.

"내 병을 꼭 고칠 사람이 있기는 한데….."

그 말에 아들의 귀가 번쩍 뜨였다.

"아버님 당신의 병을 고칠 의원이 있다면 무슨 수를 써서도 찾아서 고쳐야지요. 그분이 누구인가요?"

"알아도 힘들 것이다."

"아버님, 무슨 일이든 할 수 있으니 알려나 주십시오."

드디어 우암이 말해주었다.

"내 병을 고칠 자는 미수밖에는 없으니 미수를 찾아 물어보려무나."

아들이 놀라서 펄쩍 뛰었다.

"아버님 그게 될 법이나 합니까? 미수가 누구입니까? 그 어른은 아버님의 적이요, 아버님이 죽기를 바라는 분인데요."

"그렇지 않아. 냉큼 가서 여쭈어보고 오너라. 나는 미수 대감의 인품이 훌륭하신 분이라고 알고 있다."

우암의 명령을 어기지 못한 아들이 드디어 미수를 찾아갔다.

미수를 찾아간 아들은 간곡하게 부탁했다.

"대감님. 저는 우암의 아들이온데 아버님의 병환이 심상치가 않사옵니다. 평소에 어린아이의 오줌을 매일 마시면서 건강을 유지하고 있었기에 남다른 건강을 과시하였고, 추운 겨울에 냉방에서 잠을 자도 아버님의 체온으로 인해서 오히려 방 안이 훈훈해졌습니다. 그런데……."

이에 미수가 곧장 처방을 내렸다.

"그놈의 속이 여북하여야지. 집에 가서 비상 한 숟가락을 먹이게나."

이 말을 들은 우암의 아들은 비상이라는 말에 화가 머리끝까지 올라왔으나 분기가 아버님 같은 연배의 어른인지라 어쩔 줄 모르고 집에 와서 우암께 고했다.

"아버님 미수 대감이 비상을 처방하였습니다. 아무리 남인이라도 이건……."

이에 우암은 다짜고짜 화를 냈다.

"어허! 미수 대감의 처방대로 먹을 것이다. 난 그의 인품을 믿는다고 하지 않았느냐? 냉큼 가져오너라."

결국 비상 한 숟가락을 미수의 처방대로 먹은 우암은 씻은 듯이 병환을 이겨냈다.

"거 보아라. 내 이렇게 깨끗이 낫지 않았느냐? 어서 미수 대감께 인사 드리러 가거라."

미수에게 간 아들은 감사의 표시로 절을 올렸다.

"저의 아버님의 병환이 나았습니다, 대감님."

이에 허목은 무릎을 치면서 박장대소하였다.

"역시 우암 대감의 대담성은 누구도 견줄 바가 못 되는구나."

평정 속에서 침대에 누운 채로 긴 상념의 시간을 끝낸 소현은 시계를 봤다. 시간을 보니 10시 50분이었다. 무언가를 결심하고 소현은 전화를 돌렸다.

"저예요, 장로님."

"어, 11시 전에는 연락하라고 했는데 시간은 안 어겼네."

"그럼요. 저희 세대는 늦은 시간에 전화하는 게 상황에 따라서 그럴 수 있다고 인식하지만 장로님 세대는 상대방이 동의하지 않으면 실례라고 인식하는 세대니까요."

"그래. 소현이는 예의를 어길만한 사람은 아니라는 거 나는 진작 알지."

"저 결심했습니다."

"어? 결심했다니?"

"이순영 시장님에 관한 책을 집필하기로요."

"아니, 그렇게나 빨리?"

"제가 빨리 결심한 건, 오늘 뉴스를 포함해서 이순영 시장님의 실종 직후부터 영결식까지 전부 의문투성이고……."

"아."

"장례식만 그럴듯하게 치르고 정작 중요한 것은 다 생략했잖아요. 마치 속은 아무것도 없는데 껍데기만 요란한 거 같아요."

"아, 그러니깐 소현이 네가 말하는 껍데기란 장례식이 화려하다는 걸 뜻하는 거야?"

"네. 맞아요."

"나도 이제 그 뜻이 이해가 조금씩 가기 시작하네."

"하하하."

"소현이가 이순영 시장 사건에서 중요하게 생각하는 건 부검 같은 거지?"

"당연하죠. 일반 시민도 원하면은 할 수 있는데 시장이 안 하는 게 말이 안 되잖아요."

"아."

"전 개인적으로 이순영 시장이 실종되었다고 한 날, 즉 9일 날 여비서 성추행 고소 건이 뉴스에서 보도가 되었어요. 이건 뭔가 의혹이 없다고 볼 수는 없어요. 시신이 발견된 시간에도 최모라는 형사과장이라는 사람의 인터뷰도 그렇고요. 서울대학병원으로 이순영 시장 시신을 싣고 온 차의 번호도 다르고, 심지어 영결식 날까지 성추행 사건 기자회견을 한 것도 무언가 의혹이 있다고 봐요."

"아. 소현이는 우파이지만 이순영 시장을 인간적으로……."

"우파와 좌파는 정치적 이념이지 인간적으로는 아니에요. 방금 제 머릿속에 떠오른 장면이 있는데, 조선 시대 때 우암 송시열과 미수 허목이 정치적으로는 반대였지만 송시열이 중병에 걸렸을 때 허목의 처방으로 나왔다는 일화와 이순영 시장 저격수라고 하는 국회의원인 박태성 의원의 깜짝 도시락 선물이 생각났어요."

"아, 그래."

"그래서 제가 정부나 언론이 이순영 시장님을 흔히 애들 말로 왕따를 시키는 거 같다는 생각이 들었어요. 저는 이것이 우파이지만, 마음속에서 분노가 나도 모르게 일어나는 걸 느꼈어요."

"나도 소현이 네가 평소보다는 뭐가 좀 다르다는 걸 느꼈어."

"뭐가요?"

"너는 뭐에 꽂히면 그것에 집중하는 경향이 있어."

"네. 좀 그래요. 그것 때문에 저 상처 많이 받았어요."

"무슨 상처?"

"제가 예전에 어느 교회에서 괜찮은 형제 좋아하다가 그 형제는 물론 그 집 부모님까지도 저를 마치 스토커로 취급했잖아요. 저는 이제는 그 형제나 그 집 부모님께 이 말씀은 꼭 드리고 싶어요. 진짜 스토킹은 일상생활이 방해될 정도라고요. 그리고 그 주위를 맴돈 것도 이해를 못할 정도면 속이 옹졸한 거라고요. 제가 40대가 되어서 느끼는 건데, 옛날 같으면 지금 제 나이가 중, 고등학생 정도 애가 있을 나이에요. 만약에 내가 아들이 있는데 어떤 여학생이 저나 내 아들 주위를 자꾸 맴돈다고 하면 원인을 묻고 그렇게 냉대하지는 않을 거예요."

"어. 그건 그 형제나 그 집 부모님 아량이 부족했던 건 사실이야. 물론 너도 실수는 했지만 말이야."

"대화가 잠시 다른 방향으로 흘러갔는데 이왕 이에 대해서 조금만 더 이야기하죠."

"어. 그래."

"저도 사실은 스토커 피해자예요."

"어? 그래?"

"네. 제가 2009년도 말에 강남금식기도원에 결혼을 기도하러 갔었는데 거기서 갑자기 누군가가 뒤에서 혹시 가락고등학교 졸업하지 않았냐고 묻는 거예요. 그래서 맞다고 했어요. 그냥 인사하고 다시 서울 가는 버스를 타고 집으로 왔어요. 그 후로 제가 카카오스토리에 사진을 올리면 자주 답글을 달곤 했어요. 어느 날은 만나자고 연락이 와서 제가 만났어요. 그런데 문제는 그때부터 일어났어요. 아침에 만났는데 자기

랑 하루 종일 있어 달라더니 저랑 만나는 도중에도 영화관이나 어디 가고 싶은 데는 다 들르는 거예요. 그래서 이 친구가 상당히 폐쇄적으로 살았구나 싶더라고요. 그리고 한의원에 치료를 받으러 가는데 저더러 같이 가달라는 거예요. 저는 너무 지쳐서 한의원까지는 못 가주었어요. 그런데 자기가 어디 갈 때 꼭 같이 가달라는 거예요. 제가 그때 좀 부담스러워서 일부러 몸이 좀 아프다고 했어요. 그랬더니 병문안 오겠다며 안 가르쳐주면 30번이고 100번이고 전화한다고 했어요. 그때부터 이 친구가 하루에 전화 70통은 기본으로 하더라고요. 그리고 문자로 자기 무시하는 거는 죽어도 못 참는다며 연락을 받을 때까지 피를 말리겠다고 했어요. 하루에도 80통 이상씩 전화가 울려서 신경안정제까지 먹을 정도였어요. 경찰에 신고할까 생각하다가 보복이 두려워서 전화번호를 바꾸는 선에서 그치고 말았어요."

"아, 소현이도 그런 일이 있었구나."

"제가 말하려고 하는 요지는 이거예요. 만약 이 친구같이 내가 그 형제나 부모님에게 했다면 어떤 정도였을까요? 진작 경찰에 고소장이 들어갔을 거예요."

"소현아, 그런데 사람은 그 상황이 되어봐야 알아. 물론 그 형제나 그 집 부모님이었으면 화는 머리끝까지 났겠지?"

"저는 그때 제 일상이 방해받을 정도였어요. 이 정도 되어야 스토커라고 생각해요."

"그래서 흔히 낭떠러지까지 떨어진 사람이 오히려 더 희망을 가진다는 말도 있듯이 그 형제나 그 집 부모님도 한번 당해봐야 소현이가 양반이었다는 걸 알겠지. 하하하."

"네."

"그래 이제는 본론으로 들어가서 소현이가 이순영 시장님에 대해서 집필을 해보면 어떠하겠냐고 내가 권유한 지 몇 시간도 채 안 돼서 결심을 하다니 내 약발이 먹혀들어 갔나 봐."

"네. 그렇다고 봐야죠."

"내가 아까 말하다 만 건, 소현이는 무언가에 집중하면 헤어나오질 못하는데 이게 사람에게는 스토커가 될 수 있지만."

"일이나 공부에서는 두각을 나타낼 수도 있다는 말씀이죠?"

소현이 말을 냉큼 받았다. 노장로가 허허 웃었다.

"그래. 정답이야. 내가 인생을 오래 살아온 경험으로 그 분야에서 성공한 사람들 중에, 물론 성격적으로 원만한 사람도 있지만, 사람 자체는 좋은데 외골수가 의외로 있어. 즉 그 분야에 몰입했다는 것이지."

"아, 그러네요."

"상대성이론을 발표한 아인슈타인의 일화 혹시 아니?"

"아니요. 말씀해주세요."

"아인슈타인이 학창시절에는 바보 소리를 듣던 사람이었어. 더구나 결혼해서는 자기 집을 못 찾아와서 연구실에서 퇴근 시간이 되면은 부인이 데리러 가고 그랬대. 그 정도로 집중파였어."

"네. 전 좀 다른 이야기지만 한국이 이래서 싫었어요. 한국은 좀 남다른 사람이라고도 하고 괴짜라고 부르기도 하는데 이 사람들을 이방인 취급하는, 음, 뭐랄까, 평범 강박증이 싫었어요."

"오, 소현이도 한국의 피해자? 하하하."

"네. 솔직히 저는 한국이 싫었어요. 사실 김대중 대통령이 전라도에서는 완전 인기인데 그분들 중에서도 김대중 싫어하는 사람 있을 수 있고요, 실제로 제가 종교적으로는 다르지만 친하게 지내는 법철 스님이라고 이 분이 전라북도 분이신데 김대중 대통령 엄청 싫어하세요. 반대로 경상도분들 중에서도 김대중 대통령 좋아하시는 분 있어요. 물론 소수지만요. 한국인은 편견이 심한 편이라고 봐요."

"하기야. 소현이는 한국이 싫었으면 그럼 어디에서 태어나고 싶었는데?"

"영국이요. 신사의 나라이고 최소한 한국인이라면 평생 학업이나 재정을 만만치 않게 들이는 것이 영어인데 기본적으로 영어는 모국어가 되고요. 선진국이기도 하고요."

"근데, 소현아. 네가 말한 대로 영국이 예전에 해가 지지 않는 나라라고 할 정도로 식민지가 많은 강대국이었고 현재는 세계적으로 봤을 때 선진국에 들어가지. 그런데 그 나라는 비가 1년 중에 반 이상은 올 정도로 날씨가 좋지가 않고 비가 안 오는 날에는 안개가 끼는 날이 많아. 또 섬나라라 바람이 잘 불어. 그래서 흔히 영국 신사의 한 손에는 우산이 들려있다고 하잖아. 참고로 레인코트가 그 나라에서 발달한 거란다."

"아, 제가 갑자기 생각나는 게, 나라가 발전하는 데 아픔을 통해서도 발전할 수 있다는 거예요. 일본이 하도 지진이 잘나서 건축업이 발달했듯이요."

"그래. 영국이 얼마나 비가 많이 오면 레인코트가 발달했겠니. 영국에 의외로 우울증 환자가 많아. 왠지 아니? 사람의 감정이 날씨에 따라서도 좌우되는데 하도 비가 오고 안개가 끼는 날이 많아서야."

"아."

"소현이는 열이 많은 체질이라 햇살이 따가운 게 어떨 때는 싫다고 했잖아. 근데 영국에서는 햇살이 따가운 날은 완전히 해피데이야."

"네. 하하하."

"소현아, 나는 네가 요즘 통 이 시장에서 헤어나오지 못하는 거 같아서 차라리 글로 써보면 어떨까 하는 생각에 너에게 말했었는데 완전 잘했네."

"네. 사실 보통사람들 눈에는 무언가에 빠져있으면 의아하게 인식될 수 있는데 글은 아니니까요."

"그래. 인생의 모든 것은 양면이 있듯이 단점도 어떻게 사용하느냐에 따라 강점으로 될 수도 있는 거야."

"맞아요. 제가 상처받은 교회에서도 얻은 것은 있어요. 최숙영 권사라고 저의 동문이신데 제가 짝사랑 때문에 힘들어하는 걸 보시고 내가 잘할 수 있는 분야에는 두각을 나타낼 거라고 조언해주셨죠."

"아이고, 그러게 사방이 막힐 때 하늘을 보라는 말이 있잖아."

"제가 이순영 시장에 대한 책을 집필하기로 결심했을 때 어떤 생각이든 줄 아세요?"

"어떠한 생각?"

"《한중록》이란 책 혹시 들어보셨어요? 예전에 드라마로도 나왔었고요."

"그래. 사도세자의 죽음에 관해 묘사한 책인데 눈물 없이는 볼 수 없는 책이잖아."

"그래요. 오늘 이순영 시장님은 떠나셨지만, 제 마음은 절대 떠나보내지 않았어요"

"음, 내가 어쩐지 눈치는 빨랐어. 하하하."

"영조가 조선 시대 임금으로서는 르네상스 시대를 이룰 만큼 정치적으로는 뛰어나신 분이었어요. 그런데 이 분이 임금이 되기까지는 무수리의 아들이라는 것보다도 이복형인 경종이라고 장희빈의 소생이에요. 경종은 남인의 지지세력이고 영조는 서인의 지지세력이었어요. 또 영조는 사도세자가 태어나기 전에 효장세자라고 있었는데 일찍 병들어 죽었어요. 드디어 42세에 사도세자를 얻었죠. 지금의 나이로도 일찍 낳은 자식은 아닌데 그 시대로서는 상당이 늦둥이예요. 그러니 얼마나 귀하겠어요. 근데 그 아들이 자라나면서 아버지의 지나친 기대감에 못 이겨 정신병적인 증세도 보이는 데다 자주 큰아버지 경종임금의 수상한 죽음을 복수하겠다며 남인을 옹호하는 발언을 자주 했었대요. 이것도 아버지 영조의 귀에 거슬렸죠."

"아, 네가 조선 역사는 의외로 자세히 알고 있구나. 계속해봐."

"영조임금이 실수였던 게 사도세자가 태어났을 때 보모상궁들을 임명하기를 경종을 키우던 상궁들에게 양육하도록 지시를 내렸대요. 왜냐면 경종과 자신은 끝까지 숙종임금의 피를 물려받은 것을 강조하기 위해서 그랬대요. 그런데 그 보모상궁들이 영조의 안 좋은 면을 자주 이야기하였고, 이것이 부자갈등의 싹이 되었던 거죠."

"영조도 나름 자신의 늦둥이 세자를 경종을 키웠던 보모 손에 맡길 정도면 반대파에게도 아량의 손길을 내민 건데……."

"네. 그래요. 그리고 사도세자가 장성해서 가례를 올렸는데 그 상대 여인이 유명한 혜경궁홍씨잖아요, 근데 혜경궁홍씨 집안은 완전 서인

쪽이었죠. 그래서 남인을 옹호하는 편인 사도세자는 마음 붙일 곳이 없었어요. 결국 사도세자는 뒤주에 갇혀 죽고 말았죠."

"사도세자도 어떻게 보면 정치적 희생양이지."

"사도세자가 뒤주에 갇혔을 때가 더군다나 여름이었어요. 그러니 얼마나 더 고통이 심했겠어요."

"아이고 그래? 그건 난 몰랐네."

"저는 그 날짜도 잊어버리지 않아요. 1762년 임오년, 음력으로는 윤달 5월 13일이고 양력으로는 7월 4일이에요."

"야, 진짜 더울 때다."

"7월 4일에 뒤주에 갇혔을 때 사도세자가 얼마나 목이 말랐겠어요. 심지어 사도세자의 시신을 꺼냈을 때 뒤주를 살펴보니 손톱자국이 가득하더랍니다. 얼마나 나오고 싶었으면 손톱으로 그렇게나 긁어댔겠어요."

"손톱 이야기 들으니깐 마음이 더 아프다."

"그때 훗날 정조는 겨우 열한 살이었는데 드라마에서도 그렇고 실제로 영조에게 할바마마 우리 아바마마 살려달라고 울며불며 애원했대요."

"정조는 어려서부터 험한 꼴을 미리 경험했기에 이를 지혜롭게 극복해서 조선조 역사상 르네상스 시대의 성군이 되었지."

"사도세자의 사건 이후로 영조는 정조에게 훗날에 혹시 보위에 오르는데 누가 될까 봐 일찍 죽은 효장세자의 양자가 될 것을 명했는데 영조가 죽은 후 정조는 눈물을 흘리면서 '과인은 사도세자의 아들이다'라고 당당히 신하들에게 밝혔지요."

"그래서 피는 물보다 진하다잖니."

"정조가 보위에 오른 후로 자신의 아버지를 억울하게 죽게 한 사람부터 처단했고 정약용 같은 뛰어난 학자를 활용해서 조선의 르네상스 시대를 한창 이끌어가고 있다가 1795년 혜경궁홍씨가 회갑이 되던 해 회갑연을 화성에서 열었잖아요. 화성은 사도세자의 묘소가 있는 곳이에요. 정조는 어머니의 회갑 날 성대한 잔치와 함께 아버지의 억울한 죽음을 기억하면서 풀어주었지요."

"그리고 수원화성도 정조의 작품이고 지금은 화성어차까지 타면서 시내 풍경도 볼 수 있는 관광 명소가 됐지."

"제가 조선조 역사상 최고 존경하는 임금은 사실 숙종이에요. 왜냐면 숙종의 기초가 있었기에 영, 정조 르네상스 시대가 탄생했으니까요."

"아. 정조인 줄 알았는데 숙종의 기초를 생각하니 참 예리하네."

"기초가 없이 이루어진 것은 없어요."

"그래, 하하하."

"제가 이순영 시장님을 위해서 집필을……."

"그래, 집필을?"

"사도세자가 뒤주에서 죽었을 때 누구도 자신의 편이 없었어요. 심지어 영조의 후궁인 문숙의까지 세자를 모함했고요. 어머니 영빈이씨도 영조에게 사도세자의 나쁜 점을 고해바쳤고……."

"그래도 사도세자의 희생으로 정조라는 성군이 탄생했으니 그나마 아들 하나는 잘 두었지."

"네. 맞아요. 제가 이순영 시장님을 위해서 집필을 어떠한 마음으로 하려는지 아세요?"

"어떤 마음으로?"

"저와 이순영 시장님은 피는커녕 일면식도 없는 사이에요. 하지만, 왜 문학적으로요……."

"아, 무슨 뜻인지 알겠다."

"제가 먼저 정조임금께 죄송해요. 그분의 인품과 학식은 제가 감히 견줄 바가 못 되지요. 그렇지만 이순영 시장님은 정치적으로 사도세자와 같은 처지예요. 그러기에 저는 정조와 같은 마음을 가지고 집필하려고 해요."

"오. 좋아. 집필도 단순히 하는 것보다 의도를 가지고 쓰면 훨씬 명작이 될 소지가 있어."

"아이고, 명작까지는 되고 봐야죠."

"아! 맞다. 내가 떠오르는 게 있는데, 네가 정조임금을 마음속에 품고 쓴다고 하니깐 너 작품이 다 완성되었을 때 일단 창녕에부터 돌려라. 혹시 아니? 창녕에서는 널 환영할 수도 있지 않니."

"아이고, 과찬이에요."

"아냐, 너 진짜 정조의 마음으로 사명감 가지고 해. 그리고 창녕에서는 너를 '창녕의 정조'로 부르게 될 줄 아니? 그러니 희망을 가져."

"아이고, 설마요. 하하하."

소현이 계속 말을 이어갔다.

"제가 갑자기 떠오르는 게 사도세자와 정조라고 하니깐 사도세자가 7월 4일에 뒤주에 갇혔다가 12일에 시신이 꺼내져서 장사지냈잖아요, 근데 이순영 시장님 사건도 7월 9일에 일어나서 13일에 영결식을 치렀으니 진짜 말마따나 날짜까지 비슷하네요."

"오우, 그러네. 그러니 이제 이순영 시장 사건에 대한 분노는 오늘까지 해라. 분을 내봤자 이득이 뭐 있겠니? 작품으로 남기기라도 해야 이득이 있는 거지."

"네."

"아, 내가 깜빡한 게, 2022년 5월 9일 이후로 출간이 되게 하는 게 어떻겠니?"

"왜요?"

"이순영 시장 의혹의 죽음이 이 정권과 연결이 되어있다고 생각해서야."

"아이고, 제가 실수할 뻔했네요. 명심할게요."

"그리고 집필할 때 조심해서 하고 주위에 누구에게도 알리지 마. 간혹 위험할지도 모르니."

"네."

"휴. 오늘 진짜 의미깊은 대화였네."

"저도 일생일대의 전환점이 될만한 대화였어요."

"그래. 이제 잘 자고 내일부터 새롭게 시작하렴."

"네. 감사해요."

이렇게 긴 대화를 바친 소현은 이제 마음속에 지난날의 아픔을 승화시키면서 '창녕의 정조'를 마음속에 심으면서 새 날을 시작하기로 결심한다.

제 **2**부

'그'에 대한 회상

북악산
미스터리

성장기

을미년 2월 11일 경상남도 창녕군 장마면 장가리 동장가마을에서 이명석과 남윤희의 여섯째 아이가 태어났다.

"아이고! 머슴애다, 머슴애!"

윤희가 외치자 명석이 감격해 눈을 반짝였다.

"그래? 우리 집에 이제 아들 하나 더 생겼고마. 딸이 네 명이나 있는 집에 아들이라고는 순우밖에 없었는데 잘 되았네."

"그라게 말이제. 그나저나 건강하게만 자라주었으면 뭘 더 바라겠나. 내 주위에도 어린아가 병에 걸려서 저세상으로 간 경우가 거의 한 집에 한 명씩은 있다 아이가."

"그라게, 태어난 아가 비실하면 호적을 1년 늦추는 경우도 더러 있제."

"그건 내 때도 그랬다."

"그나저나 이름을 뭐라 지을 긴가?"

"이 아가 순자 항렬이니깐 가운데 글자는 순이고, 아참 생각나는 자가 있다."

"뭐이고?"

"우두머리 영자가 생각났다 아이가."

"우두머리 영?"

"그래마."

"와 우두머리 영이고?"

"가운데 자가 순박할 순자 아이가. 그러니 어느 누구에게나 우리 아그들은 최소한 자식 교육 잘못시켜서 되바라지다는 소리는 안 들어야 할 거 아이가."

"그래, 그건 내도 동감이다마."

"동네 어른들한테나 아랫사람들에게나 제일로 순하다 소리는 들어도 못돼먹었다는 소리는 듣게 하지 말자는 뜻에서 우두머리 영자를 넣었으면 한다."

"그래? 내 잠깐 큰아 좀 불러야겠다."

"순녀? 내 순녀 하니깐 생각나는 게 있는데, 물론 순녀가 우리로서는 맏자식이고 살림 밑천이지만, 둘째, 셋째, 넷째가 듣는 데서 너무 티 나게 그라지는 말그라. 옛말에도 있듯이 열 손가락 깨물어서 안 아픈 손가락 없다는 말 있지 않나? 우리 형편이 넉넉하지 않아서 아들이 우선이고 그다음으로는 큰 딸인데 다른 자식들에게는 미안한 마음 와 없겠나."

"내도 동감이다. 내 마음도 모두에게 혜택을 주고 싶제. 근데 현실이 안 된다 아이가."

"그래. 그럼 이 아이는 누나도 넷인데 그 사이에서 누나들하고도 사이좋게 지내고 으뜸으로 순박하라는 뜻에서 이순영이라고 하자마."

"이순영이라, 좀 가시내 이름 같기는 하다."

"이보시게, 이 사람아. 내 이런 소리도 들었다. 머슴애한테 가시내 이름을 지으면 오히려 좋다고 하더라."

"그래. 그러고마. 이제 니 이름은 이순영이다. 순녀 어디 있나?"

이에 순녀가 다가왔다.

"어무이, 내 여 왔습니더. 산후조리 잘하시고 있습니까?"

"뭐 산후조리가 별건가, 미역국이나 끓여 먹고 뜨끈한 방에 누워있는 기지."

"어무이, 그건 저 낳았을 때 이야기지요. 그때보다 나이도 있으신데 오래 하이소."

"순녀야?"

"네, 어무이."

"니 남동생 이름을 이순영이로 하기로 했다. 으뜸으로 순박하라고 말이다. 그래서 누구한테서나 자식 교육 잘못시켜서 되바라진다는 소리는 안 듣게 하려고 말이다."

"이순영이여? 순자 돌림이니깐 끝 글자는 우두머리 영이랍니꺼? 어무이나 아부지나 항상 강조하신 게 남들에게 폐 끼치지 말라는 교육철학 아닙니까?"

"그래, 맞다. 부모가 공부는 부잣집 아그들같이 못 가르쳤어도 최소한 어디 가서 욕먹지는 않게 시킨 게 참말로 잘했다고 생각한다."

"공부 못 가르친 게 우리 집뿐만이 아입니더. 흔히 하는 말로 사람이 위를 보고 살지 말고 밑을 보고 살으라는 말이 있지 않습니까? 저는 그나마 감사한 게 무엇인 줄 아십니까?"

"그래 뭐이가?"

"내보다 나이가 좀 더 드신 여성분들 중에는 정신대라는 곳에 강제로 끌려가서 말도 못한 고통을 당하신 분들이 적지 않아예. 저는 그보다 늦게 태어난 게 감사하고 심지어 도시에서 태어났어도 끼니가 해결이 안 되어서 딸을 낳으면은 부잣집 대문에다 몰래 놓고 가기도 한다고 들었어예. 그래도 우리 집은 이런 자식은 없지 않습니까?"

"그래. 사람은 어느 상황에서건 순녀 니 말마따나 생각하기 나름이제."

순녀가 아기 이순영을 안았다.

"순영아, 내 니 큰누나다. 부모님과 이 누나의 소원대로 예의 바르게 자라야 한다. 그게 가장 중요하데이."

그로 몇 년의 세월이 흘러 아기 순영은 아장아장 걸어 다니기 시작했다. 부모의 바람대로 짓궂지만 순한 아이가 되어가고 있었다. 그러던 중 순영 밑으로 여동생이 태어났다.

윤희가 한숨을 쉬었다.

"순영이가 마지막인 줄 알았는데 딸아가 또 태어났네."

명석이 아내를 달랬다.

"그라게. 이제 이 딸아가 막내다."

"그래. 맞다마. 내도 이제 더는 못 낳을 거 같다."

"아이고 무슨 소리고? 이미 칠 남매나 되지 않나? 2남 5녀다 이제 우리 자식은."

"그라게. 많이도 낳았다."

"뭐 적은 편은 아니지만, 앞으로는 자식을 많이 낳는 시대는 우리가 마지막일 거다."

"그래야제. 경제도 발전하고 그에 따라 의학이 발전해서 어린 아그들이 세상 떠나는 일은 없어야제."

"6·25 때는 어린 아그들이 죽는 거보다 부모 잃은 전쟁고아까지 생기지 않나? 그 아그들 참 불쌍하데이."

윤희가 갓 태어난 여자애를 지그시 바라보았다.

"이제 진짜 니가 막내다, 막내. 언니, 오빠들 잘 따르고 바르게 자라다오. 내와 니 아비의 소원은 그뿐이다."

"그래. 니 어미 말마따나 그리만 자라다오. 그러면 더 원한이 없다. 그나저나 어쩌나 니 시집가는 것까지는 보고 세상 떠나야 할 긴데."

"아고, 그란 소리 말그래이. 아무리 아래도 듣는다. 가뜩이나 옛말에 막내는 눈물상주라고 하는데 말이래도 그리 하지 마라."

"그래. 니 남편도 늙어가나 보구나. 이도 걱정이요, 저도 걱정이요."

"순영아!"

"와요?"

"니 동생이다. 사이좋게 지내거라. 험하게 장난치지는 말고."

"네, 히히히, 까꿍."

"지도 좋은가보이, 막내를 벗어났으니."

그 후 시간이 지나 순영은 나이가 학령기가 되어서 장가국민학교에 입학한다.

입학식이 끝나고 교실이 배정되자 옆에 앉은 남자아이가 말을 걸어왔다.

"니 이름이 뭐꼬?"

"내 이름은 이순영이다. 니는?"

"난 진영춘. 한 교실에서 6년 동안 공부하게 되었고마. 친하게 지내자마."

"그러자."

학교를 파하고 십 리 이상을 걸어서 집으로 돌아온 순영이 책 보따리를 놓으며 식사를 하려는 찰나에 일면식도 없는 한 걸인이 대문을 두들기며 고래고래 소리쳤다.

"아이고, 내 밥을 못 먹어서 죽겠심더, 찬밥이라도 남은 거 있으면 좀 주소."

그 소리에 윤희가 서둘러 나왔다.

"아이고, 내 요기라도 하시게 밥상 내올 거니 조금만 기다리소."

"고맙심더."

"세상에 얼마나 배가 고프셨을꼬. 맘껏 드소."

걸인이 허기를 채운 후에 몇 번이고 허리를 숙여가며 인사했다.

"이 은혜 잊지 못할 겁니다. 너무 고맙심더."

"아이고 별 말씀을예. 사람이 굶고는 못 삽니더."

걸인을 배웅한 윤희는 이 광경을 지켜본 순영에게 말했다.

"너 이 에미 하는 거 봤제? 이 다음에 커서 항상 사람의 입에 밥숟갈이 들어갔는지 살펴야 한다. 절대로 걸인을 매정하게 내치면 안 된다, 명심하그라."

"내도 오늘 일은 잊지 못할 겁니다, 그리 하겠습니더."

어머니의 온정을 마음에 담은 순영은 어느덧 사춘기 소년이 되었다. 그의 친한 벗 영춘과 함께 같은 중학교에 다니게 되었다.

그 시절 시골 마을은 버스도 다니지 않아 왕복 16킬로미터를 걸어서 다녀야 했다. 그래서 영춘과 순영은 등하굣길에 영어단어집을 들고 공부를 하기도 했다.

이들이 중학교 2학년 때 어느 날 영산중학교는 교과서 외우기 경쟁대회를 개최한다. 그 대회에서 순영이 1등을 하자 영춘이 감탄했다.

"순영아, 내도 공부는 괜찮은데 니는 못 따라가겠다마."

"히히히, 니 말 들으니 기분 좋다. 영춘아, 날도 더운데 계성천에서 모래찜질하고 목욕하고 집에 가는 게 어떻겠나?"

"좋다마. 모래 들판에 고구마, 땅콩, 무가 많이 열렸드마 목욕하고 먹자."

이렇게 돈독한 우정을 쌓아가던 영춘과 순영은 어느덧 중학교 3학년이 되어서 고등학교 입학시험을 준비하기에 여념이 없었다.

이때 순영은 자신의 새로운 결심을 이렇게 고백한다.

"영춘아, 나 고등학교는 서울 가서 공부할 생각이다."

"여건이 된다면 서울 가서 공부하는 게 좋지만, 소도 언덕이 있어야 기댄다고 식솔을 해결할 곳은 있나?"

"우리 순우 형이 서울에 취직해서 올라갔다. 그래서 내도 서울에서 자취하면서 공부하려 한다."

"순영아, 이런 말이 있다. 말은 태어나면 제주도로 보내고 사람은 서울로 보내라고 말이다. 그래, 사람이 크게 되려면 넓은 데서 놀아야 한다."

"내 서울에 올라가면 경복고등학교 응시할 기다."

"순영아, 신중하게 생각하거라, 니가 워낙 공부를 잘하는 거는 인정하지만 서울은 다르다."

"그래, 고맙다. 서울 가서도 니한테 편지할 기다."

고등학교 입학시험을 앞두고 순영은 가족들과 마을 사람들에게 인사를 하고 일단 밀양을 갔다. 책 보따리 하나 들고 야간에 서울 가는 완행열차를 타고,

'서울은 어떠한 곳이고?'

라는 호기심과 함께 열 시간이 넘게 지난 후 드디어 서울역에 도착했다.

태어나서 처음으로 서울에 온 순영은 형 순우네 집에서 일단 머물기로 하고 경복고등학교 응시 준비를 한다.

경복고등학교 응시 날!

시험지를 받아든 순영은 예상외로 실력 발휘를 못 하였다.

시험을 끝내고 돌아온 순영은 형에게 한탄했다.

"진짜 서울은 말 그대로 실력이 장난 아입니더."

그러자 형은,

"그래. 니 말이 맞다. 하지만, 좌절하기는 말그래이. 더 큰 세상으로 나아가려면 고통이 따른다. 아기들이 태어나서 걷게 되는 것도 수천 번 넘어지다 일어서는 거 아이가."

"그렇지예."

"만약 경복고등학교 입학시험에 떨어진 게 확정이 되면 잠시 창녕에 내려가서 충전하고 서울에 오너라."

"네. 그리하겠습니더."

경복고등학교 입학시험 합격자 발표날 순영은 예상대로 불합격했다.

"예상대로 불합격했습니더."

형이 웃으면서 순영을 위로했다.

"그래. 우리 부모님이 호롱불 밑에서 밤늦게까지 공부하려고 하면 눈 베린다고 그만 자라고 하지 않았나? 1년 더 열심히 하그라. 너가 학교를 일곱 살에 들어가서 어차피 여덟 살에 들어간 애들하고 같이 되는 기다."

"창녕에서는 수재 소리까지 듣고 공부했는데 역시나 서울은 다르네예."

"창녕에 잠시 가서 충전하고 다시 서울에 오그라."

형의 조언대로 다시 창녕에 간 순영을 본 아버지가,

"경복고등학교 낙방한 건 경험이라 생각하고 서울은 실력이 만만치 않다는 거 깨달았으면 그걸로 충분한 거다. 이 아비가 어려서부터 강조했듯이 인성이 먼저다. 최소한 이 아비가 자식 교육 잘못시켰다는 소리는 누구에게라도 듣게 하면 안 된다."

그리고 며칠 후 다시 순영은 서울로 새로운 도전을 향해서 열차에 몸을 실었다.

서울에 도착한 순영은 일단 무너진 건강부터 회복하기를 힘썼다. 왜냐면 경복고등학교 입시에 몰두하다 보니 영양 상태가 엉망이 되어있었다.

건강을 회복한 순영은 다시 고등학교 입학시험 공부에 집중했다.

이때 순영은, '역시, 공부도 체력이 뒷받침되어야 하는구나. 내가 미련하게도 공부만 열심히 하면 무엇이든 다 이룰 줄 알았건만 인생에서 진짜 소중한 경험을 했다.'라고 긍정적인 마음 상태로 예전보다 더 열정을 쏟기 시작했다.

순영은 1년 동안 말마따나 교과서와 문제집을 깡그리 외우다시피 할 정도로 열심히 공부했다.

고등학교 입학시험날이 가까워지자 순영은 입시전문가를 찾아가 상담을 요청했다.

"이 정도 실력으로 어느 고등학교에 응시하면 합격하겠습니까?"

"음, 경기고등학교 응시해도 무난히 합격할 거 같다."

"네? 제가 작년에 경복고등학교 입학시험에 떨어졌었는데요."

"1년이란 세월이 장난 아니잖아? 대학교 시험도 아니고 고등학교이니 내가 보증할 수 있다."

그 말에 용기를 얻은 순영은 정말로 경기고등학교에 응시한다.

입학시험날 좋은 컨디션으로 시험지를 받아든 순영은 교과서와 문제집을 깡그리 외우다시피 한 노력이 빛을 발휘했다.

입학시험을 치르고 온 순영에게 형은,

"표정을 보아하니 실력 발휘는 한 거 같다마. 만약 경기고등학교 합격하면 창녕에서 난리 날 기다."

"아, 그래예?"

"서울 애들은 공부가 뛰어나서 합격했다고 인식하는 부모님들이 대부분이다. 그런데 창녕은 말마따나 시골구석 아닌가? 그러니 경사인 기지."

"서울 사람들 의외로 깍쟁이 기질이 있네예."

드디어 합격자 발표날, 경기고등학교 합격자 명단에 '이순영'이 있었다.

순영은 형에게,

"경기고등학교 합격했습니더."

"그래, 잘했다. 창녕에 내려가서 며칠 있다가 오너라."

합격의 소식을 가지고 창녕에 간 순영에게 마을 사람들이 여기저기서 축하 인사를 건넸다.

"와! 이순영 역시 해냈다. 경기고등학교 학생이 되었다니."

친한 친구인 영춘도,

"축하한다, 순영아. 니가 내보다 공부는 진짜 한 수 위다."

창녕에서의 축하를 듬뿍 받고 상경한 순영은 이제 진짜 경기고등학교 학생이 되었다.

경기고 배지를 달고도 장난꾸러기 천성은 여전히 못 벗어난 순영은 근처(풍문여자고등학교, 덕성여자고등학교)를 지나가는 서울내기 여학생들이 신기해 보였는지 달걀껍데기를 머리 위로 뿌리면서 익살스럽게 웃었다.

"히히히."

이에 달걀껍데기를 맞은 여학생이 그에게 경고했다.

"진짜, 한 번만 더하면 화낼 거야."

"히히히, 내가 너 미워서 그런 거 아니고……."

이에 여학생은 눈치가 빨라서 금방 감정을 누그러뜨렸다.

"알아, 원래 장난이 심한 애들이 속마음은 악하지 않거든."

"내가 고향이 경상남도 창녕인데 상경하니 세상이 딴 세상 같아."

"아, 그렇구나."

"내가 어렸을 때도 워낙에 장난이 심했어. 창녕에서도 개구쟁이를 순서로 매기자면 거의 1등을 놓친 적이 없어."

이에 여학생은 미소를 지었다.

"하하하, 그 습관 아직도 못 버린 거네."

"히히히, 장난치다 이렇게 인연이 되었네".

"나는 경기여자고등학교에 다니고 있어. 경기고등학교 근처에는 덕성여고와 풍문여고가 가까운데 삼청공원에서 머리 좀 식히고 가려고 하던 찰나에 너에게 계란껍질 세례를 받은 거야."

"히히히, 계란껍질 던지길 잘했네."

"뭐! 뭐라고? 참나, 말을 말아야지."

여학생이 어이없다는 듯 웃었다.

"앞으로 잘 부탁해. 히히히."

"아 알았고, 앞으로 다른 사람한테는 나한테 했던 장난하지 마. 오해살 수도 있어. 참고로 계란이 얼마나 귀한 줄 너도 알 거야. 계란이 들어간 반찬은 우리 집에서는 아버지 밥상에나 올라가, 나는 계란 반찬 언제나 먹는 줄 알아?"

"언제 먹는데?"

"생일날 같은 특별한 날에나 먹어. 흔히들 서울 사람들이 시골 사람보다 잘 먹을 거라고 생각하는데 오히려 시골이 먹거리는 농사를 지어서 더 많을 수 있어."

"아."

그렇게 여학생과의 첫 만남을 시작으로 순영은 풋풋한 서울 사람의 맛을 느끼었다.

그리고 시간이 지나 순영이 대학입시를 볼 시간이 다가왔다.

그러나 예상외로 낙방을 하여 재수를 하게 되었다.

이때 순영은 마음속으로,

'재수 전문이 되었네.'

라고 생각하며 픽 하고 웃었다.

재수 끝에 결국 서울대에 합격했다. 이제 서울대생이 된 것이다.

하지만 사람 일은 한 치 앞도 모르는 법!

이 서울대생이라는 명칭이 얼마 안 돼서 없어질 줄 누가 예상이나 했

겠는가!

20대

　순영은 이제 20대에 접어든 풋풋한 새내기 대학생, 그냥 대학생이 아니라 우리나라에서 최고의 대학인 서울대학생이 된 것이다.

　대학교 1학년생이라면, 가장 하고 싶은 것이 고등학생 때까지 입시에 찌들었던 중압감에서 해방감을 누리는 첫 관문인 미팅이다.

　화창한 봄날 수업을 마친 순영에게 한 동기가 접근했다.

　"며칠 후에 이화여대생하고 미팅 잡아놨어. 여럿이서 가니깐 부담 갖지는 말고. 마음에 있으면 교제하다 결혼하는 거지. 그렇게 해서 결혼한 사람 내 주위에도 의외로 많아."

　"이화여대생? 좋은데, 그 많은 학교 중에서 왜 이화여대야?"

　"생각해봐. 서울대에 여학생이 남학생보다 숫자가 훨씬 적고, 연세대, 고려대도 남자가 훨씬 많아. 그러니 이화여대생을 택할 수밖에. 또 우리 서울대생 부모님들이 옛날부터 며느릿감으로 이화여대생을 거의 염두에 두시잖아."

　"그래. 좋다. 그날 나가마."

　하지만, 그해 봄에 서울대 농대생 김진상이 유신헌법 긴급조치 9호에 저항하는 양심선언문을 낭독한 뒤 할복하는 사건이 벌어졌다.

이 사건에 분개한 어느 한 선배가 순영에게,

"1학년 새내기지만, 박 정권 유신헌법에 우리 대학생이라도 저항해서 맞서야 해. 김진상 열사 추도식 후에 긴급조치 9호에 저항하는 시위에 동참하자."

선배의 이 제안에 순영은 이화여대생과의 미팅과 긴급조치 9호 저항 시위 동참의 선택의 기로에서 갈등하다 미팅은 뒤로 미루고 시위에 동참하기로 결심한다.

긴급조치 9호 철폐 시위에 참여한 순영은 결국 학교에서는 제적되고 구속되었다.

이때 남부경찰서 유치장에 순영이 갇혀있을 때 조사과장이,

"1학년이 선배의 꼬임에 빠져 이렇게 되었네. 내 아들이 몇 년 후에 대학에 들어가는데, 경찰로서 죄를 묻는 상황이지만 우리 아들 생각하고 사람은 미워하지 말라는 뜻에서 구속 기간에 그동안 읽고 싶지 못했던 책이나 마음껏 읽으면서 마음을 비우게."

이에 순영은,

"고맙습니다. 이리 마음을 써주시니 말입니다."

"내 아들이 생각나서 그래. 그 애가 이 근처에 숭실고등학교에 다니는데 이름은 임민석이야. 학생같이 공부나 잘해서 서울대에 갔으면 좋겠다는 생각도 있고."

훗날, 정말 이 조사과장의 말이 그래도 씨가 되어 아들 민석은 서울 대생이 되었고, 순영이 서울시장이 되었을 때 '임민석이 만난 사람들' 프로에 초청되어 마주하게 되었다.

이 프로에서 민석은 순영에게 반가운 기색을 내비쳤다.

"우리 아버지가 남부경찰서 조사과장이셨고, 대학생 담당이셨어요."

이에 순영은 미소를 띠며 화답했다.

"하하하, 이렇게 마주하게 되었으니 인연은 인연입니다."

감옥에서 풀려나온 순영은 자유의 몸이 되었지만 대학생 신분은 상실되었다. 또 이 사건으로 서울대 총장까지 책임을 지고 사퇴하게 되었다.

한동안 시름과 방황의 나날을 보내던 어느 날,

'내가 이 암울한 시대를 변화시킬 힘이 되는 데에는 고시에 합격해서 사회의 영향력을 끼치기에 유리한 직업을 가지는 것이 지금으로서는 최선의 방법이다.'

라고 결심하여 고시를 준비하기 시작한다.

고시를 준비하면서 그래도 대학은 서울대에서 제적이 되었는데 어느 대학이라도 졸업장은 있어야 한다는 주위의 권유로 단국대에 재입학을 하였다.

하지만 단국대 재학 중 순영의 학점은 그다지 좋지 못하였다. 고시 공부와 병행하였기 때문이다. 그래도 졸업은 우여곡절 끝에 하였다.

사법고시를 몇 번 낙방한 끝에 드디어 1980년 6월, 순영은 합격하였다.

사법고시 합격증을 거머쥔 순영은 고향 창녕에 내려갔다. 그때 고향 창녕에서 경기고등학교 합격에 이어 두 번째로 마을 친지와 주민들로부터 축하를 받았다.

사법시험 합격 소식을 가장 기뻐한 사람 중 한 사람은 역시 죽마고우 영춘이었다.

영춘은 순영에게,

"순영아, 니 그동안 재수도 하고 어렵게 들어간 대학에서 제적도 당하는 우여곡절도 겪었는데 사법시험 합격이라니 내도 진짜 기쁘데이. 이제 니 인생길 평탄할 기다."

순영의 큰누나 순녀가 농담을 던졌다.

"순영이도 창녕에 올 날이 앞으로는 그다지 많지 않을 기다. 내는 그 분야에는 거의 아는 건 없지만 사법시험 합격하면은 검사나 판사가 되면은 국가공무원 신분인데 한 곳에만 있으라는 법 없다는 거쯤은 안다. 그러니 기념사진이라도 찍어두자. 내가 지금은 여자로서 아직 40대라 젊음이 그래도 남아 있지만, 여기서 세월이 더 지나서 그나마 상큼한 모습 없어지기 전에 한 장 찍자마."

유머 섞인 순녀의 말에 주위 사람들이 웃으며 순영을 중심으로 모였다.

"자, 순영이를 가운데로 다 모이소, 다 모였습니까? 그럼 자, 김치!"

그 주위 사람 모두들 헤헤헤 미소를 띠면서 사진 찍는 모습을 보면서 큰누나 순녀가 순영에게 이런 당부를 했다.

"영아, 내가 우리 집에 맏자식으로서 당부할 것은 사법시험 합격하면 흔히 큰돈 벌어서 식구나 형제들 호의호식하도록 본인 자신도 그리 생각하고 주위 사람도 다 같을 거인데 내는 다르게 부탁할까 한다."

이에 순영은 고개를 끄덕였다.

"무슨 말인지 짐작했어예."

"그래, 첫째는 우리 부모님이 부자는 아니었어도 걸인들이 오면은 한 번도 거절하지 않고 뭐 하나라도 챙겨 보낸 거 니도 알기다. 내가 학식은 많지 않아도 지혜는 우리 부모님께 남부럽지 않게 물려받았다. 이게 지금 와서 생각해보면 참으로 감사할 노릇이다. 그래서 어렵고 힘든 사람들이 너를 찾아올지라도 무시하면 절대 안 된다. 즉, 만인을 평등하게 대하라는 당부다. 알겠나?"

"네. 명심하겠습니다."

"둘째는 사법시험 합격했다 하면 흔히 혼처로 열쇠 몇 개를 가져오는 처자를 고르는데 내 이는 절대 반대다. 영이 너는 처자 될 사람 인성을 먼저 봐야 한다. 즉, 됨됨이만큼 중요한 게 없다. 열쇠 몇 개 해오는 처자 처음에는 좋을지 몰라도 사람 일은 모르는 법이다. 살다가 마음에 안 들면 우짜겠노? 그러니 살림이 가난하더라도 됨됨이가 되고 니를 사랑해주고 또 니가 사랑할 수 있는 사람하고 해야 한다. 이런 말이 있다. 시부모는 그 처자가 좋은데 남편이 싫으면 헤어지고, 반대로 시부모는 모질게 반대를 해도 남편이 그 처자를 사랑하면은 산다. 그러니 니가 진짜 사랑하는 여자랑 해야 한데이. 내 부탁은 여기까지다, 알겠나?"

순영이 미소를 띠었다.

"네. 가슴에 간직하겠습니다."

얼마 시간이 지난 후 순영은 지인의 소개로 혼처를 소개받았다.

혼처는 큰누나의 당부대로 열쇠를 해오는 재력가의 딸이 아닌 순영네보다는 형편이 나은 정도의 집안 딸이었다.

혼처와 마주 앉은 순영은,

"내는, 현재 사법연수생입니다."

"네, 저는 대학을 졸업하고 학구열이 많아서 학업을 이어가고자 독일 유학행이 확실시되던 유경아입니다."

"아, 유학하면은 흔히 미국 유학인데 독일을 생각하신 이유가 뭔가요?"

"미국은 학비가 엄청나게 비싸고 장학금을 받아도 생활비가 독일보다 더 듭니다. 독일을 거의 장학금으로 해결이 가능하고 아르바이트를 병행하면 괜찮습니다. 그래서 실력은 뛰어난데 집안 형편이 어려운 집 학생이 독일 유학을 가는 경우가 많습니다."

"아, 그래요? 나 지금 내 감정 솔직히 말해도 되겠습니까?"

"네. 말씀하세요."

"나, 경아 씨가 왠지 내 처자가 될 사람 같습니다. 내 삶의 동반자가 되어주시겠습니까?"

"저도 감정이 솔깃한 게 마음에 들었어요. 저랑 결혼하시게 되면 약속하실 게 무엇입니까?"

"내는 경아 씨도 아시다시피 농촌에서 자라서 고등학교 때 서울에 올라왔어예. 그런데 대학교 입학한 지 얼마 안 되어 긴급조치 9호 반대시위를 하다가 제적을 당해서 단국대도 고시 공부하느라 학점을 겨우 따서 졸업했어예. 몇 번 낙방 끝에 사법시험을 붙었는데 내 이 결심을 하게 되었어예. 그게 뭐냐고요? '세상에 얽혀있는 매듭을 푸는 사람'이 되고 싶어예. 내가 보통 예비법조인하고는 다르지예?"

"아니에요. 저는 법조인 돼서 호의호식하겠다는 분보다 순영 씨같이 이렇게 소신 있고도 철학을 가지신 분에 더 호감이 가네요. 제가 독일 유학행 대신 순영 씨와 함께하는 삶을 선택하게 되었네요."

"아, 그래요, 경아 씨가 독일 유학 가서 학자가 되어 돌아왔으면 어떻게 살았을 거 같아요?"

"글쎄요, 아마 독일 유학생끼리 결혼해서 한국에서 후학을 양성하는 대학교에서 강의를 할 수도 있고, 그러한 경우는 흔하지 않지만 간혹 국제결혼을 할 수도 있었겠지요?"

"하하하, 국제결혼이요?"

"예전에 저보다 연배가 높으신 분들 중에 독일로 광부와 간호사로 많이 가질 않았습니까? 그곳에서 일하면서 학업을 이어나가서 교수가 되신 분도 계시고 여자 간호사 중에는 의사가 되신 분도 계시고 그러다 독일 남성과 눈이 맞아서 결혼하신 분이 더러 있습니다."

"참 그때 우리나라가 1960년대 가난했을 때 이야기네요."

이렇게 서로에게 호감을 느끼게 되고 발전하다가 마침내 1982년에 새 가정을 꾸린다.

그때 순영은 검사로 임명이 되어서 대구로 발령 났다.

대구에서 검사 생활을 시작할 때 한 소년이 잘못으로 순영과 마주하게 된다. 병아리 검사인 순영이 처리한 업무는 거의 청소년 범죄와 같은 가벼운 사건이었다. 소년범과 마주한 순영은 대구지역이라 자신의 출신 지역 경상도 사투리로 친근함을 보이기로 했다.

"아이고 야야, 스무 살도 안 된 아가 이런데 오면 우짜노?"

"검사님, 지가 순간 배가 고파서 충동적으로 오뎅을 훔쳐먹어서 이리 되었습니다. 이게 잘못인 줄은 지도 압니더. 정말 한 번만 훈방해주시면 은혜 절대로 잊지 않을 깁니더."

"그래마, 죄는 미워해도 사람은 미워하지 말라고 했다, 내 훈방조치로 애를 써볼 테니 다시는 이런 데 오면 안 된데이, 알겠나?"

"네. 감사합니다."

그 후로도 병아리 검사 순영에게 이러한 사건 비슷한 업무가 계속 주어지자 6개월 지난 후 순영은 새로운 결심을 한다.

'내가 성격상 사람 벌주고 그라는 거 체질에 안 맞네. 이 통에 변호사로 전환하자.'

그리고 그의 아내 경아에게 순영이 통보했다.

"자기는 이제 검사 사모님이 아니게 되었다마, 도저히 검사가 내 체질이 아닌 것 같으이."

"검사 사모님 아니면 어떻노, 사람이 마음 편한 게 최고 아이가. 내는 당신이 좋다 하면 다 괜안타."

아내 경아도 경상도에서 오랜 세월을 살았기에 사투리가 종종 나온다.

결국, 검사 사표를 낸 순영은 1983년 9월에 서울의 서소문동에서 변호사 개업을 하게 된다.

일간신문 하단에 이렇게 광고를 냈다.

변호사개업인사
풍요의 계절, 이 가을의 문턱에서 이제 저는 변호사 활동의 뜻을 세웠습니다. 앞으로 저는 아래 장소에서 민사, 형사, 행정, 가사 등 모든 소송업무와 법률자문, 인권상담에 온 힘을 기울일 것입니다. 지난날 춘천지방법원 정선등기소장, 대구지방검찰청 검사로서 재직 시에 베풀어 주신 뜻깊은 사랑에 감사드리오며 앞으로도 계속적인 지도 편달을 바랍니다.
1983. 9.

변호사 이순영

개업장소: 서울 중구 서소문동 577번지 대건빌딩 702호(연합일보사 맞은편)

전화: 사무실 752-6004~5

　　　자택 793-4400

개업식일시 : 1983. 9. 12, 16:00~21:00

　이제 순영은 20대 병아리 검사에서 병아리 변호사로 인생의 새로운 삶을 맞이한 것이다. 변호사 시절, 그에게 인생의 또 한 번 변화를 줄 한 선배 변호사를 만나게 되는데…….

　그의 이름은 《노건혁 평전》 집필자로 알려졌으며 인권변호사로 유명한 '김홍래'이다.

김홍래 변호사와의 만남과 유언 계승

어느 날 순영은 자신보다 아홉 살 정도 위의 선배 변호사와 첫 만남을 갖는다.

김홍래 변호사가 먼저 순영에게 악수를 청했다.

"같은 사무실에서 일하게 되다니 참 인연이다. 옷깃만 스쳐도 인연인데 이거는 훨씬 그 이상이니……."

이에 순영은,

"하하하, 지도 반갑습니더, 근데 혹시 지랑 같이 사법연수원 하지 않았습니까?"

"아, 이 변호사가 내 파란만장한 과거를 실토하게 유도한데이. 그래 내가 이 변호사보다 나이는 아홉 살 정도 위인데 연수원 동기가 된 것은 젊은 시절에 옥고를 치렀구마."

"아이고, 제가 죄송하게 되었네요."

"아니다마, 이제부터 함께 할 사인데 언젠가는 알게 될 거 아인가? 내 도리어 잘되었다 싶으이."

"혹시, 경상도 출신입니까? 지가 경상남도 창녕 출신이라 고등학교 시절 서울에 올라와서 아무리 고치려 해도 잘 안 되네요."

"하하하, 전라도 사람은 쉽게 고치는데 경상도 사람은 못 고치는 이유가 따로 있지. 그게 뭐라고 생각하나, 이 변호사?"

"글쎄예, 지가 생각하기로는 억양인 거 같아예."

"그래, 맞다. 억양이 배어서 그렇다. 내 이제부터 격식 안 차리고 이 변호사도 경상도 출신이니 내 사투리 써도 괘안켔나?"

"아이고, 그리 하이소, 지는 더 정겹습니더."

"그래, 알았고마, 나는 대구 출신이다. 나는 경기중학교, 경기고등학교, 서울대학교까지 겉으로만 봐서는 전형적인 모범생으로 보이지만 세상의 일, 주변 사람들의 삶에 대한 관심이 많았제. 중, 고등학교 재학 시절 영자신문반, 룸비니 불교학생회, 영어 바이블스터디, 농촌활동반, 웅변반, 학예부 부장 등 다양한 동아리 활동을 하였제."

"룸비니 불교학생회여? 아이고 지가 경기고등학교 출신인데 룸비니 불교학생회 출신입니더, 고등학교 선배시자 동아리 선배시네요, 반갑습니더."

"하하하, 이런 인연이 있나, 고등학교 선후배도 쉽지 않은데 동아리까지…… 인연은 인연이네."

"듣고 보니 그러네요. 김 변호사님 살아오셨던 이야기 계속 하이소, 내 후배로서 들어드릴게."

"그래, 고마우이. 내가 언제부터 인생길이 파란만장하게 되었냐면 1964년 고3 때부터다. 학생회 학술부장이었는데 한일회담 반대시위를 조직해서 학생들을 이끌고 국회의사당 앞을 지나 시청 앞을 돌아 나오는 대규모적 학생 시위를 주도했제. '이것이 민족적 민주주의더냐?'라는 플래카드를 가지고 말이다. 이것으로 학교에서 정학 처분을 받았제."

"예, 그때 지는 국민학교 학생일 때네요."

"그래. 그리고 1965년 서울대학교 전체 수석으로 법학과를 입학하였
제."

"네? 공부에는 타고나셨네요."

"뭘, 그리고 재학 중 한일회담 반대, 삼성 재벌 밀수 규탄 시위, 6·7
부정선거 항의, 유신헌법, 삼선개헌 반대, 교련 반대, 공명선거를 위한
학생운동을 주도했제. 재학 중 법학 공부에는 별 흥미를 느끼지 못하
였고 오히려 경제학에 더 관심이 있었제.

대학 졸업 후에는 대학원에 진학하여 민법을 전공하였제. 그리고 그
다음 해 1970년부터 사법시험을 준비했제. 그란데 준비 중에 노건혁 분
신 사건이 발생한 기라. 사법시험 준비 중 당시 학생운동을 탄압하기
위해 조작된, 소위 '서울대생내란음모사건'으로 구속되어 1년 6개월 수
감생활을 하였제. 그래서 사법연수원생들이 내가 오랫동안 영장 없는
불법구속상태에 있었다는 사실을 대법원장과 사법연수원장에게 건의
했다마. 그 덕분으로 1974년 만기 출소하였제. 하지만, 이건 전주곡에
불과한기라.

그해 4월 사법연수원 재학 중에 민청학련 사건으로 수배 생활을 또
시작한 기라. 총 6년 동안 피신 생활을 하였다마. 세월이 흘러 1981년
5월 수배가 해제되고 복권되어 사법연수원에 재임되었제. 그래서 내가
아마 이 변호사랑 같이 연수를 하게 되었지. 그때 3년 동안의 준비로
《노건혁 평전》을 집필하였제. 근데 1983년 한국에서는 출간을 못 하고
《어느 청년노동자의 삶과 죽음》으로 일본에서 먼저 출간되었제. 또 이

책의 목적은 다른 곳에도 있는 기라. 사형선고 받은 김지현 시인을 구명하기 위한 목적으로 《양심선언》 집필에 관여했거던. 이 변호사, 내가 이렇게 살아온 과정에 관해 주저리주저리 푸념을 늘어놓았는데, 듣기 어떠했었나?"

"제가 고개가 숙여질 정도로 감동이었습니다. 앞으로 저의 삶의 선배로 모셔도 좋을 거 같습니다."

"하하하 고맙다마."

고등학교 선후배, 이 변호사가 제적되었지만, 그래도 인연이 있는 서울대 선후배, 대학 때 학생운동, 사법연수원 동기 등으로 두 사람은 왠지 모르게 물 만난 고기 같은 운명이다.

이 두 사람 앞에 1984년 9월, 어느 날 동네 주민 몇 명이 와서 하소연하기 시작한다.

"아이고, 변호사님, 저희 말 좀 들어주세요!"

이에 김 변호사가,

"네. 무슨 말씀이든 해보세요. 저희 변호사가 바로 그대 같은 분들을 위해서 있는 거 아닙니까?"

주민 한 명이 먼저 한숨을 푹 쉬며 입을 열었다.

"저희는 마포구 망원동 사는 평범한 주민들입니다. 그런데 저희 동네가 한강변에 위치하여서 비만 쏟아지면 가슴을 졸이고 일대가 단골 침수지역이에요. 올해도 330mm가 넘는 집중호우에 망원동 배수지 펌프장 수문이 붕괴해 1만8000여 가구가 물에 잠기고 수만 명의 이재민이 발생했어요. 한강이 역류해 발생한 침수피해죠. 그래서 저희가 한 달 뒤에 배수지 관리 책임이 있는 서울시를 상대로 소송을 제기했어요, 이건 단순한 천재지변이 아니라 서울시와 건설사의 유수지 시공, 관리 잘 못으로 초래된 인재라고 확신해서입니다."

"네, 맞아요. 수해도 한 번이나 두 번도 아니고 매해 그러니 천재지변 이라고만 생각할 수 없습니다."

이에 김 변호사가,

"네, 주민분들 고충 충분히 이해 갑니다. 저희 변호사들이 망원동 주 민들과 하나가 되어 도와드리겠습니다."

이에 주민들 모두,

"네, 그리만 해주신다면 저희가 무슨 여한이 있겠습니까? 잘 부탁드 립니다."

주민들이 모두 고맙다는 꾸벅 인사를 하고 나간 후 김 변호사는 이 변호사에게,

"이 변호사, 망원동 수재 사건 다른 변호사들 힘도 필요한데 한뜻으 로 도와줄 사람 없나? 이 변호사야 당연히 도울 테고."

"지야 당연히 돕지요. 음, 제가 생각해둔 변호사가 있는데 이세종, 박 승수 변호사입니다."

"오, 잘됐군. 근데 이 사건 빠른 시일 내에 해결될 것 같지는 않아. 그 러니 인내심을 가지자고."

"네, 당연 그리하겠습니다."

김 변호사가 예언하듯 서울시는 이 과정에서 여러 차례 지연 작전을 펼쳐 빈축을 샀다. 민법상 손해배상 청구시효인 3년을 어떻게 해서라도 넘기려는 심산이었던 것이다. 그러나 망원동 주민들은 1심에서 승리를 거뒀고 항소심도 주민의 손을 들어줬다.

이때 김 변호사와 이 변호사에게 또 다른 한 건의 사건 의뢰가 들어왔다.

20대 초반의 여성이 초췌한 표정을 지으면서 이 두 변호사 앞에 나타났다.

김 변호사가 먼저 여성을 맞이했다.

"아이고, 이리 젊은 아가씨가 이런 몰골로 변호사 사무실까지 오다니, 우짜된 일이고?"

김 변호사의 따뜻한 이 말에 결국 그 여성은 참았던 눈물을 터뜨렸다. 그러자 가까이 있던 이 변호사가 뭔가를 직감했다.

"이거 보아하니 이 아가씨가 단순한 사건을 경험한 정도가 아닌 것 같습니더. 아가씨? 제 직감이 맞죠? 심각한 사건이죠? 의뢰인 중에 20대 초반의 아가씨는 거의 없어요. 내도 이제 막 30대에 접어드는 젊은 나이지만 말이에요."

"네, 변호사님. 저는 현재 서울대 의류학과 4학년생인 이인아입니다."

이 말을 들은 김 변호사와 이 변호사가 동시에 소리쳤다.

"아니, 그럼 우리 학교 후배네."

김 변호사가 말을 이어서,

"의류학과면 예전에는 대학들이 거의 가정과에 속해있던 학과인데, 이렇게 얌전한 학과 학생이 우째서?"

"저 이제 시집 다 갔어요."

이에 이 변호사가 의아해했다.

"시집을 다 가다니 무슨 말입니까? 혹시 강간 비슷한 거 당하신 거 맞습니까?"

"네, 그것도 아주 처참하게 당했는데 오히려 저를 이상한 여자로 몰아갔어요."

이에 김 변호사가 혀를 끌끌 찼다.

"아이고, 이거 보통 문제가 아니구먼, 자, 여기 물 한 컵 마시고 일단 마음 진정시키신 후에 이야기해봐요."

여성은 물을 들이마신 뒤 눈물을 계속 훔쳤다.

"저는 대학에 들어가기 전까지는 형편이 비교적 괜찮은 집안에서 자란 평범한 사람이었어요. 부모님 기대대로 공부도 잘해서 서울대에 들어갔고요. 그런데 대학에 입학하여 현실에 대한 큰 괴리감을 느껴서 경기도 부천시의 가스배출기 업체에 '허명숙'이라는 가명을 써서 '위장 취업'을 했어요. 하지만, 결국 1986년 6월에 친지의 이름을 빌려서 위장 취업을 위해 주민등록증을 위조했다는 혐의로 부천경찰서로 연행되었어요. 그래서 저는 관련 사실을 모두 시인하였습니다. 그런데 부천경찰서 조사계 문영동 형사가 저에게 5·3 사태 관련자의 행방을 물으면서 뒷수갑이 채워져 저항할 수 없는 상태의 저의 생식기를 자신의 성기로 추행하면서 수치심을 불러일으키는 고문을 자행했어요. 수치심에 괴로워하던 저는 결국 다른 여성들이 추악한 공권력에 의해 희생당하는 것을 막고자 이렇게 어렵게 변호사님을 찾아온 겁니다."

이 말을 경청한 김 변호사는 분노했다.

"세상에 20대 초반의 아가씨에게 그러한 짓을 하다니! 내도 남자지만 이해가 안 된다."

그리고 이 변호사에게,

"이인아 학생이 앞으로 살아갈 날이 창창한데 더구나 학교 후배이니 이러한 사건이 다시는 없도록 힘내야 쓰겠다."

이에 이 변호사가,

"물론이죠. 인아 양, 우리가 도울 테니 당분간 마음의 안정을 취하면서 문영동이 처벌받도록 하겠고마."

"네, 이 은혜 평생 잊지 않겠습니다."

홍현우, 이상순 변호사와도 힘을 합쳐 1986년 7월에 문영동을 강제추행 혐의로 인천지검에 고소하며 진상 규명을 요구했다. 그러나 공안당국에 의해 같은 날 이인아는 공문서변조 및 동행사, 사문서변조 및 동행사, 절도, 문서파손 등의 혐의로 구속기소 되었으며, 다음 날 문영동은,

"독실한 기독교 신자인 제가 어떻게 그런 짓을 할 수 있겠습니까?"

라고 반문하며 명예훼손 혐의로 이인아를 인천지검에 맞고소했다.

이런 소식을 들은 김홍래 변호사와 이순영 변호사는 펄쩍 뛰었다.

"독실한 기독교 신자라고? 그렇다면 어찌 기독교라는 탈을 쓰고 그런 짓을! 우리 끝까지 갑세!"

그래서 이인아의 변호인단 아홉 명은 문영동과 옥정환 부천경찰서장 등 관련 경찰관 여섯 명을 독직, 폭행 및 가혹행위 혐의로 고발했고, 문영동은 이인아를 무고혐의로 맞고소했다.

검찰은 이인아의 고소에도 불구하고 가해자에 대한 불기소 결정을 내렸다. 이에 대한변협까지 합세하여 법원에 재정신청을 냈으나, 서울고등법원은 "이유 없다"라며 기각했다.

도리어 이인아가 인천지법에서 징역 1년 6개월을 선고받았고, 이에 불복하여 항소했다. 항소심에서도 피해자의 법정 진술을 재판장이 중도

에 막는 등 불공정한 재판이 계속되었다.

이러한 상황임에도 김 변호사와 이 변호사는 이인아 양에게 "어떠한 난관이 닥치더라도 의지만 굳으면 극복할 수 있어."라고 힘을 실어주었다.

이렇게 모두 힘을 합쳐서 역경을 극복해나갔다.

결국 6월 항쟁 이후인 1988년 2월이 되어서야 대법원은 재정신청을 받아들였고, 문영동은 1988년 4월에 구속되어 7월에 징역 5년, 자격정지 3년을 선고받았다.

문영동의 구속으로 생애의 가장 힘든 나날을 지내왔던 이인아는 오랜만에 웃음을 띠면서 김 변호사와 이 변호사에게 감사의 인사를 하기 위해 사무실 문을 두드렸다.

"짧지 않은 세월 동안 감사했습니다. 제가 세상을 떠나는 날까지 변호사님들을 잊지 못할 겁니다."

이에 김 변호사가,

"아니, 뭘. 변호사의 본분이 뭔가? 처음 사무실에 왔을 때 기억 안 나? 시집은 다 갔다고. 전혀 안 그래. 인아 양의 잘못이 아냐. 이제 인아 양을 진심으로 이 아픔까지도 감싸주는 좋은 반려자를 만나야 해."

"네, 이제 힘이 솟네요."

이인아는 미소를 지으며 답했다.

이인아 양 사건 승소에 힘입어 이 변호사와 김 변호사는 망원동 수해 사건에도 박차를 가했다.

"망원동 수재는 천재가 아니라 인재다."

1990년 8월, 주심 대법관 이회정 판사는 주민들의 손을 들어준 원심 승소 판결을 내렸다. 6년 정도의 세월의 망원동 주민과 담당 변호사가 함께 땀 흘린 결과였다. 이렇게 이 변호사와 김 변호사가 승소의 기쁨을 맛보았다.

망원동 수재 사건이 거의 막바지에 다다를 무렵 1990년 1월 김 변호사는 컬럼비아대 초청을 받아 미국에 잠시 가게 되었다. 미국에 머물던 중 당시 열여섯 살이던 아들에게 엠파이어스테이트 빌딩 사진으로 된 엽서를 띄웠다.

그해 자신에게 무슨 일이 일어날지 예측했던 걸까…….

"아빠가 어렸을 때는 이 건물이 세계에서 제일 높은 건물이었다. 아빠는 네가 이 건물처럼 높아지기를 바라지 않는다. 세상에서 제일 돈 많은 사람이 되거나 제일 유명한 사람, 높은 사람이 되기를 원하지도 않는다. 작으면서도 아름답고, 평범하면서도 위대한 건물이 얼마든지 있듯이… 인생도 그런 것이다. 건강하게, 성실하게, 즐겁게, 하루하루 기쁨을 느끼고 또 남에게도 기쁨을 주는, 그런 사람이 되기를 바랄 뿐이다. 실은 그것이야말로 이 엠파이어스테이트 빌딩처럼 높은 소망인지도 모르겠지만…"

김 변호사의 상태는 귀국해서도 좋지 않았다. 사무실에서 김 변호사가 자주 기침을 하는 걸 본 이 변호사가 근심 어린 얼굴을 했다.

"선배님, 어디 몸이 안 좋으신 거 같네요."

"어, 사실은 내가 담배를 많이 피워서 폐가 안 좋아."

"그래도, 요즘 기침이 잦아요, 병원에 가시는 게 좋겠습니다."

"그래, 내 며칠간 이 변호사의 말대로 병원에 다녀올 테니 수고해."

말을 마치자마자 김 변호사가 갑자기 토혈하며 쓰러졌다. 이 변호사는 김 변호사를 둘러업고 병원으로 향했다.

"안 되겠어요. 어서 대학병원 가서 입원하세요. 가족들에게는 내가 연락을 하겠습니다. 아이고 이걸 어쩌나!"

서울대학병원에 도착한 김 변호사는 폐암 진단을 받고 투병 생활을 이어가던 찰나에 이 변호사에게 유언을 남기기로 한다.

"이 변호사, 내가 아직은 주위에 갚아야 할 빚이 많고 나이도 한국 나이로 쳐도 44세인데 세상을 뜨기에는 억울하지만, 어쩌겠나. 내가 자네에게 부탁할 말은 이제 자네 돈 버는 일은 이 정도까지만 하고 넓은 세계의 꿈을 실현하는 일을 해보는 거 어쩌겠나? 예를 들어 남을 돕는 일을 해본다든지."

"네. 가슴에 깊이 새기겠습니다."

그리고 병세가 더 악화해 12월 12일에 만43세의 젊은 나이로 눈을 감았다. 부인과 그날 고입 연합고사를 치를 아들과 둘째 아들을 남기고……

그의 유해는 생전에 그가 집필한 《노건혁 평전》의 주인공 노건혁 열사가 안장된 모란공원 노건혁 곁에 묻혔다. 살아서 못다 한 노건혁과의 인연을 세상을 떠난 후에 함께하게 된 것이다.

이 변호사는 정말 김홍래 변호사의 유언대로 이제부터는 돈 버는 일보다 넓은 세계의 꿈을 개척하기로 다짐한다.

시민운동가

이제부터는 김홍래 변호사의 유언대로 돈 버는 일에서 새로운 일생을 살아보기로 결심한 순영은 아내 경아에게 고백을 한다.

"내, 당신에게 인생에 있어서 새로운 결심을 말할라칸다."

"꽤 중요한가 보네. 결혼해서 10년 가까이 살았지만, 이런 모습 본 적처음이래이."

"그렇게 보였나? 그래 당신 짐작이 맞데이."

"말해보그라."

"나, 선배 김홍래 변호사의 유언대로 변호사로서의 활동을 잠시 접고머리도 식힐 겸 같이 해외에 좀 다녀오자."

"그래, 변호사 시절에 일에 바빠서 제대로 여행도 못 했다마. 그리하자."

"이렇게 쉽게 찬성할 줄은 몰랐다."

"아니다, 변호사 시절에 스나이퍼 리라는 별명까지 붙을 정도로 많은재판에서 승소해서 그만큼 수임료도 많이 쌓였지 않나? 이것도 어찌보면 의뢰인들의 피땀으로 우리가 생활을 누린 거지. 그래서 당신은 그럴만한 자격 충분하다고 본다. 내가 당신하고 연애 시절에 이런 이야기한 거 기억날 기다. 당신하고 결혼을 안 했으면 독일로 유학 가서 다른 인생을 살게 되었을 기라고. 대신에 이제부터는 나도 가정 경제를 책임질 기회를 가져 보자."

"고맙다마."

"아니다, 당신 이제껏 수고 많이 했다."

순영은 아내와 합의한 후에 해외로 떠난다. 영국을 비롯하여 미국과 일본 등등 갈 수 있는 곳은 다 갔다.

이 기간 동안 미국에서 아내가 탈진한 적도 있었다. 하버드 대학교 도서관에서 아내가 1층에서 7층까지 진열되어 있는 책을 순영이 보기 편하도록 일일이 복사하다가 벌어진 일이었다. 순영은 정말 누구도 못 말리는 책벌레임이 확실하다는 것을 다시 한번 일깨워주는 에피소드였다.

순영이 생애 처음으로 자신만을 위한 시간을 보내고 온 뒤 어느 날, 한 사건이 순영의 관심을 끌었다.

"서울대 허 조교 성희롱 사건"

이때 순영은 움직일 수 없는 진실이 허 조교 쪽에 있다고 확신하였다. 그래서 그는 여러 방면으로 수소문하여 허 조교에게 직접 연락을 한다.

"여보세요, 서울대 대학원생 허 조교시죠?"

이에 허 조교가 화들짝 놀랐다.

"아니, 누구세요?"

"저는 이순영 변호사입니다. 허 조교 사건을 신문에서 보고 허 조교를 변론하고 싶은 마음이 들어 연락했습니다."

"어머나, 변호사님께서 그것도 남성분이 이렇게 저를 자청해서 돕겠다고 하시니 감사할 따름입니다."

"제가 자랑은 아니지만, 서울대하고 저는 얄궂게도 인연이 있는 거 같아요. 저는 75학번으로 서울대 입학을 했는데 1학년 때 유신반대시위를 하다가 학교에서 제적이 되었어요. 그 후에 단국대를 다시 가서 졸업했는데 몇 년 전에 서울대 의류학과 이인아 양 성고문 사건을 변호한 적이 있습니다. 현재는 가정과 사회의 폭력으로부터 여성을 보호하는 활동을 벌여온 '여성의 전화'에서 자문 일을 하는지라 여성 문제에 남다른 관심을 갖고 있어요. 그렇기에 허 조교 일도 제가 왠지 마음이 가네요."

"너무 감사합니다. 우리 사회가 성폭력은 명백하게 상대에게 법적 책임을 물을 수 있지만, 성희롱은 생소하잖아요. 그래서 변호사님들의 힘이 필요합니다."

"네, 그래요. 제가 저의 뜻이 맞는 변호사들하고도 힘을 모아서 허 조교를 도울게요."

그러고 나서 순영은 허 조교 사건을 도울 사람을 모색하던 중 이종태 변호사가 뜻을 같이하겠다고 선뜻 응하였다.

성희롱이라는 말 그대로 새로운 방면의 투쟁은 시간이 예상외로 필요했다.

또 순영은 시민들이 개입해서 모든 제도화한 권력을 감시·견인하자는 의도로 참여연대를 설립한다.

이때 순영은 사무처장의 일을 맡기도 하면서 시민의 힘으로 총체적 부패상을 극복해 보고자 이를 위해 부패방지법 제정을 중심으로 정책 토론회를 수없이 열고 서울역에 매주 한 번씩 가서 서명받는 일도 하였다. 즉, 대선, 지방 자치선거, 총선 등의 투표권 행사에 앞서 권리의식을 확립하는 일이 중요하다고 강조했다.

이제 순영은 시민운동가라고 불릴 정도가 되었다.

순영이 시민운동가로 유명세를 떨칠 때 아내 경아가 가족의 생계를 책임지었다.

하루는 사춘기인 그의 딸 정은이 농담식으로,

"나는 엄마, 아빠가 돈이 많아서 내가 비싼 옷 입고 비싼 과외 하는 거는 바라지 않아. 근데 나 가족여행 한 번만이라도 제대로 갔으면 좋 겠어."

이 말을 들은 순영은,

"그래, 너희에게 양육과 교육에서 남들만큼 못한 점은 용서를 구한 다. 제대로 시간을 내지도 못했고, 무언가 큰 가르침도 남기지 못했으니 그저 미안하게 생각할 뿐이지만 그래도 아빠가 세상 사람들에게 크게 죄를 짓거나 욕먹을 짓을 한 것은 아니니 그것으로나마 작은 위안을 삼 을 수 있을 거다. 그리고 아빠가 언제나 고통에 당당히 맞섰듯이 최선 을 다해 인생을 살아가야 한다.

또, 너희가 아무런 재산을 물려받지 못하고, 거창한 부모를 가지지 못했다 해도 전혀 기죽지 말아라. 인생은 긴 마라톤 같은 것이다. 언제 나 꾸준히 끝까지 달리는 사람이 인생을 잘사는 것이야. 너희는 돈과 지위 이상의 커다란 이상과 가치가 있음을 깨닫는 인생을 살기 바라고 그런 점에서 아빠가 아무런 유산을 남가지 못하는 것을 오히려 큰 유 산으로 생각해 주었으면 좋겠다."

옆에서 경청하고 있던 아내 경아도 거들었다.

"당신이 시민운동가의 길로 간 후로 집에 생활비를 가져오지 못하지만, 당신을 부끄럽다고 생각해본 적은 없었다."

그 와중에 순영에게 반가운 소식이 찾아왔다.

순영이 예상했던 대로 허 조교 사건이 시간이 오래갈 것 같다고 했었는데 현실이 되었다.

6년여의 기간 동안 서울대 학생들의 '서울대 조교 성희롱 사건 공동대책위' 학생 등 1백여 명이 '진실은 반드시 승리합니다. 허 조교님 힘내세요' 등의 구호가 적힌 피켓을 들어 허씨에 대한 지지를 표하였고, 성폭력 상담소를 비롯한 각종 여성단체들의 허씨를 향한 법적 투쟁 지원 등의 힘겨운 나날이 계속되었다.

그런 피땀 어린 노력 끝에 1998년 원고 허 조교의 승소가 확실시되자 함께했던 동료 변호사와 각각의 여성단체에서 순영에게 연락하여 말하기를,

"성희롱 사건으로 법적 투쟁을 한다는 것은 마치 다윗과 골리앗 싸움과도 같았는데 대한민국 헌정사에도 남을 만큼 허 조교의 승리가 확실시됩니다. 그동안 이 변호사님께서 무료 변론을 자청하셔서 발 벗고 도우셨는데 정말 수고 많으셨습니다."

"제가 더 기쁜걸요. 저도 생애에서 잊지 못할 추억이 될 것 같습니다."

"정 그렇게 기쁘시면 이런 역사적인 사건의 승소의 첫 발을 축하하는 모임을 2월 23일 오후 3시 서울 종로구 연지동 기독교연합회관 4층 회의실에서 열까 하는데 이 변호사님 참석해주시겠습니까?"

"아이고, 고맙습니다. 거의 두 달 전 1997년 12월 IMF로 한국이 좌절에 빠져 있는 반면에 여성의 권리는 성장하고 있으니 당연히 참석하

겠습니다."

'성희롱 사건 승소축하연'이 열린 날 순영은 하나의 해프닝을 겪었다.

이날 모임에는 최은순 변호사, 이은영 한국외대 교수(법학과), 심영희 한양대 교수(사회학과)가 성희롱 사건 공동대책위에 대해 각각 발표했다. 그와 동시에 이순영 참여연대 사무처장, 지은희 한국여성단체연합 대표, 최영애 한국성폭력상담소장, 정강자 한국여성민우회 공동대표, 신혜수 한국여성의전화회장, 손봉숙 한국여성정치연구소장, 이연숙 정무제2장관, 권영자, 이미경, 김영선 국회의원, 최영희 내일신문사장 등 각계인사 2백여 명이 참석했다.

축하 모임이 거의 끝나갈 무렵 높이 단을 쌓아 올린 케이크를 앞에 두고 허 조교 사건에 힘쓴 사람들이 기념촬영을 하는데 사진사가 분위기를 띄우려 농담을 던졌다.

"하하하, 이순영 변호사님! 열두 명 정도의 분들이 사진을 찍는데 청일점이시라 눈에 띄네요."

이에 그 자리에 있던 모두가 폭소를 터트리며 웃자 순영이 맞받아쳤다.

"사진사님 재미있게 한방 먹이시네요. 그래요, 오늘만큼은 저도 여자예요. 이름이 순영이지 않습니까?"

이에 모두가 더 배꼽을 잡았다.

"하하하, 자, 모두 카메라 봐요. 김치."

이렇게 새로운 사건에 의뢰인이 승소로 마무리 짓자 순영은 예전에 해외 체류 시절부터 생각해왔던 또 다른 여성 문제에 관심을 가지게 된다.

1991년 8월 14일.

광복절 하루 전날, 당차고 야무진 한 여성이 50년 전 일본군에 끌려가서 위안부 생활을 강요당했던 수치심을 딛고 일제의 만행을 처음으로 고발했다.

그 주인공은 열일곱 살의 꽃다운 나이에 일제의 희생물로 몸을 버려야 했던 67세 한진숙으로, 양아버지를 따라 만주로 이사 갔다가 일본군에게 납치돼 그곳에서 석 달 동안 위안부 생활을 했다고 증언했다.

"세상에 철없는 그 어린 것을 열일곱 살에, 말이 열일곱 살이지, 많은 것도 아니고 열일곱 조금 넘은 것을 끌고 가서 강제로 그 울어도 안 당할려고 도망치면 쫓아 나와서 붙잡고 안 놔줘요. 이놈의 새끼가, 일본 놈의 새끼가, 군인 놈의 새끼가 그래서 할 수 없이 울면서 당해요. 그 말도 못 해요. 그 당한 이야기는 가슴이 아파서 말도 못 한다고요."

또, 자신이 붙잡혀 갔을 때 이미 네 명의 한국인 처녀들이 그곳에서 위안부 생활을 하고 있었으며 자신이 우연히 알게 된 한국인 상인을 따라 석 달 만에 탈출했다고 증언했다. 한진숙은 광복 46년이 지난 오늘까지도 일본의 정신대문제를 부인하고 있다는 사실에 통분을 참을 수 없어 오늘에야 말문을 열었다고 분노했다.

"이렇게 당하고 있는 사람을 몰라요. 일본에서는 없대요, 그런 적이 없대요. 기가 막혀서 말이 안 나와요. 내가 죽기 전에 내가 눈감기 전에 한번 말이라도 분풀이하고 싶어요."

한진숙의 용기 있는 증언으로 위안부 문제가 사회적 관심을 폭발적으로 불러와서 1992년 1월 8일 일본대사관 앞에서 첫 위안부 수요시위가 시작되었다.

이 소식을 해외에서 접하고 연구까지 하게 된 순영은 허 조교 사건을 승소로 이끌었듯이 위안부 문제에도 적극적으로 지지를 표하게 된다.

더 나아가 순영은 자신의 변호사라는 직함을 활용하여 2000년 국제 실행위원회에도 참여하면서 공동 기소장, 공동 검사단을 구성하여 도쿄에서 열린 '일본군 성노예전범 여성국제법정'에 한국위원회 부대표로 선정되었다.

그해 12월에 개최되는 '2000년 일본군 성노예전범 국제법정'에 순영은 위안부 할머니들에게 성노예 전범들에게 정정당당하게 책임을 물어 50여 년의 한을 풀 것을 설득했다.

드디어 일본 도쿄 구단회관에서 개막되었다.

이 법정에서 남한 측 검사가 된 순영은,

"히로히토 전 일왕이 일본군의 실질적인 통수권자로서 '위안소'의 존재에 관한 실질적 지식을 갖고 있었음에도 방지 조처를 취하지 않았고 이에 대한 법적 책임을 져야 합니다."

라고 강하게 주장했다.

남측 이순영 검사의 강력한 주장에 일본군의 태평양전쟁 개전 만 59주년 증인으로 출석한 남북한을 비롯한 8개국 군 위안부 피해자 70여 명의 얼굴엔 만감이 교차하는 듯했다.

법정 공방이 끝나자 함께했던 한 위안부 할머니가 순영에게 감사를 표했다.

"내, 평생에 한을 다 풀지는 못 하였다 하여도 오늘 그 많은 세월에 쌓였던 체증은 많이 내려간 것 같습니다. 검사님의 일본 재판관 아니 더 나아가 일본의 모든 전범에게 사이다 같은 추궁은 너무 감동이었습니다."

이에 순영은,

"아이고, 할머니, 과찬입니다. 10대라는 정말 인생에 있어서 불이 타오르기 시작할 나이에 영문도 모른 채 강제로 끌려가서 짓밟혔으니 그 통한이 어떻겠습니까?"

이에 위안부 할머니는,

"저는 이것만큼은 확실합니다. 일본 사람 모두가 나쁘다고는 절대 생각 안 합니다. 심지어 제가 위안부 시절을 언급하자면, 일본군 중에서도 착하신 분도 있었습니다. 그래서 제가 그분께 가슴이 새까맣게 타들어가는 가족에게 연락 한 통이라도 하게 해달라고 부탁했더니 당연히 도와주겠다고 하였어요. 그리고 그분이 자신의 개인적인 이야기를 조금 하기 시작하더라고요. 위안부 입장에서 일본군이 밉겠지만, 그들도 어찌 보면 전쟁의 희생자라고 하였습니다. 제국주의라는 명목으로 적지 않은 약소국들을 침략하면서 자신들도 타국에 파견되었다고 하더라고요. 위안부 여성과 일본군의 공통점은 항상 죽음이 목전에 있다는 겁니다. 그래서 그분이 어떨 때는 정부가 원망스럽기까지 한 적이 한두 번이 아니었다는 겁니다. 마지막으로 전쟁은 자신의 세대에서나 끝나야지 후손들까지 이어지면 안 된다고 하였습니다. 그러면서 자신이 언제 전쟁에서 죽을 수도 있으니 유언처럼 말하겠다며 절 보고 몸은 더럽혀졌어도 반드시 살아서 고향에 돌아가서 제2의 인생을 시작하라고 하였습니다. 내게 그래도 그분의 말을 듣고 하루하루가 피 말리게 힘든 위안부 생활을 조금이나마 용기를 가지고 견디어냈습니다. 지금 제가 그분의 행방을 모르지만, 행복하게 사시기를 바라고, 정말 나쁜 건 자국

청춘들의 목숨까지도 수없이 앗아간 일본 정부입니다."

이 위안부 할머니의 이야기를 다 들은 순영은,

"할머님의 말씀대로 이렇게 지혜가 많은 여성의 인생을 송두리째 빼앗은 나쁜 일본 정부와의 투쟁에 힘을 앞으로도 보태겠습니다."

"검사님, 참으로 고맙습니다."

천성적으로 장난기가 있는 순영은,

"할머님께서 검사님이라고 하니깐 제가 좀 이건 아닌 것 같아서 웃음이 나오네요."

"아니, 검사님이 아니고 뭡니까? 하하하."

"제가 옛날이야기가 나와서 말인데요, 사실 검사 생활을 하기는 했어요. 그런데 대구에서 6개월 동안 하다가 남 벌주는 게 제 체질이 아닌 거 같아서 바로 변호사로 개업을 했어요. 그래서 현재는 변호사예요."

"하하하, 그러면 6개월밖에 못한 검사 생활 이번 도쿄 법정에서 검사 역할을 하셨으니 소원은 푸셨나요?"

"그러게요, 검사는 그만두었으면 평생 안 하는 게 원칙인데 위안부 할머님들을 위해서 하게 되었으니 하늘이 기회를 주신 거네요."

이렇게 순영은 위안부 문제에 시민운동가로서 적극적인 관심과 활동을 발판으로 삼아서 다른 분야로까지 확장해갔다.

이때 순영은 참여연대에서 소액주주 권익 찾기 운동도 하고 있었다. 소액주주의 권한을 강화해 기업경영의 투명성을 높이고 비정상적인 경영행태를 민간차원에서 감시하고자 하는 취지였다.

이를 계기로 순영은 2001년에는 아름다운재단을 창립한다. 아름다운재단은 모든 사람이 '함께 사는 사회'를 지향하고 실천 행동 비전으로 '나눔의 생활화'를 함께 추구하는 게 설립 취지다. 그리고 변화를 위한 사회적 영향력을 행사하면서 지속적 변화의 주체가 되고자 하는 사람들의 연대체로서 사명을 수행한다.

이 당시의 서울시장이었던 강준성은 아름다운재단의 활동에 감명을 받아서 설립자 이순영에게 500만 원 정도의 후원금을 매달 기부도 하였다.

순영은 이에 감명을 받아 강준성 서울시장에게,

"저희 같은 사회적기업에 통 큰 기부를 해주시니 감사하다는 말밖에는 드릴 말씀이 없습니다. 훗날에도 이를 기억하기 위해서 기념사진 촬영이나 합시다."

이에 강 시장은,

"당연, 사진 한 장 남깁시다. 이 변호사가 나눔을 활성화하기 위한 좋은 기업이 사회적으로 널리 알려지면 좋겠소."

순영과 강준성 시장은 서로 악수하는 포즈로 사진 촬영을 하는데 훗날 순영이 시장 자리에 세 번이나 시민의 선택으로 주인공이 될 줄은 그때까지만 해도 누구인들 상상했겠는가! 심지어 준성과는 서울시장과 대통령으로 재회할 줄은 더 상상할 수 없었으리라!

아름다운재단 설립에 이어 순영은 지역과 중앙이 균등하게 발전하고, 시민들의 다양한 아이디어가 현실이 되고, 퇴직자들이 공공분야에서 자신의 능력을 발휘할 수 있고, 사회적 경제 생태계가 풍성해지고, 현장을 기반으로 한 교육을 통해 혁신적인 공공 리더가 많아지기를 희망하는 바람으로 2006년에 희망제작소를 설립하였다.

희망제작소의 주목할만한 특징은 표어 디자인이었다.

전체적인 스타일은 한글 이니셜로 구성된 워드마크를 채용함으로써 가독성과 커뮤니케이션의 효율성을 극대화하였으며, 희망을 상징하는 마술사 모자와 별 그리고 꽃잎을 형상화하고 제작소 느낌을 강조하기 위해 전등을 타이포그래피 처리하여 '소'자와 결합하여, 희망제작소가 지향하는 즐겁게 상호교감하는 단체의 이미지를 상징적으로 표현하였다.

이때 순영은 숨돌릴 새도 없이 바쁘게 달려서 지친 심신을 달래고자 잠시 상념의 시간을 가졌다.

'내가 개띠도 아닌데 개띠해에 인생에서 꼭 변화를 겪거나 아니면 무언가를 새로 시작하니 신기하다. 1970년 경술년에는 창녕 시골 소년이 고등학교 진학을 위해서 상경을 했고, 1982년 임술년에는 결혼과 동시에 검사임용이 되었고, 1994년 갑술년에는 본격적인 시민운동가로서 처음으로 참여연대를 설립했고, 2006년 병술년에는 희망제작소설립까지 참 놀라운걸.'

위와 같은 시민단체들을 설립한 공로로 순영은 아시아의 노벨상이라 불리는 막사이사이상을 수상하기도 하였다.

또, 막사이사이상 외에도 순영은 만해상도 수상하였는데, 이 모든 상금을 위의 단체의 활동가를 위해 썼으며, 참여연대에도 2천만 원을 상근 활동가 복지 기금으로 기부하였다.

그런데 2009년 순영은 사람은 참으로 약한 존재라는 것을 느끼게 되는 결정적인 일에 맞닥뜨리게 된다.

아름다운 재단의 큰 후원자였던 강준성 서울시장이 2007년 12월에 대통령에 당선되었다.

그러나 그 후로 순영은 강준성 정부가 자신이 하는 일은 물론 계획하는 일까지 사사건건 방해를 한다고 직감했다. 그와 관계있는 기업인들이 조사를 받았고, 그가 출연하는 프로그램이나 그에 관한 내용이 실린 기사에 간섭하는가 하면 강의를 가는 곳마다 정보과 형사들이 나타났다. 그만의 문제라면 참아 넘길 수 있었지만 무고한 사람에게 피해가 갈 수도 있었다. 세상이 거꾸로 돌아가고 있다고 순영은 느꼈다. 그도 그럴 것이 희망제작소 국가정보원이 희망제작소와 자신을 후원하던 민간 기업인 등을 사찰했다는 의혹도 제기된 바가 있었다.

이때 순영은 고 김홍래 변호사의 돈 버는 일 그만하고 넓은 세계를 보라는 유언대로 시민운동가의 길을 선택하게 되어서 거의 20년 가까이 지속하고 있는 동안 가족에게는 너무 바빠서 가족을 위한 시간 한번 제대로 내주지 못하고 생활비도 가져다주지 못하는 가장으로 굳어 갔다.

그 와중에도 딸 정은은 대한민국에서 최고의 대학인 서울대학교 미대를 무난히 들어갔다. 정은의 학비는 가족의 생계를 책임지는 엄마 경아가 감당했다. 아들 정현 역시 이러한 가족의 상황에도 묵묵히 열심히 자기 몫을 다하여 한양대학교에 들어갔다.

이렇게 가족의 희생을 기반으로 시민운동가로서의 삶을 살았는데 그의 큰 후원자마저도 청와대에 들어가고 난 후 달라졌으니 정신력이 워낙에 강한 순영인데도 심신이 가라앉았다.

2011년, 순영에게는 인생에 가장 큰 변화를 맞는 해가 왔다.

그해 여름, 심신이 처진 순영을 본 지인이 조언을 하였다.

"이 변호사님, 제가 이 상임이사님께서 워낙에 일 중독자일 정도로 일을 좋아하시는 건 압니다만, 기계도 휴식을 주어야 작동을 잘하듯이 사람은 오죽하겠습니까? 그러니 국내 여행이라도 한 달 이상 해보십시오."

이에 순영은,

"아, 좋은 생각이군. 이참에 국토 순례를 해보겠네. 근데 산길로네. 흔히 백두대간이라고 백두산부터 지리산까지 약 1,700km에 이르는 마루금으로서 지역의 경계선을 이루는 우리 민족 고유의 체계이지. 굽이 굽이 능선을 따라 연속된 이 길은 많은 산악인의 꿈이자 도전으로 자리 잡혀있지. 그래서 나하고 뜻을 모아서 같이 할 사람을 선정해서 시작하겠네."

이 결심을 순영은 아내 경아에게 말했다. 경아는 그의 휴식을 반겼다.

"좋은 생각이야. 항상 일에만 빠져있었는데 당신은 잠깐이라도 휴식이 필요해."

드디어 순영은 사는 곳도, 하는 일도, 나이도 전혀 다른 4명을 모아서 백두대간 등반을 시작하였다. 그들은 석준희 대장, 박우영 부대장, 대학생인 김홍석과 홍명근이다.

2011년 7월 19일, 순영은 백두대간 기간에 필요한 장비를 챙기고 시작한다.

그러나 순영이 워낙에 타고난 건강 체질인데도 백두대간이 쉽지만은 않았다.

발은 평발인 데다, 물집도 무척 많이 잡히고 발톱도 엉망이 되고 걸을 때마다 힘에 겨웠다. 솔직히, 이렇게 힘들 줄 알았으면 하지 말걸 하는 후회도 들었다. 하지만, 무언가를 시작할 때는 너무 따지면 결코 하지 못한다는 생각에 우선 발을 넣었으면 끝까지 가야 하며 무척 감성적인 데다 느낌이 꽂히면 확 결행하는 순영은 마음을 다시 추스르기도 했다.

그 힘든 백두대간 등반 거의 막바지 때 현 서울시장이 무상급식 반대 주민투표 무산에 대한 책임을 지고 8월 26일 무거운 표정으로 기자회견장에 들어서면서 다음과 같은 의사를 밝히고 시장직에서 사퇴했다.

"저의 거취로 인한 정치권의 논란과 행정 공백을 최소화하기 위해서 즉각적인 사퇴로 저의 책임을 다하고자 합니다. 내년 총선, 대선을 앞두고 무분별하게 쏟아져 나올 수 있는 과잉복지에 대한 경각심을 공유하고 바른 복지를 고민하는 데 일조했다면 저는 그것으로 만족합니다."

그렇게 현 서울시장이 물러난 지 이틀째 되던 2011년 8월 28일, 순영은 처음에는 지인들의 서울시장 출마권유를 거부했지만, 계속되는 설득에 더는 고통받는 대중의 삶을, 퇴행하는 시대를 그대로 두지 말라는 내면의 소리를 거부할 수 없어서 출마를 결심하였다.

이 결심을 순영은 전화로 가족에게 밝히는데 이에 경아가 그를 응원했다.

"당신이 예전에도 정치권에 입성하라는 권유를 몇 차례 받았음에도 거절한 게 기억이 나는데 이번에는 당신의 확고한 의지를 존중하는 뜻에서 받아들여야지."

이렇게 순영은 결심을 굳힌 뒤 산중에서 정명학 당시 서울대 융합과학기술대학원장에게 전자우편을 이와 같이 보낸다.

「어쩔 수 없는 운명의 힘으로 서울시장 선거에 나가게 됐습니다. 정 교수님이나 저나 냉혹하고 객관적 평가를 우리 스스로 내려야 할 시점입니다.」

이에 정 교수는,

「제가 힘이 닿는 데까지 도와드리겠습니다. 하산하신 다음 날 저와 만나셨으면 합니다.」

라고 답을 보냈다.

9월 5일 드디어 순영은 그 불편하고도 힘겨웠던 백두대간을 마쳤다. 그리고 하산 다음 날인 9월 6일 정 교수와 만났다.

"제가 사실은 서울시장 출마를 염두에 두고 있었는데, 이 변호사님의 무언가 끌리는 듯한 메시지가 저의 마음을 흔들었습니다. 제가 이 변호사님과 단일화를 하는 대신 출마는 이 변호사님께서 해주십시오."

"정 교수님, 너무도 감사합니다, 저는 변호사 출신 시민운동가인 데다 지지율이 아마 5% 정도에 불과한데 저보다 훨씬 유명세가 있으신 정 원장님께서 양보를 해주신다니 이 은혜 잊지 않을 겁니다."

이에 정 교수는,

"그렇게 고마우시면, 선거에서 이겨주시는 게 제 은혜에 보답하는 겁니다".

정 교수의 불출마 선언과 관련한 기자들의 질문에 이 변호사는,

"좋은 세상을, 새로운 세상을 만드는 일에 관심이 있었던 사람들이기 때문에 상식적으로 이해되기 힘든 이런 결론을 내리신 겁니다."

라며 토로했다.

순영은 10월 26일 보궐선거를 위해서 무소속 후보로 총력을 다하기 시작한다.

선거운동 기간 동안 순영은 환경 마라톤에 참석하는 등 환경과 복지를 내세운 행보로 지지를 호소했다.

"누가 가장 경쟁력 있고 가장 적합한 사람인지 시민들이 잘 알아주셨으면 합니다."

그리고 10월 3일, 순영은 최혜원 민주시민당 후보를 여론조사와 TV 토론 점수에서 이겨 야권 통합후보 자리를 차지했다. 시민단체의 힘이 민주당의 조직력을 이기는 기적과 같은 일이 발생한 것이다.

야권 통합후보가 된 순영은,

"전 시장의 서울 실정 10년을 끝낼 준비가 되셨습니까? 저는 이제 우리가 국민통합당을 이길 수 있다는 확신이 생겼습니다."

라고 당찬 포부를 밝혔다,

그리고 10월 25일 마지막 유세 날이 다가왔다.

이날 순영은 환경미화원 등 다양한 시민들의 목소리를 듣는 경청유세를 이어갔다.

"예산을 아끼고 아껴서 서울시민 여러분의 복지문제를 해결하는 복지 시장이 되겠습니다."

드디어 결전의 날인 10월 26일, 순영은 경아와 함께 투표한 후,

"최선을 다하는 과정에서 그래도 행복하고 만족스러운 일이 더 많았던 것 같습니다."

라고 그동안의 감회를 밝혔다.

그날 밤 방송 출구조사는 양경진 45.2%, 이순영 54.4%로 순영이 앞섰다. 이에 일제히 언론들이 무소속 이순영 후보의 당선을 예측했다. 순영이 20대부터 40대 유권자들로부터 압도적인 지지를 받은 것이 승리의 원천이 되었다.

지지자들은 "이순영! 이순영!" 하며 함성을 외쳤다. 순영은 "서울시민의 승리를 엄숙히 선언합니다."라며 서울시장이 되었음을 선포했다.

10월 27일 곧바로 순영은 새 서울시장으로서 공식 업무를 시작했다. 순영의 당선은 10년 만에 야권에서 서울시장 자리를 되찾았다는 의미도 있었다.

'첫 시민운동가 출신 서울시장'이 되어 지하철을 타고 시청으로 출근한 이순영 시장은 사무인계 인수서에 서명을 하는 것으로 서울시장으로서 공식 업무를 시작했다.

첫날의 업무를 마치고 귀가한 순영은 가족들에게,

"이제 천만 시민의 대표가 되었으니 어깨가 참으로 무겁다."

이에 딸 정은은,

"시장의 딸이 되었으니 처신이 더 힘들어지겠지만, 보람도 있겠지."

서울시장으로서의 애환

　순영의 서울시장 당선은 서울시민들에게는 새로운 수장이 생겼다는 사실은 물론, 고향 창녕의 친지들을 비롯하여 주민들에게도 큰 기쁨이었다. 더 나아가 마을잔치라도 벌일 분위기였다.

　그런 축제 분위기 속에서 특히 그의 죽마고우 영춘은 자기 일처럼 기뻐했다.

　"영이가 일냈다, 일냈어. 정말 시골 소년이 서울시장까지 되었으니 내가 된 것같이 기쁘데이."

　그리고 그의 큰누나 순녀는,

　"항상 겸손하게 초심을 잃지 않고 시장의 임무를 해야 된데이. 그래, 영이는 잘할 기다."

　그러나 순영이 서울시장에 당선됨과 동시에 뉴타운 원주민들의 문제들을 비롯하여 어디를 가나 그에게 의견을 말하고 싶은 시민들의 이야기를 귀 기울여 듣는 것과 전임 서영우 시장이 추진하던 서울 공공자전거시스템 사업 재검토 등을 비롯하여 숱한 업무 또한 그를 기다리고 있었다.

　심지어 그를 반대하는 시민 때문에 난처한 일도 일어났다.

15일 오후 순영은 민방위의 날을 맞아 서울 시청역에서 실시된 대규모 정전대비 지하철 대응훈련을 참관하고 있었다. 그러던 중 어느 60대 여성이 갑자기,

"종북좌파!"

"사퇴해 이 빨갱이 새끼야!"

라고 소리를 지르며 주먹을 휘두르며 뒷덜미를 가격했다.

이에 이순영 시장 근처에 앉아있던 서울시 관계자가 충격을 받은 채로 "이러시면 안 됩니다. 여기 공적인 업무 장소에서 난동을 피우시면 안 됩니다."라고 말하면서 이 여성을 끌어냈다.

이 여성이 끌려나간 후 한 기자가 이순영 시장에게 물었다.

"시장님, 괜찮습니까?"

이에 이순영 시장은 "어, 그런 일이 있었습니까?"라고 되묻는 등 도리어 당사자는 태연했다.

또 한 공무원이 "시장님, 당황하지 않으셨습니까?"라고 묻자 순영은 "시장이 그만한 일에 당황해서야 되겠습니까?"라고 아무 일도 없었다는 듯이 답했다.

경찰 조사 결과 이 여성은 '8·15 반값 등록금 실현 국민행동, 등록금 해방의 날 행사'에 참석했던 구동섭 민주시민당 의원을 폭행했던 박모 (62)씨인 것으로 밝혀졌다.

이에 대하여 보수우파 관계자들은 "절대 해서는 안 될 일이다. 개인적 폭행-인민재판식 공격 등은 보수우파가 가장 금기시하는 행동"이라며 비판했다.

그리고 시민운동가에서 서울시장 당선까지 변화가 많았던 2011년을

보내고 2011년 12월 31일에 2012년 1월 1일 순영은 제야의 종을 타종하러 분홍빛 두루마기의 한복을 곱게 차려입고 보신각에 모습을 드러냈다.

매년 12월 31일에 보신각 제야의 종 타종은 고정인사가 서울시장, 서울시의회의장, 서울경찰청장, 서울시교육감, 종로구청장 다섯 명이기에 순영은 서울시장 신분으로 첫 제야의 종 타종을 하게 된 것이다.

그런데, 그날 타종인사들이 타종한 이후엔 관례상 해오던 서울시장 인터뷰는 아예 아무 방송에서도 하지 않았다. KBC는 타종한 뒤 5분 안팎의 보신각 현장 방송을 하다 본 방송으로 카메라를 넘겨 이순영 서울시장 인터뷰를 할 새도 없었다. 반면, MNB는 임진각에서 타종인사들의 타종이 계속되고 있는 와중인데도 송종섭 경기도지사와 인터뷰를 했다.

이날 타종은 종래 유력인사만 선정했던 것과 달리 군 위안부 피해 할머니 등이 타종인사로 나섰고, 행사 전 공연에서는 시각장애인과 다문화가정 어린이들이 노래를 부르는 등 과거 인기가수 위주의 요란한 행사와는 다른 변화를 주었음에도 말이다.

이에 대해 제야의 종 행사에 참가했던 한 시민은,

"뭐야? 추위와 발 디딜 틈도 없는 북새통 인파를 이기고 참여했는데 진짜 언론들 의도적인 거 아냐? 아니면 이순영 새 서울시장한테 불만이 있는 건가? 무시를 하는 건가?"

라고 비판했다.

어찌 되었든 순영은 2014년 7월 1일 새 시장이 취임하는 날까지 속된 말로 그를 꼴 보기 싫을 정도의 시민이 있어도 서울특별시장이다.

그런데 순영은 2014년 6월 4일 지방선거에 다시 도전하여 상대 후보를 누르고 서울시민의 선택을 받는 데 성공하여 2018년 6월 30일까지 시장직을 수행하게 되었다.

재선에 성공한 순영은 당선 소감에,

"시민들은 낡은 것과의 결별을 선택했습니다. 제 당선은 여명호의 슬픔에서 시작해 근본의 변화를 요구한 시민 모두의 승리이고 이제 새로운 시대를 향해 묵묵히 걸어가겠습니다."

라고 소감을 밝히며 당선을 기정사실화했다.

또, 순영은,

"여기 저의 아내가 나와 있으니 드리는 말씀이지만, 저는 저를 향해서 네거티브하고 음해하는 것은 참을 수 있을지라도 제 가족에 대해서까지 하는 건 정말 용서하기 어려웠습니다."

라고 그동안 겪어왔던 고통을 토로하기도 했다. 그렇지만,

"저를 지지한 분들은 물론이고 반대한 사람과도 함께 서울시 모두의 시장으로 일하겠습니다."

라며 통합의 시정을 약속하였고,

"다 함께 한 마음으로 시민이 원하는 변화를 만들겠습니다. 기본과 원칙을 지키며 함께 희망을 만들어가겠습니다."

라고 다짐했다.

이때 이순영 서울시장 재선 성공에 대해 각종 언론에서 다음과 같이 논평했다.

[이번 당선으로 앞으로 4년간 제2기 서울시정을 펼칠 수 있게 됨

은 물론 '대권 도전에 이르는 지름길'이라 불리는 서울시장 재선 고지에 오르면서 야권의 유력한 대권주자 반열에 성큼 다가가게 됐다.]

[이 당선인의 의지와 관계없이 2017년 대선이라는 더 큰 도전이 그의 앞에 놓여있는 모양새이다.]

하지만, 사람의 미래는 누구도 장담할 수 없는 법!

순영이 이 대선이라는 단어로 인해 몇 년 후 정치권으로부터 소외당하는 걸 넘어서서 제거 대상까지 될 줄 예측이나 했을까!

그렇지만, 그의 고향 창녕에서는 2011년 보궐선거에서 당선되었을 때와 같이 잔치가 열렸다.

특히 그와 어린 시절부터 함께했던 영춘은 동장가마을 친지와 주민 앞에서 기쁨을 감추지 않았다.

"이제 순영이가 서울시장으로서 자리를 보궐이 아닌 정식 선거에서 승리해서 차지하였으니, 창녕을 중심으로 이순영 팬클럽이라도 만들어야 하는 건 아닌지 모르겠다."

이에 영춘의 주위에 모여있던 사람들이 동의했다.

"그래, 이왕 창녕의 아들이 서울시장이 아닌 향후 대권까지 가도록 팬클럽이라도 만들어서 힘을 팍팍 순영이에게 실어주자마."

이렇게 해서 '이순영 팬클럽'이 탄생하였다.

영춘은 공직에서 퇴직한 후라 시간적 여유가 있었기에 '이순영 팬클럽'에서 적극적으로 활동을 시작하였다. 하지만 정작 순영은 서울시장으로서 난관을 숱하게 헤쳐나가고 있었다.

특히, 2016년 남금실 사건이 터지자 황 대통령 퇴진 촛불시위에 참여하는가 하면, 2017 대선 행보를 포기하고 김성욱 대통령을 지지하는 일도 하였다.

이제 주위의 정치인들이 순영을 구슬리기 시작했다.

"시장님, 이제 서울시장으로서 보여줄 건 다 보여줬으니 이제는 새로운 행보를 보여줘야 2022년 대선에서라도 승산이 있지 않겠습니까?"

"하하하, 서울시민들이 들으면 섭섭해하겠어요. 현직 서울시장인 이상 이 위치에서 '시민 이순영 시장입니다'라는 일념으로 최선을 다하는 게 먼저이지요."

순영의 이 답변에 당시 주 은평구청장은,

"시장님, 다음번에는 경남지사, 국회의원 재보선이나 당대표에 도전해 보시는 게 좋을 듯합니다."

이에 순영은,

"하하, 그래요. 그럼 주 구청장이 생각하기에는 방금 언급했던 경남지사, 국회의원 재보선, 당대표 도전 중 어느 도전이 가장 저에게 적합하다고 생각하십니까?"

"아, 저는 경남지사 도전이 가장 적합할 거 같습니다. 시장님이 만약 경남지사가 되면 여러 가지 장점이 많습니다. 예를 들어 경상남도 안에 김해 가야마을이 있어서 친신 그룹과 거리를 좁힐 수 있고, 김성욱 대통령도 이순영 시장님께서 나서주는 것에 내심 고마워할 겁니다. 더 나아가 대선에 나가려 하셔도 지지층을 서울에서 PK로 넓힐 호기입니다."

주 구청장의 설득을 경청한 순영은,

"감사합니다. 내 깊이 생각해보겠습니다."

또, 순영에게 주 구청장 말고도 정치권에 능통한 어느 대학교수도,

"정치인이 이미 이뤄놓은 성공에 안주하면 어떻게 합니까? 싫증 내는 대중들에게 자꾸 새로운 모습을 보여주어야지요."

심지어 그와 가장 막역한 사이인 박홍철은 더 강력하게 시장출마를 반대했다.

"시장님, 제가 3선 도전하시면 당연히 돕기는 하겠으나, 대권에서 멀어지실 가능성이 있을 걱정이 드네요."

이러한 주위의 적지 않은 만류에도 불구하고 순영은 3선 도전의 결심을 굳혔다. 그래서 시장실 참모들까지도 3선 성공을 돕기로 했다.

결국, 순영은 2018년 4월 12일 오전 11시 서울 여의도 민주시민당 당사에서 다음과 같이 출마 선언을 한다.

"내 삶을 바꾸는, 서울의 10년 혁명. 김성욱 정부와 함께 완성하겠습니다. 존경하는 서울시민 여러분, 사랑하는 당원동지 여러분. 6년 전 대통령이 토목의 강을 파고, 불통의 벽을 쌓을 때 저는 서울시장이 되었습니다. '시민 이순영 시장입니다'라고 선언했고 '내 삶을 바꾸는 첫 번째 시장'이 되겠다고 약속했습니다.

강준성 전 대통령과 황정수 전 대통령의 시간을 지나며 제가 한 일은 어쩌면 한 가지입니다. 서울에 사는 정직하고 성실한 사람들을 모든 정책의 우선순위에 두는 것이었습니다. '사람 사는 세상'을 위한 대 전환이었습니다. 도시의 주인이 사람으로 바뀌는 시간이었습니다.

6년 후 이제 새로운 시간이 왔습니다. '사람이 먼저입니다' '내 삶을 바꾸는 변화'를 실천하는 김성욱 정부가 있습니다. 저는 2022년 서울에 사는 보통사람들이 건강하고 인간다운 삶, 자유롭고 정의로운 삶, 서

로가 사랑하고 나누는 삶을 살고 있다고 말할 수 있도록 사람이 행복한 서울, 그 10년 혁명을 완성하고 싶습니다.

그리고 시민이 주인인 도시, 친환경 무상급식, 시립대 반값 등록금, 채무 8조 감축과 사회복지 두 배 증액, 비정규직의 정규직화, 찾아가는 동주민센터, 12만 호 임대주택공급과 국공립어린이집 30% 달성, 재개발. 뉴타운의 정리와 도시 재생 등등 숨 가쁜 혁신의 나날이었습니다.

시민의 삶이 바뀌는 변화의 여정이었습니다. 도시의 주인이 바뀌는 시간이었습니다. 사람에 투자한 도시의 경쟁력은 더 커졌습니다.

지난 강준성, 황정수 정권 동안 국가경쟁력이 26위로 떨어졌음에도 서울의 도시경쟁력은 6위로 올라섰습니다.

서울은 세계와 더 크게 연결되고 있습니다. 지속가능성과 포용적 성장을 위해 세계도시들과 연대하고 협력하고 있습니다.

그렇습니다.

이 모든 것은 시민과 함께 이룩한 성과입니다.

지난 6년 동안, 그리고 지금 이 순간도 내 삶을 바꾼 첫 번째 도시 서울은 시민 이순영 시장입니다.

그러나 가야 할 길이 멉니다. 꿈꾸고, 연애하고, 결혼하는 것이 힘겹다는 청년들이 많습니다. 여전히 아이를 키우는 게 두렵다는 젊은 부부가 있습니다. 홀로 외롭게 돌아가시는 어르신이 계십니다. 구의역 사고의 아픈 기억도 아직 생생하게 남아 있습니다. 좀 더 철저하고, 좀 더 근본적으로 서울을 바꾸는 데는 부족함이 많았습니다.

그러나 이러한 성찰과 반성조차 저는 미래 4년을 실수와 시행착오 없이 오롯이 시민들을 위한 결실의 시간으로 채워낼 자산이 될 것이라고

믿습니다.

이제 김성욱 정부와 함께입니다. 서울의 생각과 가치가 대한민국의 철학으로 확장되고 있습니다. 서울의 정책이 대한민국의 표준으로 연결되고, 새 정부의 모델이 되고 있습니다.

이제, 서울은 새로운 미래의 도전을 시작합니다.

지난 6년의 서울시정의 경험과 실력으로 시민의 삶의 질을 높여갈 것입니다. 서울은 이제 각자도생의 세상을 끝내고 공동체적 삶에 기반한 사회적 우정의 시대를 열어갈 것입니다. 서울은 촛불광장의 정신을 일상의 민주주의로 뿌리내리게 할 것입니다.

서울은 청년의 사랑에 투자하는 도시, 혁신성장의 미래에 투자하는 도시, 평화에 투자하는 도시가 될 것입니다. 도시의 매력과 품격을 높여 세계에서 으뜸가는 글로벌 도시를 만들어갈 것입니다.

시민 한 사람 한 사람의 삶이 빛나는 서울.

천만 개의 꿈이 자라고 실현되는 서울.

그런 서울을 만들어가겠습니다."

시대와 나란히 시민과 나란히
이순영

이렇게 3선 도전 공식 선언과 동시에 순영은 본격적인 선거운동과 상대 서울시장 후보들과 TV토론까지 그야말로 벅찬 일정을 보내게 된다.

이런 숨 가쁜 일정 중에 순영은 4월 29일에 잠시 짬을 내어 고향 창녕을 방문한다.

이날 순영은 고향 친지들의 뜨거운 환영을 받는데 죽마고우인 영춘은,

"내, 니 소식 들었다. 이번에는 경남지사 도전을 주위에서 강력하게 권유했다면서? 니가 경남지사 도전했으면, 창녕을 중심으로 내가 발 벗고 나서서 선거운동까지 적극 도와주었을 기다."

이에 순영은 어린 시절 장난기가 발동하여,

"히히히, 영춘아 공직에만 평생 있어서 고지식하기가 그지없는 줄 알았는데, 팬클럽 임원 맡더니 정치물 쪼매 먹었나보이."

"나도 어린 시절 개구쟁이였지만, 니보다는 한 수 아래였지. 근데, 요즘은 거의 없다시피 하는데 니는 아직도 많이 남았나 보다마."

"히히히, 내 아마 관속에 들어가기 전까진 못 버릴 기다."

이렇게 고향에서 온기를 받고 온 순영은 이제부터 치열하고도 한 치의 양보도 없는 선거전에 돌입하였다.

6·13 지방자치 선거를 앞두고 TV토론에서 순영은 상대 후보인 송종섭, 정명학 후보와 예상대로 치열한 공방을 벌였다.

송종섭 후보 왈, "이번 서울시장 선거는 이순영 시장 7년간 쌓인 7대 적폐를 대청소하는 날입니다."

정명학 후보 왈, "이순영 시장 7년을 끝내고 싶은데, 야권에서 두 명이 나와 답답해하시는 것 충분히 이해합니다. 미세먼지의 확실한 대책은 시장을 바꾸는 겁니다. 지하철역, 버스정류장 미세먼지 프리존으로 만들겠습니다."

상대 후보의 날카로운 비판에도 순영은 담담하게 자기 공약을 주장했다.

"강산이 변하는 데도 10년이 걸립니다. 서울 10년 혁명 김성욱 정부와 한팀이 되어 이루겠습니다."

이에 송종섭 후보는,

"이순영 시장 이렇게 서울을 엉망으로 만들어놓고도 4년 더 하겠다고 나섰습니다. 도대체 서울을 얼마나 망치려고 하십니까?"

이렇게 살얼음판 같은 토론에서의 격돌도 무사히 거친 이순영은 결국, 6·13 선거에서 과반의 지지를 얻어 헌정 상 최초로 3선에 성공한 서울시장이 되었다.

순영은 서울시장 3선 당선 소감에서,

"지난 7년의 경험을 토대로 해서 정말 서울이라는 도시를 세계 어떤 도시 못지않은 글로벌 톱도시로 만들겠습니다."

라고 확고한 의지를 밝혔다.

그리고 순영은 3선에 성공하면 한 달간 옥탑방 체험을 하겠다는 약속을 선거유세 중에 하였는데 7월 22일 강북구 삼양동 옥탑방 체험을 시작한다.

이때 삼양동 주민들은,

"시장님께서 이렇게 저희 동네에 오셔서 고생을 사서 하시게 되니 저희로서는 고맙기도 하면서도 미안하기도 합니다."

본격적인 옥탑방 생활에 들어간 순영은 어느 날 '영이네 민박'이라는 플래카드를 내걸고 1박 2일 동안 청년들을 위한 민박집을 차렸다.

진짜 기대하던 청년들이 왔다. 그중에는 외국인 청년도 왔다.

순영은 외국인 청년에게 반갑게 말을 건넸다.

"여기는 외국에서 오셨네. 어디서 왔어요?"

"독일이요."

"독일에서!"

다른 한 청년도 대답했다.

"키르기스스탄이요."

"키르기스스탄!"

근데 두 번째로 가라면 서러울 만큼 개구쟁이인 순영은 갑자기 청년들을 향해 "히히히, 흐―허어어." 하면서 물을 뿌렸다.

이에 당황한 청년들은 헛웃음이 나왔다.

"시장님!"

"내가 장난친 건데 여러분 미워서 그런 거 아닌 거 알죠. 수건을 가져 올게요."

아무튼 환갑이 넘어서까지도 순영의 장난기는 자타가 공인할 정도다.

어느덧 8월 22일 옥탑방 생활을 마친 순영은 삼양동 주민들에게,

"그동안 고마웠습니다."

라고 인사와 악수를 일일이 하고 승합차에 오른다.

그리고 순영은 옥탑방 생활을 토대로 강북권 발전 계획을 구상한다.

이렇게 3선 서울시장으로서 임기를 큰 차질없이 수행하여 2022년 대선 도전을 목표로 하였다. 사람의 일은 바로 내일의 일도 예측할 수 없듯이 2020년이 순영에게 무슨 일이 생길 거라는 것을 전혀 알 수 없는 상태에서 다가왔다.

심지어 2020년 새해를 알리는 제야의 종에서 순영은 2019년 인기몰이를 한 여우 캐릭터 페리를 공식 초청하는 이색적인 모습을 보이기도 했다.

2020년, 누구도 예측 못 한, 전 세계를 고통의 도가니로 몰아넣는 코로나가 찾아왔다.

순영은 서울시장으로서 '코로나'라는 질병으로부터 서울시민의 안전을 책임지는 상황에 놓이게 되었다.

거의 매주 토요일이면 청계광장, 서울광장, 광화문광장에서 김성욱 하야범국민투쟁본부 집회가 열렸는데 순영은 코로나 확산을 우려하여 집회 개최를 금지했다.

이에 곽준경 목사 측의 반발이 심했는데 하루는 순영이 집회 자제를 요청하기 위해 광화문광장을 방문하여 한편에 마련되어있는 서울시 방송차에 올라 안내 연설을 했다.

"서울시민 여러분, 집회 금지는 국민의 생명과 안전을 지키기 위해 필수 불가결한 조치였음을 분명히 말씀드립니다. 어제 하룻밤 사이에 142명이 확진됐고 청정지역까지 뚫리는 중으로 시민들의 협조가 가장 중요한 시기입니다. 어서 집회를 중지하고 빨리 집으로 돌아가시길 바랍니다. 여러분의 안전뿐 아니라 옆 사람과 이웃의 안전과 건강까지 해칠 수 있습니다."

이에 집회 참가자들은 야유를 보내고 발언대를 향해 쌀알을 날리는 등 반발을 했다.

하지만, 순영은 2022년 6월 30일까지는 어떠한 난관이 닥치건 서울시장으로서의 임무를 수행해야 하고 당장 코로나 극복이라는 과제를 안고 있었다.

순영은 저소득층에 재난지원금이라는 제도를 만들어 혜택을 주는가 하면, 코로나19 확산이 우선순위로 우려되는 일부 실내포장마차 등을 대상으로 "집합금지명령"을 시행, 검토하였다.

이렇게 순영이 3선 서울시장으로서 코로나19를 차분하게 극복하고 있는 찰나에 또 하나의 큰 장벽이 생겼다. 순영의 대권 도전에 대해서 암암리에 반대하는 세력의 압박이 보이지 않게 가해지고 있음을 이순영 시장은 피부로 느꼈다.

예를 들어 박주연 의원은 그린벨트 해제를 촉구하는가 하면 순영은 그린벨트 사수를 강력하게 주장하는 데 마찰이 심했다.

그래서 어느 날 순영은 막역한 사이인 동백문화 출판사 공 대표에게 만나자고 연락을 했다.

순영을 만난 공 대표는,

"이순영 시장같이 바쁘신 몸이 어떻게 날 보자고 하셨나?"

순영은 깊은 한숨을 쉬며,

"내가 시장에 처음 당선될 때 무소속이었지. 그래서 한때는 민주시민당 주류에 인맥이 없어 사표를 던지려 했었지. 겉으로는 내가 3선 시장이라 권력이 막강할 거라 생각하지만, 하다못해 부시장도 뜻대로 임명하지 못했어. 그리고 민주시민당의 간섭이 암암리에 많다네."

"이순영 시장같이 웬만한 난관에 끄떡도 안 하는 사람이 나를 개인적으로 만나서 이렇게 토로하다니 생각보다 심각하구먼."

"내가 김성욱 정부와 원팀이라고 시장 선거 유세 때도 늘 말하곤 하였지만, 사실 친김 쪽에서 나에 대한 견제를 상당히 해서 힘들어 못 하겠다는 소리가 나올 정도네."

"이 시장, 아무튼 오늘 만남은 나에게 상당한 충격을 주었네, 그래도 자네가 늘 입버릇처럼 시민만 보면 힘이 난다고 말하지 않았나? 누가 뭐라 해도 현재는 천만 시민의 수장이라는 걸 항상 명심하시게."

순영을 보낸 후 공 대표는 이순영 시장을 띄워주기 위한 책을 발간하기로 결심한다.

《이순영 죽이기》

이러한 난관 속에 순영은 나름 대권 도전을 위해 코로나19를 서울시민들과 극복하는 차원으로 만 65세 이상 되는 서울시 거주민들에게 무료로 마스크를 5장씩 배포하는 사업도 실시하였다.

이 마스크는 소현의 집에도 들어왔다.

"띵동."

초인종 소리에 소현이 인터폰을 확인했다.

"누구세요?"

"서울시 행사 택배입니다."

"네?"

문을 열자 택배기사가 상자를 들고 있었다.

"자, 여기 5매씩 2통이 있어요. 부모님 다 만 65세 이상이죠?"

"예."

소현은 부모님께 마스크를 내보였다.

"서울시에서 주는 거래. 만 65세 이상에게 준다나 봐."

"그런 사람이 서울에 몇 명인데 다 주면 비용이 어마어마할 텐데, 이순영 시장이 대권 도전에 이렇게까지 힘을 쓰는 거 보니 아마 힘든가 봐."

순영이 이토록 나름대로 난관을 헤쳐나가고 있을 때 2020년 6월 25일, 대한민국은 그날이 6·25 전쟁 70주년의 날을 맞이했는데 코로나19

로 인하여 곳곳에서 예상외로 간소하게 행사를 벌였고, 한편 서울시청에서는 한반도클럽 대사 초청 오찬간담회가 열렸다.

한반도클럽은 서울에 주재하며 평양 주재 공관장을 겸임하는 20개국 대사들의 모임으로 유럽연합(EU), 핀란드·호주·멕시코·터키·캐나다·덴마크 등이 가입했다.

이 간담회에서 이순영 시장은,

"서울시가 코로나19 방역 물품을 북한에 지원하는 것에 대해 유엔으로부터 제재 면제 승인을 받았습니다. 그러면서 제재 면제 조치를 기회로 삼아 북한 당국에 신종 감염병 문제 등과 관련한 방역 협력을 위해 대화를 제의합니다. 만약 북한이 응한다면 언제든지 제가 북한을 방문할 용의가 있습니다."

라고 입장을 밝혔다. 그리고,

"현재 북측의 과열된 감정을 냉각시키려면 우리 동맹인 미국이 비핵화 협상을 위한 북미대화를 좀 더 적극적으로 추진하기를 희망합니다. 대북 제재의 예외 부분인 인도적 분야를 보다 넓게 해석해 적용할 수 있게 하는 등 북한 비핵화를 추동할 방법이 있고 그래서 대북 제재 완화의 전향적인 검토도 필요합니다."

고 말했다.

이 간담회에 참여한 에로 수오미넨 핀란드 대사는,

"1987~1990년 독일에 처음 부임해 당시 독일 통일을 목격했습니다. 한국에서 임기가 약 두 달 남았는데 역사적 순간이 한반도에서 탄생하는 것을 보지 못할 듯해 아쉽습니다. 작은 발전들이 평화로 이어지기 바랍니다."

라고 말했다.

그런데! 그런데!

사람의 일은 바로 앞의 일도 예측할 수 없듯이 그로부터 2주 뒤 순영이 이 에로 수오미넨 대사관저 근처에서 의혹의 실마리가 일어날 줄 누가 예측했겠는가!

그다음 날 26일 그날 새벽에 23세의 민가은 트라이애슬론 선수가 감독을 비롯한 주장선수와 동료의 지속적인 폭력에 못 이겨 숙소에서 투신하에 생을 마감하였다.

그 소식을 들은 이순영 시장은 페이스북에,

"너무 미안합니다. 민가은 선수의 안타까운 죽음에 깊은 애도를 표합니다. 화가 납니다. 참담합니다. 폭행과 가혹행위를 한 이들의 개인적 일탈만의 문제는 아닐 것이며, 인권은 뒷전이고 승리와 성공만을 최고라고 환호하는 우리 인식과 관행이 아직도 강고하다. 저부터 반성하겠습니다. 서울시 울타리 안에는 유사한 일이 없는지 살펴보겠습니다. 어떤 폭력과 인권 침해도 용서하지 않겠습니다."

라고 적었다.

그리고 7월 4일에 영어의 몸인 국정희 전 충남지사가 모친상을 당했다. 그래서 교도소 측에서 특별휴가를 주어서 서울대병원 모친상에 참석했다.

이때 이순영 시장은 소식을 듣고 5일 서울대병원에 가서 국정희 지사에게,

"모친께서 지사님이 옥중에 있을 때 돌아가셔서 마음이 편치는 않았을 겁니다. 하지만, 저세상에서 지사님의 앞날을 위해서 기도하고 있을 겁니다."

라며 삼가 조의를 표했다.

그러고 나서 근처에 있던 경기고등학교 선배이기도 한 조근태 전 의원에게 다가가서,

"한강 사업소의 매점이 장사가 꽤 잘 되는 걸 한 2년 전에 주선을 좀 해서 광복회 쪽에 두 개를 줬는데, 올해 계약이 만료된 것 두 개를 광복회에 더 주려고 합니다."

이에 조근태 전 의원은,

"아, 근데 이순영 시장이 광복회를 꽤 아끼시는군요."

이와 같이 일상적인 주제로 상가에서 대화를 한 후 자리를 뜨면서 서로 잘 가시라고 작별인사를 했다.

그렇게 이순영 시장에게 3일 뒤 엄청난 일이 기다리고 있음을 그 자신도 모른 채로 시간이 흘러가고 있었다.

운명의 2020년 7월 8일

드디어 그날이 왔다. 평소와 마찬가지로 순영은 공관에서 아내 경아가 차려준 아침 식사를 하는 중에,

"코로나19가 왕성하게 퍼진 2월 말에는 마스크가 없어서 난리였제. 그 대안책으로 천마스크에 필터를 끼워 넣는 마스크를 사용하지 않았나. 그래서 정부가 일주일에 약국에서 2장씩만 구매가 가능하도록 대책을 세웠을 때 약국 앞에서 줄 서는 시민들의 모습이 항상 눈에 띄었제. 그러다가 마스크 생산을 대폭 늘려서 일주일에 3장에서 5장 하다가 이제는 10장까지 가능해졌으니, 시민들이 마스크 구매 걱정은 줄어들었고, 내도 시장으로서 기쁘구마."

라고 자신의 심정을 가볍게 경상도 사투리로 이야기한다.

이에 아내 경아가,

"시장으로서 꼭 큰 무언가를 이루어야만 보람 있는 게 아니라 시민들의 일상의 사소한 행복한 변화도 당연히 기쁜 거 아이가."

대화하다 보니 어느새 순영은 아침 식사를 다 마치고 출근 채비를 한다.

시청에 출근한 순영은 이날은 그린뉴딜 정책 논의에 관해 생각을 정

리한다.

그린뉴딜 정책 회의에서 순영은,

"효율 중심의 양적 성장은 더는 유효하지 않으므로 우리 자신, 지구, 인류 생존의 미래전략인 서울판 그린뉴딜을 추진해 탈 탄소 경제 사회로의 대전환을 본격화하겠다."

고 주장했다.

또 건물, 수송, 도시숲, 신재생에너지, 자원순환 등 5분야에 집중 추진하고 2022년까지 총 2만6천 개 일자리 창출을 위해 2조6천억 원을 투입하는 계획을 발표했다.

이렇게 오전까지 순영은 평상시와 다름없이 시장으로서 업무를 수행하고 있었다.

그런데, 오후에 표은혜 서울시 젠더특보에게 이상한 전화가 걸려 온다.

"여보세요, 표은혜 젠더특보 되시죠?"

"네. 어디시죠?"

"저는 C국회의원인데요, 이순영 시장님과 관련해서 불미스러운 일이 있습니까?"

"아니요. 금시초문인데요. 제가 시장님께 자초지종을 여쭈어본 후 다시 연락드리겠습니다."

통화가 끝나자마자 표은혜 젠더특보는 즉시 시장실로 향했다.

"시장님, 제가 이렇게 성급히 뵙자고 한 건 시장님과 관련한 불미스럽거나 안 좋은 얘기가 돌아서입니다. 전 A 비서 성추행 얘기인데요, 혹시 그 비서와 연락한 적 있으십니까?"

"그런 적 없는데."

"네, 그럼 시장님 퇴근 후 다시 연락드리겠습니다."

"아냐, 그러지 말고 내 공관으로 직접 오도록 해."

이때 순영은 마음속으로,

'아, 무언가 나에 대해서 여성단체와 나에게 반감 있는 세력이 나를 수렁에 몰아넣고 있구나.'

라고 짐작하였다.

순영은 갑갑한 속내를 숨기고 예정대로 그날 저녁 전, 현직 구청장들과의 만찬에 참석해 화기애애한 담소를 하며 마친다.

그리고 마치 순영을 수렁에 몰아놓기 위해 어디선가는 경찰청 관련 내용을 청와대 국정상황실에 보고한다.

모든 공식 일정을 끝낸 후 공관으로 귀가한 순영은 성추행 피소 사건에 대한 대책을 세운다.

그때 오후에 처음으로 순영에게 보고했던 표은혜 젠더특보를 포함해서 서울시 변호사 등을 공관으로 불러들여 피고소 관련 회의를 계획한다. 약속대로 순영이 표 젠더특보에게 전화를 건다.

"표 젠더특보?"

"네, 시장님."

"내가 공관에 들어왔으니, 이리로 오도록 해. 표 젠더특보 말고도 서울시 변호사들도 참석하기로 했으니깐. 나 참 기가 막혀서 말이 안 나오네."

어느새 시장공관에는 순영이 불러들인 사람들이 다 모였다.

먼저 순영이 입을 열었다.

"내가 여성단체에 도움을 주었으면 주었지, 무슨 억하심정이 있어서 그 여비서와 성추행 피소를 해! 내가 예전 이야기하면 그렇지만 여성의 전화 자문변호사까지 지냈던 사람이야."

이에 표 젠더특보가 먼저,

"시장님, 일단 감정 가라앉히시고 제가 차근차근 말씀드릴게요."

"그래. 해봐."

"저도 황당해서 시장님 피소 사실을 알려주었던 여성분한테 다시 전화를 걸어서 물어보았더니 여성단체들이 대책위 구성 얘기를 안 해준다고 하더랍니다. 어찌 된 영문인지 저도 어리둥절하네요."

"음. 사실은 내가 그 피해자라고 하는 비서와 주고받은 문자가 있는데, 이게 문제 삼으면 문제 될 소지는 있어."

이에 또 다른 변호사가,

"시장님, 문자가 문제 될 소지가 있어도 뚜껑은 열어봐야 한다고, 진실만을 밝히시는 게 우선일 거 같은 게 저의 생각입니다."

"내 참고할 테니깐, 일단 밤이 깊었으니 각자 자택으로 귀가해서 좋은 꿈 꾸시고."

결국, 공관에 순영과 가족만 남았다. 순영은 아내 경아와 정은을 들여보냈다.

"나는 왠지 잠이 잘 안 와서 마당에 밤하늘 보고 있다가 들어갈 테니 먼저들 자."

공관 마당에서 순영은 마음속으로,

'내가 대선을 염두에 둔 것을 다 알고 음해함이 분명하다. 그래 좋다. 일단 시장직을 사퇴한다고 하면 급한 불은 끄겠지.'

라고 생각하고 잠자리에 들었다.

그다음 날 순영은 시청에 출근하지 않고 비서실장을 공관으로 불러들였다.

"내 짐작에는 피해자가 여성단체와 뭘 하려고 하는 것 같은 생각이 들어. 그래서 말인데 고발이 예상되고 빠르면 내일 언론 공개를 예상하고 시장직을 던지고서라도 대처할 거야."

이에 비서실장은,

"네, 시장님. 그러면 오늘 오후에 국토개발균형위원회 회의에 참석을 못 하시는 걸로 알겠습니다."

"그래, 직원들에게 미안함과 동시에 잘 전해주시게."

비서실장이 돌아간 후 순영은 공관을 나선다.

북악산으로 이동한 후 이순영은 먼저 점심식사가 약속되어 있던 임창균 국무총리에게 전화를 걸어서 오찬면담을 취소했다.

그리고 1시 24분에는 표은혜 젠더특보에게 텔레그램 메시지를 보냈다.

「이 파고는 내가 넘기 힘들 것 같다.」

15분 후에는 비서실장에게 전화를 걸어, "이 모든 걸 혼자 감당하기 어렵다."고 하자 비서실장이,

"시장님, 상황이 힘드신 건 아는데 오늘은 마음을 정리하시고 산에서 무사히 내려오세요. 저도 같이 도울게요."

라고 했다.

그 직후 순영은 딸 정은에게 전화를 걸었다.

"아빠에게 무슨 일이 있거든 경찰에 신고해. 알았지?"

그리고 2시간 정도 후에 비서실장은 이순영 시장이 걱정되어 다신 전화를 걸었으나 연락이 되지 않았다. 딸 정은도 순영에게 연락을 취하지만 결국 실종신고를 한다.

　신고받은 경찰은 연락이 끊겼던 핀란드 대사관저 중심으로 이순영 시장 수색에 박차를 가한다. 핀란드 대사관저 근처에서도 대기 중이던 기자들과 구급대원들이 이순영 시장의 무사 귀환을 바랐으나 진전이 없자 밤늦은 시간에 철수한다.

　그리고 자정에 숙정문에서 수색대원들에 의해서 이순영 시장의 시신을 발견했다는 속보가 실시간 뉴스로 뜬다.

　수많은 의혹과 같이…….

소현의 의문투성이

소현이 태어나서 처음으로 이순영 시장 사망같이 의문을 많이 남기는 죽음은 생전에 처음이라 생각하고 시간이 날 때마다 의문의 장소 답사와 그 주위 사람들의 증언도 최대한 수집을 해야겠다고 결심했다.

그 결심 후에 먼저 소현은 장로에게 연락했다.

"여보세요."

"어, 소현아."

"저 결심했습니다. 저 장로님 말씀대로 '창녕의 정조'를 마음속에 새기면서 집필하려고 해요."

"그래. 그러면 집필이 더 잘될 수도 있어. 파이팅이야."

그리고 소현은 본격적인 이순영 시장 사망 사건 추적에 들어간다.

제일 먼저 80세의 김재영 전 의원에게 메시지를 보냈다.

김재영은 황 대통령 시절 당선을 비롯한 모든 분야에서 주요한 공신이다. 소현과는 2011년부터 지인을 통하여 인연이 되었는데 그 연을 10년 가까이 이어오고 있다.

또, 우연히 알게 된 바로 재영과 소현은 시조가 같다. 김재영은 경주김씨이고 소현은 경주이씨이다. 그리고 그와 소현은 나이 차가 36년이

므로 띠동갑이기도 하다. 그래서 왠지 무언가 공통점이 있으면 통한다고 그와 소현이 그랬다.

김재영 전 의원이 소현에게,

"소현아, 무슨 정치적인 비밀 이야기를 하고 싶은 눈치인데 그러면 여의도 아파트 내 집으로 와. 커피도 마시고, 여기서는 말이 새어나갈 일이 없으니깐."

그래서 소현은 김재영 전 의원이 좋아하는 믹스커피 2각을 가지고 여의도 아파트에 초인종을 눌렀다. 그러자 김재영 전 의원이 손수 문을 열었다.

"어서 와, 여기는 무슨 말이든 해도 되니깐. 그리고 식구도 나 말고는 없어. 내 아내도 2년 전에 암으로 세상을 떠났으니깐."

"감사합니다. 저 그러면 표현이 좀 과한데 정치적 표현이라면 안가에서 비밀회담하는 분위기네요."

"아, 역시 비유 잘 했어. 그렇다고 봐야지."

그리고 나서 소현에게 줄 과일을 접시에 담아왔다.

"자, 어서 들어. 내 마음 같아서는 피자가게라도 같이 가고 싶은데 대화가 새어나가면 안 되니깐."

"아니에요. 괜찮아요. 자 그럼 이순영 시장에 대한 의혹 이야기할게요. 먼저, 이순영 시장이 남긴 유서는 가짜입니다. 일단 유서의 내용을 보면,

모든 분에게 죄송하다.
내 삶에서 함께해주신 모든 분에게 감사드린다.

오직 고통밖에 주지 못한 가족에게 미안하다.

화장해서 부모님 산소에 뿌려달라.

모두 안녕.

여기서 시장님이 정말로 비서 성추행 사건에 대한 자책감으로 극단적 선택을 하였다면 유서에 그 비서에게 미안하다고 해야 하는데 모두에게라고 했어요.

한편, 이순영 시장과 비슷한 사건으로 영어의 몸이 된 국정희 지사는 분명히 비서 홍예지 씨에게 죄송하다고 정식으로 사과했지요. 그리고 이순영 시장님의 글씨체를 저는 SNS상에서 적지 않게 보았기 때문에 짐작하겠는데 유서의 글씨체와는 확실히 상이합니다."

"그래. 이건 나도 그렇고 많은 사람이 자네처럼 생각해."

"그리고 '모두 안녕'이라는 이 말투는 초등학생이나 쓰는 거 아닙니까? 이순영 시장님이 나이가 65세이고 천만 시민의 수장이 이런 동화적인 표현을 쓰실 이유가 없어요."

"아, 맞아. 그리고 보니깐 나도 의원직에 있으면서 간단히 메모할 때도 이런 표현은 쓴 적이 없어."

"당연하죠. 이 유서는 가짜임이 확실해요."

"소현아, 내가 유튜브에서도 말한 바가 있지만, 이순영 시장이 왜 서울시에 거주하는 만65세 이상 되는 어르신들에게 마스크를 배부한 적이 있었잖아?"

"네, 저희 부모님도 받았어요."

"그래. 근데 난 그날 마스크 줄이 갑자기 끊어진 거야. 내가 기독교 신자라 미신을 믿는 사람은 아니지만, 무언가 징조가 좋지 않다고 생각했는데 결국에는……."

"아, 그러셨네요."

"그리고 이순영 시장 유족들은 부검을 요구했는데 한사코 거절했다는 거야. 내가 이런 소문까지 들었는데 이순영 시장 시신을 싣고 온 차의 번호도 달라서 의문이 많았다며? 그래서 어떤 기자가 영안실 검안의에게 이순영 시장 시신 상태가 어떠했냐고 물었는데 신경질적으로 대답을 회피했고, 사건 당일에 와룡공원에서 이순영 시장을 태운 택시기사를 추적해서 누군가 물어보았는데 이순영 시장님인지 아닌지 모르겠다는 거야. 그것도 서울시장의 죽음인데, 아무튼 뭐가 앞뒤가 안 맞아."

"그리고 이순영 시장님이 사건 당일에 아니 7월 8일 날, 그러니깐 성추행 피소 들어온 날에 공관에서 표은혜 젠더특보를 포함해서 비서실장과 서울시 변호사들이 모여서 회의를 했대요. 이순영 시장님이 회의 끝에 내린 결론은 시장직 사퇴론까지 거론했었대요. 또, 다음 날 아침에도 비서실장하고도 출근하지 않는 대신에 공관에서 회의를 했대요. 그런 분이 갑자기 그것도 몇 년 전에 여비서 성추행한 게 창피해서 자살을 하다니 말이 안 돼요."

"물론이야, 절대 자살 아냐."

"네. 그런데 혹시 이순영 시장님하고 친분은 있으셨나요?"

"친분까지는 아니어도 얼굴은 서로 알아서 인사하는 사이였어. 음, 소현이는 느꼈는지 모르겠는데 이 시장이 민주시민당의 강력한 대권주자로 거론되었어. 만약, 이순영 시장이 대권주자 경선에 나간다면 나뿐만 아니라 많은 굵은 정치학자들이 보증하는데 1등이 아니면 1등에 가까운 2등은 떼놓은 당상이라는 거야. 그러니 그 반대 세력들은 견제가 심했을 수밖에."

"저는 사실 이순영 시장님하고는 반대파인 정통 우파예요. 그런데 이상하게도 이순영 시장님 사건 이후에 제 머릿속에서 그분이 떠나가질 않아요."

"하하하, 내 생각엔 소현이가 정치적 견해는 이순영 시장과 반대였어도 인간적으로는 존경했나 봐. 내 추측이 맞지?"

"네. 총재님이 워낙 사람을 많이 상대하셔서 그런가 보는 눈이 정확하시네요."

"또, 내가 한마디만 더한다면 비서 성추행 때문에 사건이 일어났다고 하는데 내 생각에는 이 시장이 그 비서에게 꽤 호감이 있었던 거 같아. 사실 이거는 조심스럽게 이야기하겠는데 이순영 시장이 아내와 사이가 좋지 않다는 소문이 자주 돌았어. 그래서 심적으로 상당히 외로웠을 거야. 근데 그 여비서가 이순영 시장을 상대로 고소장까지 경찰에 제출했다니 참 알다가도 모르겠어."

"제가 생각하기로 이순영 시장이 아내와 사이가 안 좋은 이유는 시민운동가의 길로 들어선 후 집에 생활비를 가져온 적이 없다시피 하니까 그 이유가 크다고 생각을 해요."

"그것도 일리는 있어. 나도 고인이 된 아내가 의사여서 가정 경제에는 큰 타격은 없었는데, 국회의원직에 있을 때나 그 외에 등등 아내에게 일절 생활비를 안 준 적은 없다시피 해. 내가 《혁명과 우상》이라는 책을 냈는데 100만 부가 더 팔려서 그게 정치자금의 밑바탕이 되었어. 그렇지 않으면 수월하게 못 했을 거야."

"아, 제가 결론부터 말씀드리자면 그분을 위해서 집필을 하려고 해요."

"그래? 그러면 부탁인데 조용하게 쓰시게. 김성욱 정권 끝날 때까지는 말일세. 이 정권 누군가가 이순영 시장 의혹의 죽음에 연계되어 있다고 나는 생각해."

"네. 저도 그건 알고 있어요."

"소현아. 만약 의문이 있거든 또다시 시간 약속하고 내 집으로 와. 여기가 그래도 제일 안전해. 또 나와 여기서 만났다는 거 누구에게도 이야기하지마."

"네, 명심할게요. 정말 감사하고, 제가 이순영 시장님 사건에 대해서 실마리라도 찾으면 다시 방문할게요."

"그래. 언제든지 와라."

소현은 인사를 하고 나온 후 여의도 아파트 단지를 나와서 잠시 여의도 전경을 보면서 역시 정치와 방송을 비롯한 금융의 심장부라고도 부를 만큼 장엄하다고 상념에 빠졌다.

소현이 이순영 시장 사망 사건에 대해서 유튜브를 집중 검색했는데 핀란드 대사관저에서 피살되었다는 사실이다.

그 요지는 다음과 같다.

"나도 '왜? 하필이면 이곳일까'라고 의심을 하고 있었는데 415 해외동포 연합에서 어제 어느 정도 신빙성 있는 얘기가 나와서 올립니다. 이런 상황이라면 이순영이 대북송금과 관련되어 북에서 넘어온 누군가와 접촉하고 피살되거나 월북 내지는 납북되었을 가능성도 충분하다고 생각합니다.

그리고, 바로 얼마 전에 월북한 탈북자 청년에 관한 사건도 과연 우연히 일어난 일일까 하는 생각도 듭니다.

이하의 글은 채널 415 해외동포연합의 글에서 가져왔습니다.

핀란드 대사관저!

현재 대한민국 서울에 주재하고 있는 주한 핀란드 대사관은, 지난 신주혁 정부 시절이었던 2006년 8월부터, 주북한 핀란드 대사관을 겸하고 있습니다. 즉, 주한국 핀란드 대사가 주북한 대사까지 겸하고 있다는 얘기입니다.

좀 더 정확하게 표현하면 주한 핀란드 대사와 대사관이 물리적으로는 대한민국 서울에 위치하고 있지만, 업무적으로는 90% 이상 주북한 대사업무를 하고 있다는 사실입니다.

아울러 대사관과 대사관저는 치외법권 지역이라서 아무나 마음대로 출입을 할 수가 없습니다. 즉, 이순영은 그날, 누구와 동행하여 핀란드 대사관저로 들어갔다는 사실입니다. 이순영이 마음대로 그곳에 들어갈 수가 없습니다. 그곳에서 누구를 만났는지는 향후 곧 밝혀질 것입니다. 핀란드는 구소련과 매우 밀접한 관계를 유지하고 있는 국가입니다.

그리고 김일성 때부터 북한과의 관계도 매우 밀접합니다. 지난 1994년에는 김일성의 배다른 아들, 김평일이 대사로 나가 있는 곳이기도 합니다.

그만큼 핀란드는 북한과 정치, 외교적으로 오래전부터 매우 친밀합니다. 그 북한 주재 핀란드 대사관이 주한국 핀란드 대사관이라는 간판을 달고, 대한민국 서울에 위치에 있는 것입니다.

남한에 있는 북한의 요원들이 수시로 드나드는 곳입니다. 이쯤 되면, 이순영이 왜 성북동 핀란드 대사관저에서 피살이 되었는지 바로 짐작이 갈 것입니다.

비정한 얘기가 되겠지만, 이순영 서울시장이 가장 피살되기 좋은 곳 중의 하나가 바로 이 핀란드 대사관저입니다. 아무나 출입할 수 없는 곳에서 가장 비밀유지가 잘 되는 북한의 '살수' 요원에 의해 죽임을 당한 것입니다.

아마 대한민국의 경찰은 핀란드 대사관저에서 이순영 시장이 피살되었다는 사실을 알고 있을 것입니다. 누가 살해하였는지는 모르더라도 말입니다. 그날 핀란드 대사관저에 이순영 시장이 누구를 만났는지는 곧 밝혀질 것입니다. 곧 말입니다!"

이순영 시장이 핀란드 대사관저에서 피살되었을 가능성도 있다는 사실에 소현은 더욱 의심을 품었다.

'핀란드 대사관저는 말 그대로 치외법권 지역이므로 아무나 출입할 수가 없다. 하지만, 대사관 차고에 피살이 되어서 이순영 시장님 시신이 숙정문에서 발견이 되었는데 내 추리로는 살해하고 마치 자살인 것처럼 위장하여 시신발견 장소에 넥타이 두 개를 갖다 놓았음이 틀림없다. 그렇다면 왜 정부는 핀란드 대사관을 추궁하지 않았는가? 대한민국 심장부의 천만 시민의 수장이 차고에서 살해되었는데 왜 핀란드 대사관에 자초지종을 묻지 않았는가!

이순영 시장이 핀란드 대사관저 차고에서 살해되었다면 핀란드 대사관 측은 책임을 져야 한다. 이 사실이 틀림없다면 대한민국은 핀란드 대사관을 대한민국에서 추방할 수 있는 권한이 있다. 대사관은 치외법권이지만, 거주하고 있는 국가 측에서 추방할 권한 또한 있다.'

소현은 대사관을 추방한 사례 두 가지를 떠올렸다. 하나는 아웅산 테러이고, 또 다른 하나는 김정남 피살 사건이다. 이 사건에서 공통으로 추방된 나라는 북한이다.

먼저, 1983년 10월 9일에 일어난 아웅산 테러이다.

그때 소현은 유아원에 다닐 나이지만, 텔레비전에서 슬픈 곡소리를 들었다. 그래서 엄마에게,

"왜 텔레비전에서 그렇게 슬픈 소리가 나와?"

"어, 나라의 많은 고위관료가 이국땅에서 폭탄으로 유명을 달리했거든."

그 후로 소현은 성인이 되어서 아웅산 테러에 대해서 같은 교회에 다니는, 그 사건으로 남편을 잃은 사람과 이야기를 나눌 기회가 생겨 자세하게 알게 되었다.

소현이 그 과부와 대화한 날은 아웅산테러 30주기가 되는 날이었다. 그녀는 착잡한 목소리로 그날을 회상했다.

"아! 그때가 30년이 되었는데도 눈에 선하지. 전두환 대통령이 서남아와 대양주를 순방하기로 해서 20명쯤 정도 되는 장, 차관급과 경호원들을 동행했었지. 10월 8일이 출국하는 날이었는데 그날 비가 내렸거든. 그 와중에도 시민들이 거리로 나와서 손에 손에 태극기를 흔들며 마중을 했었지. 공항에 도착한 전두환 대통령 내외분이 비행기 문 앞에서 손을 흔들며 인사를 했어. 근데 그게 누구에게는 마지막일 줄 누

가 알았겠어?

비행기가 첫 순방지인 버마에 도착해서 그 나라 대통령의 환영을 받은 후 수행원들은 호텔에 짐을 풀었지. 테러 당일 날 수행원들은 아침 식사를 한 후에 서로 버마는 아직도 덥다고 담소를 주고받았어. 시간이 되자 장, 차관들이 전두환 대통령을 기다리기로 한 아웅산 국립묘지에 먼저 도착했어. 그때까지도 서로 담소도 나누면서 대통령이 도착할 시간이 가까우니깐 옷매무새를 다듬으면서 자세도 바로 하였지. 근데 정작 중요한 거는 이제부터야. 버마대사 이계철 씨가 태극기를 단 자동차를 타고 그 장소로 출발했어. 대사는 공식적인 행사에 갈 때 태극기를 차에 달고 가거든. 전두환 대통령도 그 장소에 출발하려고 하는데 차가 도착하지 않아서 의아해하셨어. 늦게 차가 도착해서 전두환 대통령이 화가 좀 나신 걸 보고 버마 외무장관이 죄송하다고 했는데 버마의 도로 사정이 진짜 후진국이라 별로야. 결국 이계철 버마대사가 탄 차량이 먼저 도착했는데 북한 공작원들이 대통령의 차로 인식을 했어. 고인이 되신 이계철 씨께 죄송하지만, 이 분이 머리가 상당히 벗어져서 마치 전두환 대통령의 머리 스타일과 유사했어. 그래서 완전 이계철 대사를 전두환 대통령으로 착각을 했고, 더구나 그 장소에서 버마 수행원이 시범으로 나팔까지 분 것이 대통령이 도착하였다고 확신을 하였어. 그래서 지붕 위에 장치된 폭탄 스위치를 눌러서 순식간에 17명의 우리나라 고위관료를 비롯하여 경호원, 사진기자까지 비명횡사하였지."

"진짜 폭탄의 위력이……."

"폭탄의 위력이 어느 정도였냐면 어느 분은 시신 상태가 팔다리가 잘려나갔어. 전두환 대통령 내외분은 급히 귀국하여 사태 수습에 만전을 기하였고, 17인의 시신이 비행기로 도착하여 10월 13일 영결식을 치른 후 국립 현충원에 안장이 되었어. 아, 테러를 저지른 북한 공작원들은 그 자리에서 버마 경찰에게 한 명은 사살되고 나머지는 체포가 되었어. 그나마 전두환 대통령이 테러 직후 버마 정부 측에 국경을 봉쇄할 것을 호소하여 범인들의 도주를 막을 수 있었던 거야. 이 사건을 계기로 버마 정부는 북한과 비슷한 공산국가임에도 단교는 물론 대사관을 추방시켰어."

다음으로 대사관을 추방시킨 사례는 2017년 2월 13일에 북한 살수 요원에 의해서 피살된 김정남이다.

김정남은 북한의 최고 권력자 김정일의 첫아들로 한때 유력한 차기 후계자로 지목된 적이 있다. 그러나 해외 유학으로 영어와 프랑스어를 잘하고, 국제사회의 정보에 밝은 개혁·개방주의자였기에 북한에도 중국식 개혁·개방을 도입해야 한다는 견해를 표명한 일과 2001년 4월 도미니카공화국의 위조 여권으로 일본에 밀입국하려다가 적발되어 중국으로 추방된 일 등이 겹쳐 아버지 김정일의 눈 밖에 나서 해외로 여기저기 떠돌다가 결국 말레이시아 수도 쿠알라룸푸르 공항에서 최후의 순간을 맞이했다.

이 사건으로 말레이시아 국민들이 곳곳에서 북한을 규탄하는 시위를 벌었다. 결국, 말레이시아 정부가 강철 말레이시아 북한 대사를 추방하였다. 이에 말레이시아 외무부도 강철 북 대사가 '외교상 기피인물'로 지정됐음을 북한 대사관에 전달했다.

더 나아가 말레이시아 정부는 북한과의 비자면제협정 파기도 선언했다. 말레이시아 외무부는 강철 북 대사가 말레이시아 외무부의 초치 통보에 불응한 시간부터 48시간 안에 말레이시아를 떠나라고 통보했다.

아니파 아만 말레이시아 외무부 장관은 이날 성명을 내고 "정부는 말레이시아에 대한 그 어떤 모욕이나 명예를 더럽히는 행위에도 강력 대처할 것"이라면서 "(이는) 북한과의 관계를 재검토하는 조치의 일환"이라고 밝혔다.

이 두 사건과 관련하여 소현은 핀란드 대사관저에서 파견된 그 나라의 심장부 수장의 피살사건이 일어났는데 핀란드 대사관 측에서 아무런 책임과 해명도 없다면 즉시 추방해야 한다고 생각을 굳혔다.

그리고 소현은 핀란드 대사관저 피살이 아닌 이순영 시장이 언론에 보도된 대로 비서를 성추행한 수치심에 못 견뎌서 자살했다고 한 것에 대해서도 의문을 가졌다.

우선, 이순영 시장에게 성추행을 당했다는 피해자 측의 주장만 가지고 언론은 보도했다. 이 때문에 여성단체나 나라사랑 부모연대는 이순영 시장을 파렴치한 성추행범으로 단정하고 시위를 벌였다.

하지만, 소현은 범죄사건에 대한 재판도 언제든지 뒤집힐 수 있는데, 하물며 이러한 사건은 향후에 증언자들이 나타나서 뒤집힐 수 있다고 생각했다.

실제 그러한 경우도 종종 있었다. 그때 소현의 머릿속에 명확하게 떠오르는 사연이 있었다.

1993년 4월 10일 토요일 밤으로 거슬러 올라가서 그때 소현은 여중생이다.

그 시간에 소현은 SBS '주병진쇼'를 만사를 제쳐놓고 보았다. 그 이유는 박정희 대통령 10·26 피살에 관해서 그 당시 궁정동 만찬 현장에 있었던 가수 심수봉이 증언을 하러 출연했기 때문이다. 물론, 대부분의 사람들이 여유로운 토요일 밤이기도 했지만, 여중생인데도 소현은 위의 어르신한테서 박정희 대통령의 산업화 발전을 듣고 존경을 넘어 박대통령한테 인간적으로 빠져있기에 당연했다.

그때 심수봉의 증언이 소현은 잊히지 않았다. 그 전에 박정희 대통령은 예쁜 여자를 좋아했기 때문에 가수 심수봉은 얼굴이 못생겨 병풍 뒤에 숨어서 노래를 부르게 했다는 소문을 많은 사람이 믿고 말해와서 소현도 정말? 하면서 의아해했다.

"제가 정말 그 현장에 있었던 사람으로서 분명히 밝혀드립니다. 병풍 뒤에서 노래를 불렀다는 소문은 정말 터무니없는 말입니다. 생각해보세요. 일국의 대통령께서 아무리 만찬에 사람을 초대해놓고 얼굴이 못생겼다고 병풍 뒤에서 부르라고 하셨겠습니까? 대통령이라는 체면도 있지 않습니까? 그리고 박정희 대통령을 아시는 분은 아시다시피 나이도 저의 부모님보다도 위의 연배이시고, 성품이 따뜻하세요. 그러신 분께서요? 말도 안 됩니다."

이때 소현은 여중생이지만 신선한 충격을 받았으며 역시 박정희 대통령은 그러실 분이 아니라는 것을 마음속에 분명히 새겼다.

이와 같이 이순영 시장의 여비서 성추행 사건도 향후 증언자에 의해서라도 바뀔 가능성이 언제든지 있을 수 있다고 소현은 확신하게 되었다.

소현의 추적기간 중 애환

이순영 시장 의문의 사망 사건의 영결식 후 일주일이 지난 20일, 김성욱 정부 임기 후반부를 이끌어 갈 주요 장관급 인사들에 대해 인사청문회가 시작되었는데 그중 한 명인 경찰청장 후보자 청문회는 '고 이순영 전 시장' 성추행 의혹 사건에 집중되었다.

한 의원이 "성추행 의혹 부분에 대해서 경찰 수사가 필요하다고 생각을 하고 계십니까?"라고 물었다.

이에 김 후보자는 "피고소인이 사망해서 공소권 없음으로 조치하는 게 타당하다고…"라고 대답을 하면서 성추행 사건 수사는 어렵지만 피해 방조 의혹을 받는 서울시 관계자 등은 철저히 수사하겠다고 답했고, 고소장 접수를 청와대에 보고한 것은 내부 규정에 따른 절차였다면서도 향후 외부기관 보고 규정을 명확하게 보완하겠다고 말했다.

이에 대하여 소현은,

'이순영 시장이 고인이 되어서까지 추궁을 받는 것보다 경찰청장 후보자는 단지 청장 후보자라는 이유 하나만으로 정작 경찰청장으로서의 적합성 심의의 청문회에서 본질을 벗어난 의원들의 질의까지 응답을 해야 하니 난데없는 올가미에 걸려들었네.'

라는 생각을 한다.

그리고 그날로부터 8일이 지난 28일, 서울도서관(구 서울시청) 앞에서부터 국가인권위원회까지 고 이순영 전 서울시장 성추행 의혹에 대한 진상 규명을 요구하는 여성단체 회원들이 여성 인권을 상징하는 보라색 우산과 손팻말을 들고 1km가량 빗길을 걸어 행진을 한다.

"서울시에 인권을! 여성 노동자에게 평등을!"

을 외치면서…….

이때 피해 여성의 법률대리인 김순희 변호사는,

"직권 조사의 경우에는 피해자가 주장하는 범위를 넘어서는 부분에 대해서도 적극적으로 제도 개선을 권고할 수 있기 때문에…."

또 공동으로,

"조속히 피해를 회복하고 평화로운 일상으로 돌아가실 수 있기를 간절하게 바랍니다. 저도 지지하고 연대하며 함께 싸우겠습니다."

이에 대하여 인권위는 직권 조사 필요성을 검토해 빠른 시일 안에 결론을 내리겠다고 답했다.

소위 보라색 우산 시위를 지켜본 소현은,

'어느 사건이건 향후 증언자에 의해서 180도 바뀔 수도 있고, 그때 정말로 진실이 드러난 후에 시위를 하건 추궁이든 무엇을 해도 늦지 않은데 굳이 정작 당사자(이순영 시장)가 없는 시청 앞에서 시위행진을 한다는 것은 나도 여성이지만, 성급하다.'

고 생각을 했다.

소현에게 이런 생각이 들게 한 원인은 인간의 성향을 DISC로 구분한 검사에서, 즉 주도형, 사교형, 안정형, 신중형 중에서 신중형인 성향도 없지는 않다.

신중형인 소현이지만, 결심을 한번 하면 시작하는 결단력도 있어서 이제부터 정말 마음속에 '창녕의 정조'라는 단어를 새긴 만큼 실행에 옮기기 위해 이순영 시장 사건 현장 답사를 하기로 하였다.

이때 소현이 감사하게 생각한 것은 현장 답사라고 하면은 지방이 될 수도 있고, 심지어는 답사가 어려운 해외지역이 될 수도 있는데 서울 지역이고 더구나 평소에도 주말이면 짬을 내어서 적지 않게 갔던 곳이기 때문이다.

더구나 소현이 현장 답사를 결심한 2020년 8월 초는 여름 더위의 절정인 평소와는 다르게 장마가 상당히 길어서 며칠이나 기온이 서늘해 워낙 더위를 잘 타는 체질인 그녀에게는 오히려 기회였다.

정말 그해 8월은 보통 15일을 기점으로 더위가 한풀 꺾이는데 이상하게도 하순에 찜통더위가 찾아왔다. 하지만, 그 찜통더위도 30일이 지나서 꺾였다.

그래서 소현의 마음속에서는 다음과 같은 자신만의 나름 생각이 떠올랐다.

'2020년은 누구에게나 고통의 해로 기억할 것이다. 그 이유는 모두 다 겪는 코로나19와의 사투다. 그래서 마스크가 생활필수품이 되었는데 하늘도 이를 불쌍하게 여겨서 마스크를 쓰는 고통에 찜통더위까지의 고통을 심하게 주지 않으시기 위해서 이런 이색적인 날씨를 주셨나?'

먼저, 소현은 단출한 차림을 하고 핀란드 대사관저를 인터넷에서 검색해 찾아갔다.

드디어 사건의 장소인 핀란드 대사관저를 찾았는데 그 주위에는 각 나라 대사관저가 밀집되어있었다.

한성대입구역에서 2번 마을버스를 타고 가구박물관에서 하차를 하였는데 지대가 꽤 높아서 걷기가 힘들었다.

소현은 핀란드 대사관저 앞에서 그 안에 있는 분들에게 이렇게 외치고 싶었다.

'정말 이순영 시장님께서 이 장소에서 피살이 되셨다는 사실도 적지 않게 SNS상에서 보도가 되는데 그게 사실은 아니죠? 우리나라 정부가 특별히 핀란드 정부에 해를 끼친 것이 제 생각에는 없는데 그 나라의 심장부의 수장을 살해하겠습니까?'

또, 마음 같아서는 대사관저 앞에서 "이순영 시장 사망 의혹 핀란드 대사관 측은 철저히 규명해라"라는 피켓이라도 들고 1인 시위라도 하고 싶었다.

하지만, 시위를 하기에는 지대도 높고 타국 대사관저도 밀집이 되어 있기에 장소가 적절하지 않다고 소현은 판단했다.

그리고 약간은 더운 날씨이나 본격적인 가을철인 9월 말에서 10월 초에 집중적으로 현장 답사를 했다. 추석 연휴이기도 했고, 또 그때 소현과 친한 지인인 김재영 전 의원이 8·15 집회로 구속되어 종로경찰서 유치장에 감금되어서 면회도 갈 겸 일정이 그리되었다.

추석 연휴 첫날, 가회동 시장공관에 간 소현은 힘껏 고개를 뺐지만, 담이 높아서 안이 보이질 않았다. 그리고 사건 당일 이순영 시장이 지난 동선을 그대로 따라 공관에서 출발해 와룡공원을 가서 시신이 발견되었다는 그 장소를 찾아냈다.

그 장소에 도착한 소현은 더 확실히 이순영 시장 사망 사건을 단정 지을 수 있었다.

이렇게 말이다.

'절대 이순영 시장님은 자살하지 않았다. 이 근처에는 목을 매달 만한 튼튼한 나무가 없고 유소년 같은 나무밖에 없다. 이순영 시장님의 체중이 70kg인데 만약 그런 덩치의 남성이 나무에 올라갔다면 부러졌을 정도의 굵기의 나무뿐이다.'

이와 같은 단정은 소현뿐 아니라 보수언론 매체 중 하나인 손윤상이 대표인 뉴스타운 사람들의 몇 차에 걸친 현장 답사 결론도 동일했다.

그리고 또 유진 한이라는 이름의 대구 출신 50대 유튜버가 이순영 시장의 사망 사건 의혹에 대해서 자세하게 파헤친 영상을 올렸다.

그녀는 사건 발생 하루 전에도 이순영 시장이 그린벨트 보존 문제로 정부와 마찰이 있었다고 주장하며 자살이 결코 아니라고 하였다. 또 자신의 페이스북에 연락처를 올려놓았다.

그래서 소현은 집필에 도움을 받고자 유진 한에게 연락을 하여서 어느 카페에서 만나기로 약속을 했다.

예정대로 카페에 나와서 소현이 나이가 유진 한보다 아래라 먼저 인사를 했다.

"안녕하세요. 처음 인사드리겠습니다. 저는 이순영 시장님의 사건 이후로 한 시민으로서 너무도 의심이 많아서 허심탄회하게 이야기도 하고 싶어서 뵙기를 요청하였습니다."

"하하하, 나는 대구 출신이라 아시다시피 보수 중에서도 강한 지역이잖아. 이순영 시장님을 예전에 되게 까던 사람이야. 근데 사건이 일어나고 이건 아니다 싶어서 그렇게 유튜브도 여러 차례 찍었던 거야."

"저도 사실 정통우파예요. 근데, 이순영 시장님 사건 이후 머릿속에서 떠나가질 않아서 차라리 글을 남겨야겠다는 생각을 하게 되었어요. 그래서 이렇게 한 선생님을 찾아뵙게 된 겁니다."

"한 선생? 하하, 진짜 나는 선생님이야. 경북대학교 수학교육과를 졸업하고 고등학교에서 교사생활을 했었지. 그러다 요즘은 과외로 뛰고 있어."

"네, 그나저나 이순영 시장 사건에 대해서 시청자들에게 지루하지도 않게 장난스러운 말투까지 섞어가며 유튜브로 방송하셨을 때 저는 진짜 속이 시원했어요."

"내가 경상도 사람이라 직설적인 데가 있는데 결론부터 말해줄까? 유튜브에서는 차마 말을 못 했는데?"

"아, 네. 말씀하세요. 저는 괜찮습니다."

"진짜 이순영 시장님 돌아가셨다고 생각해? 나는 살아있을 가능성이 크다고 생각해."

"네?"

한 선생의 날카로운 통찰력에 소현은 그 순간,

'아, 나와 같이 이순영 시장님이 살아 계시다는 생각을 가지신 분이 또 있구나.'

라는 생각이 찰나에 들어서 내심 놀랐다.

"나는 의사는 아니지만, 수학을 전공한 사람의 관점으로서 이야기하겠는데 이순영 시장님께서 숙정문 근처에서 목을 매달아 자살했다면 그대로 나무에 목을 매단 상태로 시신이 발견되어야 하는데 누운 상태로 발견이 되었잖아. 목을 매달았는데 줄이 풀려서 떨어지면 살아나. 더구나 넥타이는 자네가 아직 결혼은 안 해서 만져볼 일이 거의 없어서 잘 몰라도 실크 느낌이 나서 결이 부드러워. 그래서 타살로는 가능해도 자살로는 거의 불가능해. 그리고 시신의 상태를 보니 얼굴이 매우 일그러져 있었다고 하는데 목을 매달아 죽은 사람이 얼굴이 일그러져? 천만에. 파랗게 질리지. 음독 자살도 피부색만 변하지 일그러지지는 않아. 그리고 사건 당일 날 이순영 시장님 시신 수색할 때 말이야. 취재진이나 기자들은 와룡공원 쪽으로 집합시켜놓고 시신을 모시고 나오는 방향은 우정의 공원길인 팔정사 방향이었어. 즉, 반대 방향이지. 뭐니 뭐니 해도 서울시장을 지내시던 분인데 감쪽같이 취재진과 기자들을 속인 거나 다름없지."

"네, 그리고 서울대학병원 영안실로 싣고 오는 운구차 번호도 다르고, 제가 그 장소를 직접 가보았는데 나무들이 유소년 같아서 70kg의 이순영 시장님 체구에는 부러졌을 겁니다."

"당연하지, 그리고 여비서가 성추행을 당했다고 시장님을 고소했는데 분명한 증거를 내놓지 못했고, 그날 말도 마. 원래 경찰에 고소하면은 그날로 조사하는 게 아니라 최소 일주일 정도 걸려. 근데, 그날로 즉시 잠자리에 들은 경찰 간부들까지 다 깨워서 비상사태라도 난 듯 밤을 새워가며 조사를 하다니 앞뒤가 하나도 안 맞아."

"아, 제가 생각나는 자살 사건이 있어요. 2004년에 정영상 부산시장이 옥중에서 목을 맨 채로 발견이 되었어요. 경찰 조사 결과 이미 자살하려고 마음먹은 후부터 사건 당일 두 달 전에 유서를 작성하셨고, 남성 러닝 천을 이어다가 선풍기 고정대에 목이 매여 있었다고 발표했어요. 러닝 천은 실크 결의 넥타이보다는 말 그대로 천이라 묶으면 풀리기가 어려워요. 근데 이순영 시장님은 여비서 성추행, 그것도 몇 년 전에 한 게 창피해서 누구도 모르게 유서를 쓰고 자살을 했다고요? 전혀 아니에요. 유서도 이순영 시장님의 필체가 아니랍니다. 또, 자살도 쉽게 되는 게 아니에요. 자살을 생각한 사람은 이미 모든 준비를 계획하는 게 공통점이어서 주변 사람들도 느껴서 미리 방지도 합니다. 그런데, 이순영 시장님은 사건 며칠 전까지 주위 사람들도 자살할 낌새를 전혀 느끼지도 못했대요. 감독하고 주장선수하고 팀닥터에게 당한 지속적인 폭력과 폭언에 못 견뎌서 숙소에서 투신한 민가은 선수의 죽음이 6월 26일 날 일어났어요. 며칠 후 이순영 시장님께서 직접 페이스북에 민가은 선수에 대한 애도의 글을 장문으로 길게 쓰셨어요. 며칠 뒤 7월 5일에는 여비서 성폭행 사건으로 영어의 몸인 국정희 지사의 모친상에 서울대학병원으로 조문을 가셨는데 끝나고 나오실 때 조근태 의원하고 담소를 나누는 사진이 있어요. 심지어, 그 전날까지 시청에서 그린뉴딜 정책에 대한 회의도 순조롭게 하신 분이 갑자기 그렇게 하셨을 것 같지는 않네요."

"그래. 맞아. 그리고 사건 당일 날 언론에서 보여주었던 이순영 시장님 등산복 차림으로 공관을 나서는 장면 말이야. 의구심이 한두 가지가 아냐.

먼저, 언론에서 보도되는 이순영 시장님의 마지막 모습이라고 등산복 차림 말이야. CCTV 영상을 자세히 들여다보고 또 들여다보았는데 걸음걸음이 한쪽 다리가 다소 불편해 보였고 불편하게 주먹을 꽉 잡고 있는 모습이었어.

하지만, 이순영 시장님은 손이 묵직하시고 크시고 손가락 매듭이 두 툼하신 분이셔. 또한 그분은 한 번도 산에 오르실 때 하얀 와이셔츠를 입으신 적이 없는 거로 알아. 무늬가 들어간 와이셔츠는 입으신 적이 있어도 흰 와이셔츠에 잠바 입은 모습은 등산 시에 하시지 않는 거로 알아.

그리고 이순영 시장님의 체형 아는 사람들은 알다시피 170에 70kg이 야. 60대 남성이 이 체구면 절대 배가 나오거나 뚱뚱한 체형이 아냐. 근 데 CCTV에 찍힌 남성은 윗배부터 나왔는데 이순영 시장님은 배도 아 랫부분이 조금이나 나왔을까 말았을까야. 다시 보아도 배 부분은 아무 래도 아닌 것 같다는 느낌이 들어.

또, 영상을 자세히 들여다보면 다리 길이가 약간 달라.

자, 다시 이순영 시장님에 대해서 들어가자면 그분의 등산복은 색깔 이 비교적 밝은 톤의 옷을 입으셔. 근데 CCTV에 찍힌 남성의 등산복 은 어두운색이야. 그리고 이순영 시장님은 머리숱이 없으신 편이야. 근 데 그 남성은 머리숱이 많은 편이야. 이것만 봐도 의심이 절로 나지."

"아, 수학 선생님 출신답게 논리적이시네요. 제가 갑자기 머릿속에서 무언가 떠오르는데 이순영 시장님 사건 며칠 후에 광장시장을 갔었는 데 물품을 구입한 가게의 주인아주머니와 이순영 시장님에 관한 이야 기를 우연히 할 기회가 생겨서 이야기를 했었는데 그 아주머니가 자신 이 이순영 시장 사건 발생 장소 근처에 사시는데 그날 핀란드 대사관 주변에 CCTV가 이상하게도 꺼져있었대요. 그래서 평소에는 이런 일이 없었는데 그 날따라 CCTV가 갑자기 꺼져가지고 무슨 일이 일어났다 는 예감을 했대요."

"거봐, 그러니깐 이순영 시장님이 돌아가신 것도 맞는지 의심부터 들지 않겠어?"

"그러네요. 그리고 제 생각에는 어디로 도피해서 살아 계시다 해도 거의 갇혀 지내실 건데……."

"당연히 그렇지."

"근데, 살아 계시다면 영원히 죽은 사람 행세하고 사는 것도 한계가 있지 않나요?"

"그렇지. 누군가가 용기를 내어서 사실을 밝혀주기 전까지는 힘들지."

"아, 네."

"그러니, 작가인 자네가 시도해 보는 게 내가 좋겠다는 생각이 들어. 왜냐면 작가의 표현은 자유거든. 그리고 자네는 소설을 쓰는 사람인데 말 그대로 실제 사실하고 달라도 문제 될 건 없어. 또《무궁화꽃이 피었습니다》의 김명진 작가같이 알려진 사람보다는 오히려 자네가 밝혀주는 게 향후 정치적으로도 안전할 것 같다는 생각이 들어."

"네, 명심하겠습니다."

"근데, 꼭, 2022년 5월 9일 이후에 출간하도록 해. 그날의 소망을 기약하며 행운을 빌어. 무슨 일 있으면 나에게 페이스북으로라도 연락하고."

"네. 선생님."

소현은 이렇게 10년 묵은 체증이 내려갈 것 같은 속 시원한 만남을 가진 후 조심스럽게 이순영을 기억하는 시민들 팬클럽 밴드에 글을 올렸다.

하지만, 소심하고도 신중한 성격의 소현은 엄청난 추측을 마음에 담은 상태이기 때문에 한 번만 올리고 출간 후에 인사하기로 하고 다음과 같이 회원들에게 인사를 했다.

"저는 서울 사람인데요, 이순영 시장님 창녕산소에 시간 내서 다녀올까 하는데 서울에서 어떻게 가면 빠를지 댓글 주시면 감사하겠습니다. 저는 차가 없어서 대중교통으로 다녀오려 합니다. 밀양만 해도 KTX 타고 다녀오겠는데, 제가 길치라 그렇습니다. 워낙 길눈이 어둡거든요.^^ 저희 집은 참고로 수서 근처입니다."

이에 정말 하늘이 소현의 깊은 속내를 알아채고 도운 것일까!

바로 이순영 시장님의 죽마고우인 진영춘이 답글을 달았다.

"남부터미널에 창녕 가는 버스가 하루 4회 정도 있습니다. 그리고 전화 주시면 시간 되면 잠시 안내해줄게요. 내가 창녕에서 자주 촌에 내려갑니다."

소현은 너무 반가운 나머지, "회장님 반갑습니다"라고 댓글을 달았다.

그리고 댓글에 남겨진 번호로 진영춘에게 전화를 했다.

근데 이게 끝이 아닌지 소현의 카카오톡으로,

「이소현 작가님이세요?」

라고 먼저 연락이 왔다. 이에 소현은,

「아이고 이렇게 카톡까지 반갑습니다.」

라고 답장했다.

그 후로 소현은 2019년에 출간한 《제국의 양심》을 영춘에게 보내기까지 하였고 현재까지 소현과 친한 지인이 되었다. 책을 감명 깊게 읽은 영춘은 소현의 저서 애독자가 되었다.

그다음으로 이순영 시장 사건 이후 9개월간의 공백 기간을 지나서 새 시장을 뽑는 선거 기간 중에 우연치 않게 소현에게 의심을 넘어 확신까지 들게 하는 이순영 시장에 관한 이야기를 종로구 구의원에게 들었다.

　그 구의원이 소현에게 은밀히 말했다.

　"내가 이순영 시장공관에서 2분 거리에 있는 가까운 곳에 거주하는데 숙정문에서 발견되었다는 시신이 이상하게도 이순영 시장님의 키와 다르다는 거야. 그리고 그 외에도 의아한 점이 한두 가지가 아냐."

　그렇지않아도 소현은 이순영 시장님의 생존 가능성을 염두에 두고 있는데 이 구의원의 증언이 확실한 결정타가 되었다.

　그래서 소현은 그곳에서 멀지 않은 거리에 위치한 조계사를 찾아서 법당에 들어가서 이순영 영가 위패를 보고서 마음속으로 이렇게 외쳤다.

　'만약, 이순영 시장님이 어디에선가 생존해계시고 향후 대한민국으로 나 같은 소심한 여성 작가의 추리로 인해서 돌아오시게 된다면 이순영 시장님을 이곳에 직접 모셔와서 그분 스스로 이 영가 위패를 태워야 한다.'

　그리고 4·7 보궐선거 결과 예전 시장이 다시 시장직에 복귀하였다. 소현은 현 시장에게도 이순영 시장에 대해서 편지를 쓰겠다고 다짐했다.

　그다음으로 소현은 이순영 시장이 서울시장 3선에 성공할 시의 공약 중 하나가 삼양동 옥탑방 한 달 체험이었던 것을 기억하여 그곳을 찾아갔다.

　그 동네는 지대가 높았다. 그래서 소현은 노인이 살기에는 약간 불편하겠다고 생각을 했었는데 웬걸? 이순영 시장이 거주했던 옥탑방 근처는 거의 60세 이상이신 분들이 대부분이라는 사실에 놀랐다.

마침, 그날이 5월 말인지라 동네 주민 몇몇이 언덕에 설치된 노인 쉼터에 모여서 정겨운 대화를 나누고 있었다.

이때 소현이 주민들에게 다가갔다.

"저 처음 뵙겠습니다. 저는 강남권이라고 할 수 있는 송파구에서 왔습니다. 제가 이곳을 찾은 것은 다름이 아니라 3년 전에 이순영 시장 부부가 체험했던 곳이라 제가 호기심도 워낙 많은 성격인 데다가 여러모로 이렇게 왔습니다."

이에 60대 중반쯤 되어 보이는 한 주민이 반가운 소리로,

"아이고, 반갑다. 내가 나이가 젊어 보여서 자식 같아서 그냥 말놓을게."

"당연히 말 놓으셔도 됩니다. 오히려 더 친근합니다."

"그래, 그런데 어쩐 일로 송파구에서 여기까지 오셨나?"

"다름이 아니오라 저는 작가인데 사실 이순영 시장님께서 그렇게 의문이 많은 채로 돌아가신 것에 대해서 글을 쓰려다가 3선 서울시장 당선 직후 이곳에 거주하셨다 하여 이렇게 찾아뵙게 되었습니다."

"그래, 반갑다. 아이고 자네가 먹을 복이 있네그려. 수박 썰어놓은 게 많이 남았으니 좀 들게나."

"네. 감사합니다."

수박을 입에 집어넣으니 진짜 맛이 남달랐다. 맛이 남달랐던 게, 타지역에서 온 나그네에게 건네는 온정이 스며들어서 그랬을지도 모른다.

"수박, 한여름에 먹어야 맛있는데 좀 이르네."

"아이고 별말씀을요. 감사합니다."

김씨 성을 가진 한 여성이 물꼬를 열었다.

"이순영 시장이 그렇게 되고 난 후 관심을 가지는 사람이 없다시피 해서 우리 삼양동 주민들도 한 때 같이 거주했던 사람으로서 참 안쓰러웠어. 물론 이순영 시장 반대파도 있을 수 있어, 사람인데. 그렇지만 이건 뭔가 의구심이 드는데 한두 가지가 아냐."

"저 사실은 이순영 시장님께서 3선에 성공하실 때 단 한 번도 표를 준 적이 없는 사람이에요. 그런데 그 사건 이후로 도저히 이건 아니다 싶어요."

"그래, 맞아."

"한 달이었지만 이순영 시장님을 겪어보신 경험은 어떠셨습니까?"

"인간적으로는 정감 있고 나무랄 데는 없어. 그때가 완전 낮에 40도 가까이 되는 불볕더위에서도 부침개를 해먹을 정도였으니 우리 주민들도 이순영 시장님한테 얼마나 정이 들었겠어. 그런데 참 어이가 없어."

"제가 이 동네 처음 왔지만 동네가 진짜 정이 깊은 게 느껴져요."

"하하하, 그렇게 느꼈다니 감사하고, 원래 오래된 동네일수록 몇십 년 이상 거주하신 분들이 많아서 서로 누가 누군지 알게 되지."

"근데, 저는 이 동네가 지대가 높아서 노인분들이 거주하시기에 힘들 거라고 예상했는데 생각했던 것과는 반대로 젊으신 분들이 거의 없네요."

"하하하, 진짜 자네 말마따나 40대만 해도 이 동네에서는 청년 축에 들어가. 아, 얼마 전에 40대 부부가 이 동네로 이사 왔는데 그 사람이 제일 젊어."

"하하하."

"옆에 초등학교가 있는데 진짜 학령이 아이들을 보는 게 가뭄에 콩 나기야."

처음 간 동네 주민들과 이렇게 정겨운 대화를 한 소현은 서울이지만 약간은 시골의 정서를 느꼈다.

정겨운 대화가 한참 오고 갈 때 소현이,

"저는 이렇게 이순영 시장님 같으신 분께서 절대 자살했다고 생각하지 않아요."

이에 거기 있던 사람들이 한목소리로 동의했다.

"당근이야. 그 양반이 겉으로는 어떨지 모르지만 내면적으로 얼마나 단단한 사람인데, 자살을 하겠어? 조작이야."

"혹시 서울대병원에 문상가신 분 계세요?"

"말도 마. 그렇지 않아도 우리 동네 주민들 몇 명이서 갔는데 뭔가 이상한 게 한두 가지가 아니었어. 이거는 이미 우리 동네 주민들끼리 몰래 이야기한 건데 자네가 거의 자식 같은 나이고 작가라고 하니깐 얘기할게. 심지어는 이순영 시장님이 타살은커녕 돌아가신 게 맞냐고까지 의문을 품었어."

이 말을 들은 소현은 등골이 오싹함을 느끼면서 반가움도 동시에 느꼈다.

"저도 의심이 들긴 들었어요. 시신이 발견되었다는 장소에서 시신을 싣고 오는 차량이 5637과 9623에서부터 석연치 않은 무언가 있다는 것을 느꼈어요. 만약, 이순영 시장님이 어디에서라도 살아 계시다면 좋겠어요."

이에 주민들이,

"우리도 그 심정이야. 이순영 시장님 반대파였어도 인간적으로는 존경할 수 있으니까……. 진짜 어디론가 가서라도 살아있으면 얼마나 좋을까?"

"만약, 기적적으로 먼 훗날에 살아 돌아오시게 되면 어떠할까요."

"그런 일은 진짜 영화 같은 일이지. 영화 한 편이라도 찍어야겠지. 하하하."

"아이고, 오늘 정말 감사했어요. 제가 다시 오게 될 때 뭐라도 들고 올게요."

"무슨 말을…… 우리 동네에서 40대를 보기도 힘든데 이렇게 먼 데서 와주었으니 얼마나 신선해."

이렇게 소현은 마음에 다시 삼양동에서 온정과 함께 희망의 꿈을 안고 송파구로 돌아왔다.

그로부터 1달여 시간이 흘러 마침내 7월 9일 이순영 시장 1주기의 날이 돌아왔다. 원래의 계획대로라면 창녕에서 故 이순영 1주기 추모제를 하기로 했으나 하필 코로나 확진자 급증으로 취소가 되어서 서울에서의 행사만 간단하게 하게 되었다.

이때 소현은,

'정말 이순영 시장님께서 어디에선가 생존해계신다는 하늘의 암시인가? 그렇기에 이렇게 행사가 차질이 일어났나?'

라는 생각이 머릿속을 가득 메웠다.

7월 9일 소현은 기독교 신자여서 오전에 조계사 행사보다는 오후에 한국기독교회관 행사에 참여하기로 마음을 먹고 정말 그 장소에 갔다.

기독교회관 2층 조예홀에서 추모기도회가 열렸는데 그 기도회에서 부른 찬송가가 무언가를 암시하는 듯한 긍정적인 느낌이 소현에게 확 들어왔다.

찬송가 222장 '우리 다시 만날 때까지' 곡을 그날 기도회에서 불렀는데 이 곡은 기독교 장례식 때 주로 부르는데 소현에게는 1% 가능성인 이순영 시장님이 만약 어디에서라도 생존해계셔서 소시민 작가의 조그만 도움에 의해서라도 무사히 대한민국으로 돌아오시게 되면 정말 노래 가사대로 다시 만날 때까지가 현실이 될 수도 있다는 소망이 마음속으로 들어왔다.

그 소망을 마음에 품은 소현은 영춘에게 정치적으로 위험성이 높을 수도 있어서 누구에게도 말하지 않았던 이순영 시장을 위하여 집필한다는 계획을 처음으로 전했다.

그랬더니 영춘은 격려 차원에서 2021년 10월 말에 창녕 단감 1박스를 소현에게 보내주었다. 이렇게 소현은 영춘을 보면서 이순영 시장을 보는 것 같은 느낌이 들었다.

하지만, 영춘에게도 소현이 출간 전까지 말하지 않는 딱 한 가지는 이순영 시장 생존 가능성에 대한 추측이다.

물론 소현의 추측이 틀릴 수도 있지만, 현실이 된다면 자타가 공인하는 '서울깍쟁이'의 본질이 확실하게 드러나는 셈이다.

소현의 확신

이순영 시장이 어디에선가 생존해있다는 1%의 희망을 가지고 집필하려고 마음먹은 중에 소현에게 확신을 준 또 한 가지의 결정타가 머릿속에 꽂혔다.

정조가 즉위한 후 친부 사도세자의 억울한 죽음을 풀어주기 위해 진상을 파헤쳐서 그와 관련된 자들에 대한 처분을 지혜롭게 하였는데, 이를 본받아서 소현은 이순영 시장님과 관련된 기사와 자료를 그녀의 성격같이 꼼꼼하게 검토하는 중에 SNS에 관한 연합일보 기사를 발견했다.

기사의 내용은 다음과 같다.

[이순영 서울시장이 실종됐다는 신고가 접수된 가운데 이순영 시장의 소셜네트워크서비스(SNS) 계정 대부분이 비공개 처리됐다.

이순영 시장이 실종됐다는 신고가 접수된 지 3시간여가 지난 시점인 9일 오후 8시 기준 이 시장 유튜브·인스타그램·카카오톡 채널이 모두 닫혔다. 다만 페이스북과 트위터 계정은 공개된 상태다.

이순영 시장 유튜브 계정에 접속하면 "이 페이지는 사용 불가합니다"라는 문구가, 인스타그램에는 "비공개 계정입니다"라는 메시지가 뜬다. 카카오톡 채널의 경우 "페이지를 찾을 수 없습니다"라는 문구가 나타난다. 페이스북과 트위터는 아직 비공개 처리되지 않았다. 이순영 시장은 평소 페이스북에서 서울시 정책·사안을 비롯 사회 현안에 대한 자신의 견해를 밝혀왔다. 이 계정의 가장 최근 게시물은 지난 8일 오전 11시에 올라온 '서울판 그린뉴딜' 발표 관련 내용이었다. 페이스북과 트위터도 전날 저녁까지 열려있었지만, 밤늦게 계정이 폐쇄됐다.]

이에 대한 어느 한 네티즌이 "페이스북 계정 탈퇴하기가 쉽지 않지. 본인이 페북을 스스로 계정을 만들었다 해도 탈퇴하기는 경험자 조언이 있어야지."라고 댓글을 달았다.

이를 본 소현은 성급하게 결론을 지을지는 모르나 이순영 시장의 생존 가능성을 직감했다. 물론 소현의 직감이 틀릴 수도 있지만…….

그리고 소현의 머릿속에는 2018년 2월의 일이 떠올랐다.

2018년 2월 1일, 소현과 교회청년부에서 5년 정도 사역과 연극도 같이 하였고 소현이 사역이 힘들다고 볼멘소리를 낼 때도 나이는 그녀보다 동생이지만, 경청해주고 용기를 주던 한 남성이 갑자기 심장마비로 고작 38세의 젊은 나이로 생을 마감하였다.

이 소식을 들은 소현은 너무 황당하여 말이 안 나왔다.

소현에게 소식을 전해준 사람에게 전화로,

"이게 무슨 흔히 하는 말로 마른하늘에 날벼락입니까. 그 사람 심성이 얼마나 착하고 보통사람에게는 가지기 힘든 타인의 말을 끝까지 경청해주는 큰 장점을 가졌는데 어떻게 이럴 수가 있어요?"

이에 소현에게 전화한 사람도,

"그래, 나도 소현이하고 같은 심정이야. 진짜 믿기지가 않아. 그나저나 순천향대학병원 영안실로 조문 가서 서로 아픔을 나누자."

그 즉시 조문을 간 소현은 얼마 전까지 그와 담소를 나누었는데 환하게 웃는 그의 영정 사진을 보니 기가 막혔다. 그의 부모님은 망연자실한 채로 눈에서 눈물을 계속 흘리고 있었다. 당연하다. 오죽할까!

그의 발인이 끝나고 난 뒤에도 계속 그와 절친했던 친지와 지인들이 그의 페이스북으로 글을 올리면 그의 어머니가 늘 댓글을 다는데 지금까지 이어지고 있다.

소현도 그의 생일날 페이스북에,

"네가 오늘 태어났는데 그곳에서 생일상 받겠네."

라고 글을 올렸는데 그의 어머니가,

"사랑하는 우리 아들을 기억해주셔서 감사합니다."

라고 답변을 해 소현은 눈시울이 뜨거웠다.

또 그의 카카오톡도 남겨져 있는데 소현은 새해가 다가왔을 때마다 「이곳은 한해가 바뀌었어. 그곳에서 건강하지?」라고 인사를 하면 그의 어머니가 「늘 잊지 않고 인사해주시니 반갑습니다.」라고 꼭 답변을 보낸다.

그래서 소현은 이렇게 그의 유가족하고라도 소식을 주고받을 수 있으니 조금이나마 위안이 된다.

그런데, 소문난 소통왕인 이순영 시장이 사건 당일 모든 SNS를 폐쇄해야 했을까? 비서가 폐쇄했을까?

이에 대한 소현의 답은 결론부터 말하자면 대부분의 사람들은 비서

나 그의 관계된 지인이라 하겠지만, 이순영 시장이라고 확신한다.

이순영 시장 실종 날, 성균관대 후문에서 오후 6시에 시신이 발견되어서 서울대병원 영안실에 미리 안치되어 있었다는 등 갖가지 추측설이 인터넷상에 떠돌았지만, 소현의 생각은 그녀도 페이스북을 사용하고 있어서 계정 폐쇄를 하려면 본인의 비밀번호를 알아야만 하는 것으로 알고 있다.

그래서 이순영 시장 본인이 아니고서는 가능하지 않다는 것이 확실하다.

더구나 언론에서 보도된 대로 자신의 목숨을 스스로 마감할 사람이 SNS를 굳이 폐쇄할 이유가 없고, 이런 생각을 할 여유조차 없었을 것이다.

비서나 지인이 이순영 시장의 SNS를 폐쇄했다는 가능성도 소현의 추측으로는 아니라고 생각한다. 비서나 지인이 무슨 연유로 이 시장의 SNS를 폐쇄하겠는가?

이순영 시장의 실종 소식에 온갖 정신이 집중되어있는데…….

참고로 이순영 시장의 실종 소식이 날아온 날, 부시장실에서까지 기조실장, 행정국장 등, 관계 국장들도 모여 긴급회의를 열었고, 4급 이상 공무원의 경우 별도 안내 시까지 사무실 또는 언제든 연락을 받을 수 있도록 대기하라는 공지가 내려졌으며, 시장실이 있는 시청 6층은 건물 안에서도 엘리베이터가 서지 않게 바뀌는 등 접근이 금지되기까지 했었고 서울시 간부들은 연락을 받지 않거나 말을 삼가는 분위기였다.

또, 때마침 소현이 사회복지를 전공하였는데 그 학문에서는 심리학을 심리학과같이 전문적으로는 배우지 않아도 기본적인 틀은 다루기 때문에 일반인보다는 지식이 있다고 확신하던 참이었다.

그래서 이때 소현은 마음속으로,

'예를 들어, 자살하려고 마음을 먹은 사람은 보통 SNS 닫아야지, 혹은 뭐라도 남겨야지 하는 생각이 들기 힘들고, 주변을 정리하다가도 자살하려던 마음이 사라져서 다시 인생을 시작하는 경우도 없지는 않다.'

라고 외치면서 이순영 시장이 페이스북과 트위터가 폐쇄되었다는 밤 늦은 시간에도 생존했음을 확신했다.

물론, 이 생각은 전적으로 소현의 개인적인 확신이지만 말이다.

그렇다면, 이순영 시장의 자살 시간이 밤늦은 시간이거나, 아니면 그 시간에 누군가가 순영을 살해해서 숙정문 근처에 시신을 유기했거나…….

하지만, 소현의 추측으로는 위와 같은 가능성은 거의 없다고 결론지었다.

그래서 소현은,

'평소에는 단 한 번도 불이 꺼진 적이 없었던 핀란드 대사관 근처는 왜 하필 이순영 시장님 실종 날 불이 꺼졌는가!'

라는 의심으로 이 시장의 생존을 확신했다.

물론, 소현의 판단이 아직 확증이 안 되었기에 틀릴 수도 있지만 말이다.

이순영 시장이 사망했다는 언론이나 사람들의 인식이 맞을 수도 있지만, 한편으로는 틀릴 수도 있기에 일단 소현의 판단은 변함이 없다.

그러면 이제부터 이순영 시장 실종 당일의 사건을 소현이라는 한 소시민의 추리로서 생존의 결론이 나오기까지 그날을 재현해 본다.

7월 9일 아침, 전날 오후에 난데없이 날아든 성추행 피소사건 때문에 밤늦도록 공관에서 관계자들과 회의를 마치고 거의 뜬눈으로 지새우다시피 아침을 맞이한 이순영 시장은 아침 식사를 허둥지둥 마치고 비서실장에게 오늘 일정 취소를 전하며 미안하다고 말하며 비서실장은 순영에게 인사를 하고 공관을 나간다.

그리고 아내 경아는 순영에게,

"당신, 오늘 시청에 출근을 안 하셨네요. 시장직을 던져서라도 대처하겠다고 했으니 공관에서 마음 추스르고, 내는 절에 좀 다녀오꾸마."

"그래. 이제 시장 사모님 마지막날이다마."

"아이고, 무슨 소리를? 그래도 9년 동안 한 거로 만족하다. 대한민국 헌정 상 최장수 서울시장이다. 내 걱정일랑 말그라."

"그래, 다녀오래이."

경아가 절에 간 후 순영은 한참을 생각한 끝에 결론을 내렸다.

'그래, 나의 견제 세력이 내가 대선에 나가서 당선되는 것을 막기 위해 여성단체까지 동원해서 성추행범으로 몰았던 거야. 그 방법이 저들로서는 최선의 방법일 테지. 시장직 사퇴로 끝날 일은 아니다. 차라리 예전에 바로 전 시장님처럼 시장직 사퇴로 책임을 완수할 정도의 문제면 감사하겠네. 그렇지만, 현 상황은…… 심지어 내가 암암리에 제거될 수도 있다. 어찌한담…… 자살? 내가 진 빚도 7억 정도가 되는데 나 혼자 죽는다면 아직 미혼인 정은이는 어떡하나? 아이고, 내가 3선 서울시장을 하지 말았어야 했다. 주 구청장의 조언대로 경남지사에 출마했어도 당선이 되었을 확률이 높은데 3선 서울시장이 되어가지고 이 지경까지 왔나?

하지만, 이미 엎질러진 물 다시 담아 부을 수는 없는 노릇이고······ 아! 정확히 오늘로부터 2주 전에······ 그래, 핀란드 대사에게 긴급 요청을 해보자.'

핀란드 대사관이 순영의 머릿속을 강타했다.

오늘로부터 2주 전 6월 25일, 대한민국은 그날이 6·25 전쟁 70주년을 맞이한 날, 서울시청에서는 한반도클럽 대사 초청 오찬 간담회가 열렸다.

이날 오찬 간담회가 끝나고 나서 인기척이 없는 곳으로 에로 수오미넨 대사가 이 시장에게 손짓했다.

"시장님, 저랑 은밀히 얘기할 게 있습니다."

"아니, 무슨 일입니까?"

"제가 한국에 부임한 지 꽤 오랜 시간이 지났습니다. 그래서 이제는 한국의 정치적인 상황까지 꽤 밝습니다. 그래서 시장님께서 대권 도전을 염두에 두셨다는 사실은 이미 잘 압니다. 그런데 저는 시장님께서 음, 시장님을 견제하는 정치세력들이 은밀히 시장님께 핍박을 가하고 있는 느낌이 확실히 들었습니다. 저의 추측으로는 그들은 무슨 수를 써서라도 시장님을 압박하고 대권에 도전해서 성공하는 것을 방해할 겁니다. 심지어 시장님을 정치적으로 제거하는 것을 넘어 목숨까지도 제거하지 않을까? 저는 그게 큰 걱정입니다. 예전부터 저는 시장님께서 핀란드에 여러모로 은근히 도움도 주셨는데 이에 보답하고자 합니다. 만약에 말입니다. 시장님께서 신변에 위협을 받으신다면 언제든지 저에게 긴급전화를 하십시오. 제가 다른 건 몰라도 그것만큼은 꼭 도와드리겠습니다. 대사관은 치외법권 구역이라 누구도 손을 댈 수 없으니 그나마 안전할 겁니다."

"네, 이렇게까지 생각해 주시니 감사합니다. 대사님께서 저의 상황을 잘 파악하셨네요."

순영은 딸 정은이 듣지 않는 곳으로 장소를 옮겨 은밀히 에로 수오미넨 대사에게 전화를 건다.

"에로 수오미넨 대사님! 저 이순영 시장입니다."

"네. 시장님. 혹시 제가 2주 전에 말씀드린 신변에 위협이라도 느끼면 언제든지 연락하라고 하셨는데 그 사건 터진 것 맞죠?"

"네. 그렇습니다. 대사님께서 참으로 안목이 있으십니다. 글쎄 시청에서 근무하던 여비서와 여성단체에 제가 성추행 피소를 당했지 뭡니까."

"네. 역시나. 저의 직감이 맞군요. 견제 세력이 성추행 피소를 빌미로 시장님을 일단 정치적으로 제거하려고 하는군요. 근데, 정치적으로만 제거되시면 그나마 다행인데 목숨까지도 제거되시면 안 되지 않습니까? 그러니 목숨만이라도 건지시려면 지금부터 제가 시키는 대로 따르셔야 합니다. 제가 최대한 시장님을 지켜드리겠습니다."

"네. 정말 감사합니다. 향후 이 은혜 꼭 갚겠습니다."

"그건 나중에 생각하시고, 일단, 시장님 공관에서 CCTV가 안 보이는 곳으로 나오십시오. 그다음은 와룡공원까지 어떻게든 오세요. 그리고 저에게 핸드폰으로 전화를 걸지 마시고 와룡공원 00에 제가 무전기를 직원을 시켜서 가져다 놓을 거니까 그곳에서 저에게 연락을 하십시오. 핸드폰은 나중에 흔적이 남을 수도 있기 때문입니다.

"네. 일단 택시를 타고 와룡공원으로 가겠습니다."

"아, 될 수 있으면 짙은 색 옷을 입으세요."

순영은 모든 것을 체념한 듯 망명이라고도 할 수 있는 만반의 채비를 갖추었다.

와룡공원에 도착한 순영은 대사에게 무전을 치며,

"와룡공원입니다. 저 도착했습니다."

"아. 제가 일부러 공관 근처에 시장님과 비슷한 체구를 가진 안전요원 한 사람을 일부러 CCTV가 있는 쪽으로 짙은 색 옷차림을 한 채로 찍히게 했습니다. 아마 수색요원들이 이 시장님을 추적하는 데 난해하게 하기 위해서 그런 겁니다. 그리고 시청 직원들에게 얼마 있다 내려간다는 전화를 거세요."

이에 순영은 그대로 고경석 비서실장에게 전화를 걸었다.

"한 시간 이내에 내려오겠다."

이 소식을 듣고 시청 회의실에서는 긴장이 풀렸다.

또, 하산을 종용하는 윤국현에게는 「걱정하지마. 좀 생각 정리하고 가려는 거야, 내려가 있어.」라고 문자를 보냈다.

표은혜에게는 「많은 사람의 지지와 지원을 받는데, 나의 작은 실수로 큰일이 터져서 너무 힘들다.」라는 메시지를 보냈다

그리고 고경석 비서실장과 마지막 통화 후 다른 지인에게 가족을 잘 보살펴달라고 부탁했다.

딸 정은에게는 "아빠에게 무슨 일이 생기면 경찰에 신고해라."는 부탁을 남기고 휴대전화를 껐다.

그러고 나서 잠시 후 순영에게 큰 검은 차량이 다가온다.

그 차에서 안전요원이 나오면서,

"시장님, 저희는 대사님의 지시를 받고 시장님을 안전하게 대사관저까

지 모시러 왔습니다. 일단 타십시오."

순영은 차에 타고 핀란드 대사관저 안으로 들어간다.

순영이 대사관저 안으로 들어가자 안전요원들이 기다렸다는 듯이,

"잘 오셨습니다. 이제부터는 안심하세요. 그리고 이 순간부터는 한국과의 인연은 끝난 겁니다. 우선 시장하실 텐데 식사부터 하시죠."

성추행 피소사건 이후로 제대로 음식이 목구멍에 넘어가지 않았던 순영은 허기가 졌기 때문인지 맛있게 점심을 끝낸다.

그리고 나서 에로 수오미넨 대사가 드디어 대사관저 안으로 들어오자

"시장님. 이제부터는 저희 나라분이나 다름이 없습니다. 그래서, 저희가 미리 안전요원을 시켜서 대사관저 주변 CCTV를 껐습니다. 시장님 동선이 파악되면 안 되질 않습니까?"

"너무 감사합니다."

"그리고 저희는 정말 엄청난 일을 계획했습니다. 안전요원에게 대학병원이나 다른 곳에서라도 시장님과 비슷한 체구의 시신을 구해오도록 지시를 내렸습니다. 그 이유는 시장님이 핀란드로 망명을 하러 갔다고 한국 언론에서 알면은 추적이 들어와서 시장님이 해를 당하실 수도 있습니다. 그러니 아예 돌아가신 것처럼 위장하는 겁니다. 그리고 시신을 구한 후에 숙정문 근처에 몰래 갖다 놓을 겁니다. 또 넥타이도요. 마치 자살을 한 것같이 말입니다. 시장님 공관 근처에 시장님인 척 한 사람의 옷과 가방을 그 시신에다가 입혀다 무장할 겁니다."

"아이고, 제가 이제는 죽은 사람으로까지 되었다니 할 말이 없네요."

"일단은 그렇게 해야만 시장님께서 진짜 목숨이라도 보전하실 수 있습니다."

정말, 그때 대사관저 밖에서는 딸의 실종신고를 받고 언론사 기자들을 비롯하여 구급차까지 동원하여 이순영 시장 수색에 총력을 다하는 소리가 들렸다.

이 상황을 파악한 에로 수오미녠 대사는,

"시장님. 마음이 약해지셔서 밖으로 나가시면 절대 안 됩니다. 안가에 계셔야 합니다. 앞으로 저의 지시가 있을 때까지는 한 발짝도 움직이시면 안 됩니다."

대사관저 밖에서는 이순영 시장이 무사하게 나오시기를 기원했으나 진전이 없자 모든 인력을 철수했다.

밤이 깊었을 무렵 에로 수오미녠 대사가,

"아, 제가 깜빡한 게 있습니다. 시장님의 SNS를 모두 폐쇄하십시오."

이에 순영은 아차 싶었다.

"아이고, 맞습니다. 무의식적으로 SNS에 접속했다간 제가 살아있다고 한바탕 소란이 일어날 겁니다. 그러니 다 폐쇄하겠습니다."

이제는 죽은 사람으로 첫날밤을 맞이한 순영은 마음속으로,

'내가 진짜 희대의 거짓말쟁이가 되는구나. 이 기간이 언제까지 지속할지는 몰라도 누군가에 의해서 밝혀져서 세상의 빛을 보게 되는 날을 희망해보는 수밖에……'

그리고 10일 자정, 예상대로 대사관저 밖에 한국 언론은 수색대원들에 의해서 이 시장의 시신이 발견되었다는 속보를 대대적으로 보도한다.

안가에서 하룻밤을 보낸 이순영 시장에게 에로 수오미녠 대사가,

"어제 편안히 잘 주무셨습니까? 이 밖에만 나가면 시장님은 이미 고

인이 되셨습니다. 며칠 동안은 여기에 계시고 그동안에 저희가 저희 나라 대통령께 긴급 연락을 하여서 시장님을 핀란드까지 안전하게 모시겠습니다."

"이 은혜를 잊지 않아야 하는데 언젠가는 그럴 날이 오겠지요?"

"올 겁니다. 옵니다. 하늘에 뜻에 맡기고, 인내하시면 세상의 빛을 보는 날이 올 것을 확신합니다."

7월 13일 대사관저 밖에 한국에서는 시청 다목적홀에서 이순영 시장 영결식을 마친 후 고향 창녕에 안장이 되었다.

이순영 시장 사건에 대한 관심의 열기가 식을 무렵 에로 수오미넨 대사는 순영에게,

"저희 나라 대통령께서도 시장님의 사정을 전달했더니 비밀 망명을 쾌히 승낙하셨습니다. 저희가 검은색 차량으로 시장님을 완전무장한 채로 일단 저희 나라 대사관이 있는 ○○나라까지 바닷길로 모시도록 하였습니다. 핀란드까지 한번에 배로 가기에는 거리도 너무 멀어서 우선 가까운 나라 대사관까지 안전하게 모시도록 조치하였습니다. 한국만 벗어나면 얼마든지 망명객 신분으로 비행기를 타실 수 있기 때문입니다."

이에 순영은 완전무장한 채로 안전요원과 함께 검은 차량으로 대사관저를 빠져나와 인천항에서 핀란드 대사관에서 보낸 배에 타고 제3국으로 향한다.

○○나라의 핀란드 대사관저에 도착한 순영에게 안전요원들이,

"이제까지 고생하셨습니다. 저희는 다음으로 핀란드에 안전하게 도착하도록 하겠습니다."

드디어, 순영은 무사히 핀란드에 도착하였다. 이 소식을 들은 핀란드 대통령은 안전요원들에게,

"쉽지 않은 길인데 이순영 시장님께서 무사히 도착하셨다니 매우 기쁩니다. 그 시간이 언제일지 모르지만, 누군가에 의해서 밝혀지는 날까지 안전하게 이순영 시장님을 보호하도록 만전을 기해주시길 부탁드립니다."

그러고 나서 이순영 시장은 핀란드 대통령이 미리 마련한 거처에서 살도록 안전요원들에게 지시를 내린다.

이때 순영은 마음속으로,

'한국에 가고 싶은 마음은 굴뚝 같지만, 감옥에서 지낸다고 생각하고 살아야 한다. 무기수로 지내더라도 할 수 없다.'

이렇게 마음을 굳힌 순영은 안전요원을 통해 대통령에게 이와 같은 메시지를 전한다.

"제가 혹여나 이렇게 숨어있는 기간이 언제까지인 줄은 알 수 없으나, 만약 누군가에 의해서 진실이 밝혀지지 않고 영원히 미제로 남은 채로 죽게 되거든 이 땅에 화장해서 자연에 뿌려주시거나, 아니면 진실을 밝히시어 한국으로 인도하여 주시든 그때의 상황에 따라서 처신해 주시기를 부탁드립니다. 부탁만 드려 죄송합니다. 한국에서부터 핀란드 정부에 신세를 많이 졌습니다."

이 보고를 받은 핀란드 대통령은 고개를 끄덕이며 수긍한다.

이와 같이 이순영 시장의 그 날을 추리하는 동안 소현은 숨 가쁘다 못해 마치 심장까지 격동이 치는 듯했다. 그래서 심장의 격동을 진정시

키려 장로님께 전화를 걸었다.

"여보세요."

"어, 소현 웬일이야."

"놀라지 마세요. 이순영 시장님의 생존 가능성을 염두에 두고 그날을 추리했는데 심장이 격동하는 것 같았어요."

"아! 그래 소심하고 신중한 성격의 네가 우스갯소리로는 간 큰 일을 저질렀구나."

"네. 정말 그래요. 만약 이순영 시장님께서 한국에는 고인으로 가장을 해서 핀란드에라도 피신해있으셔도 거의 감옥에 갇혀 지내실 거예요. 그게 사실이라면 저 같은 소시민의 용기 있는 추리로 살아 돌아오신다면……."

"진짜, 그건 나라가 뒤집힐 일이야."

"아, 제가 갑자기 생각나는 게 있어요. 2019년에 《제국의 양심》을 출간했는데, 히로히토 일본 천황의 막냇동생 다카히토가 그 악명높은 731부대에 군인 신분으로 부임한 후에 생체실험으로 희생될 뻔한 마루타들을 구출하는 게 주된 내용이에요. 만약 이순영 시장님은 물론 731부대 마루타같이 목숨의 위협은 없어도 저의 추리로 인해서 한국으로 무사히 돌아오셔서 자유의 몸이 되신다면 제가 다카히토 같은 역할을 하게 되는지도 모르지요."

"오우. 진짜 적절하게 비유 잘했어. 이순영 시장 지금 감옥에서 사는 거나 다름없지. 그러니 소현의 추리가 사실인지 아닌지는 모르지만 사실이라면 당연하지."

"그래요. 일단 긍정적인 쪽으로 소망을 두겠어요."

"그래. 나도 소망을 빌게."

이렇게 통화가 끝난 후 소현의 심장 격동은 진정이 되었다.

정말, 어느 한 소시민에 불과한 자신의 추리가 현실로 이루어지기를 소망하면서……

만약 다시

심장의 격동을 진정시킨 소현은 마음속으로,

'극소수의 시민만이 이순영 시장님의 생존 가능성을 염두에 두고 있는 현 상황에서 이순영 시장님께서 핀란드와 연관된 어느 곳에서 숨어 지내고 계시다가 한 소시민의 추리로 집필한 저서를 한국에서 입소문을 타는 것부터 시작해서 급기야 핀란드 대사관까지 전해져서 보시게 된다면……'

소현은 이순영 시장이 그녀의 저서를 독파한 후에 어떠한 반응이 나올지를 그녀 나름의 추리로 재현해 본다. 물론, 소현 한 사람의 추리니 절대 옳다고 하는 것은 더군다나 아니다.

핀란드 대통령 직속 안가 안전요원이 이순영 시장에게 억양을 높이며 다가가서,

"이순영 시장님! 충격적인 일이 벌어졌습니다."

"아니, 무슨 일입니까? 혹시 저의 비밀이 한국 정부에 누설이 되었습니까?"

"누설이라고 볼 수도 있는 일이에요."

"그러면, 저는 차후의 대책을 세워야겠네요."

"그런데 이순영 시장님, 이제부터는 새 인생을 시작하는 대책을 세워

야 하겠는데요."

"아니, 그게 무슨 말입니까?"

"한국에서는 시장님이 고인이지 않습니까? 그런데 시장님의 죽음에 의문을 품는 자가 없지는 않았다는 겁니다. 그래서 혹시 도망가서 어디 서라도 살아계실 거란 추측을 하는 시민도 있었습니다. 하지만, 워낙에 그 이야기가 조심스럽기 때문에 입 밖에 내지는 못하였습니다. 그런데 어느 서울 토박이 40대 이소현이라는 여성이 작가인데, 시장님의 생존 가능성을 염두에 두고 시장님을 위한 소설책을 집필했답니다.

그리고 그 저서가 2022년 5월 9일 대통령 취임 날 출간되어서는 한 국에서 입소문을 타면서 시장님의 생사에 의문을 품는 시민이 늘고 있 습니다. 그래서 이 저서가 정부의 주요요원은 물론 심지어 청와대까지 들어간다면 시장님께서는 더는 행방을 숨기기 힘들어집니다. 시장님께 서 이곳에 처음 오신 날 정말 희박한 가능성이지만 누군가에 의해서 밝혀져서 세상의 빛을 다시 보게 되는 날을 늘 소망하셨습니다. 더 나 아가 시장님의 본국인 대한민국으로 기적적으로 돌아가시게 된다면 무 엇을 더 바라겠냐고 하셨습니다. 그러니 이 소시민 작가가 집필한 책을 읽어보세요."

순영은 놀란 마음을 진정시키며 안전요원으로부터 소현의 저서를 받 았다.

"옛말에 쥐구멍에도 볕 들 날이 있다더니 제가 딱 이 상황이 되었네 요. 정말, 저는 마음속으로 대한민국으로 돌아갈 희망은 1%라고 생각 하였습니다. 심지어 이곳에서 죽음을 맞이할 수도 있다는 생각에 그렇 게 된다면 화장해서 뿌려달라는 유언까지 하였습니다. 세상에! 참 이런 일이 있다니, 말마따나 귀신이 곡할 노릇입니다."

"하늘이 도우셨지요, 시장님의 가련한 처지를 긍휼히 여기시어 이런 축복을 주신 것 같습니다."

순영은 소현의 저서를 단숨에 독파한다.

그리고 안전요원에게,

"내가, 이제 이 저서로 인해 대한민국으로 귀국하겠다는 결심을 했습니다. 한국 땅을 숨어서 떠나오다시피 했을 때 저는 가슴속에서 숱한 눈물을 흘렸습니다. 심지어 제가 정치의 길로 들어선다고 했을 때 나의 아내가 반대했을 때 그 의견대로 했었으면 좋았을 거라는 생각까지 했습니다. 근데, 세상에 이 저서에 보면, 내가 3선을 하는 동안 한 번도 표를 준 적이 없다는 시민이 이렇게 손수 저를 위해서 집필을 하였다니 정말 말 그대로 기적입니다."

"이제, 대통령께 부탁을 드려서 언론이든 무엇을 통하든 간에 한국 정부나 언론에 긴급 타전을 보낸 후에 핀란드 주재 한국대사관에 거주하는 천 대사님께도 피랍 상황을 밝히셔서 무사히 대한민국으로 돌아가시기를 저희가 적극 돕겠습니다."

"정말, 제가 이곳에 처음 왔을 때 은혜 갚을 날이 오길 소망했었는데 거의 가능성이 없던 바람이 현실이 되니 꿈만 같네요."

드디어 위와 같은 소식을 핀란드 대통령도 알게 되었다. 대통령은 핀란드 정부 요원 몇몇과 언론사 관계자들을 긴급호출하여,

"하루속히 한국 정부와 언론에 이순영 시장님 생존 소식을 긴급 타전하여 대한민국으로 무사하게 돌아가실 수 있도록 만전을 기해주시오."

대통령의 지시대로 정부 요원과 언론사 관계자는 대한민국 정부와 언론에 긴급 타전을 보낸다.

이 소식을 접한 한국 정부와 언론은 저마다 충격이 너무도 큰 나머지,

"그럼, 2020년 7월 10일부터 13일까지 이순영 시장님 장례와 영결식까지 주요 뉴스로 보도했었는데 하루아침에 시민들에게 거짓을 전한 게 되어버리니 이럴 수가!"

라며 입을 모은다.

또, 이 충격적인 뉴스를 접한 시민들은 저마다,

"이순영 시장님의 죽음이 어딘가에 석연치 않은 데가 많았는데, 결국에는 진실이 밝혀졌네."

라며 입을 모은다.

핀란드 안가에서 이순영 시장은 이제 대한민국으로 돌아갈 만반의 채비를 갖춘다.

2020년에는 망명의 채비를 갖추더니 이제는 귀국의 채비를 갖춘 것이다.

이순영 시장이 드디어 안가에서 나와서 세상의 빛을 보며 감탄한다.

"아이고, 이게 얼마 만인가!"

그리고 안전요원이 순영을 차에 태우고 공항까지 운전해 간다.

공항에는 핀란드 대통령까지 인사를 하러 나왔다.

핀란드 대통령은,

"이제, 자유의 몸이 되셨으니 괴로웠던 순간은 잊으시고 새로운 인생을 시작하시길 소망합니다. 향후, 한국과 핀란드와의 관계에도 많은 도

움을 주시리라 믿고 그동안 너무 고생하셨습니다. 축하드리며 편안히 가십시오."

리고 배웅을 한다. 이에 순영은,

"이 은혜 평생 잊지 않을 겁니다. 대통령님께서도 늘 건강하시고 향후 꼭 다시 만납시다."

그리고 꿈에 그리던 한국행 비행기에 탄 순영은 인천공항에 도착할 때까지 마음이 들뜬 나머지 잠도 못 잤다.

드디어, 현실 가능성이 없었던 인천공항에 도착한 순영은 한국 언론에 취재진들에게 둘러싸여 질문 세례를 받는다.

이때 순영은,

"이렇게 다시 뵙게 될 줄은 상상도 못 했는데, 감개무량합니다. 이제 저는 고인이 아닌 생존자입니다."

라고 힘찬 어조로 말한다.

소현은 그때 생애 처음으로 한 언론과의 인터뷰에서 다음과 같은 말을 한다.

"먼저, 이순영 시장님께서 저 같은 소시민의 추리로 다시 대한민국 땅을 밟으시게 된 것을 축하드립니다. 작가로서 이보다 더 큰 보람은 없을 겁니다. 사람에게 가장 중요한 것이 생명인데 전 국민이 이순영 시장님이 갑자기 고인이 되신 줄 알고 13일 영결식 날 비가 오는 날씨임에도 시청 앞에서 시민들이 시장님, 시장님 하면서 눈물을 터뜨렸는데 오늘날에 다시 생존자가 되시어 나타나셨으니 저도 생애에서 이런 드라마틱한 사건은 두 번 다시는 없을 거라 확신합니다."

이에 또 다른 언론관계자가 소현에게,

"이순영 시장님께서 극적으로 살아 돌아오셨는데 작가로서 향후 이순영 시장님의 사건을 어떻게 처리해야 할지 개인적인 의견을 듣고 싶습니다."

"먼저, 저서를 집필할 때 저는 기독교 신자임에도 조계사 법당에 이순영 시장님의 영가 위패가 안치되어 있다는 소식을 듣고 법당에 직접 들어가서 보았습니다.

그때 저는 마음속으로 만약 지금은 1%의 가능성이지만, 어딘가에 생존해계시다가 대한민국으로 무사 귀환하시게 되면 이순영 시장님께서 이곳에 오셔서 이 영가 위패를 본인께서 손수 거두어서 태우게 되는 날이 오게 되기를 소망했습니다.

조계사에 안치된 영가 위패를 제거한 후에는 창녕에 안장되어있는 그분의 거짓 묘소를 즉시 파내야 한다고 생각합니다. 파묘도 그냥 하는 게 아닌 반드시 이순영 시장님께서 창녕에 가시어 직접 첫 삽을 떠야 한다고 생각합니다. 또, 묘소 근처에 곳곳에 걸린 추모 현수막들을 이순영 시장님께서 손수 보신 후에 제거해야 한다고 생각합니다. 서울시장 산소라고 쓰인 나무 팻말도 마찬가지입니다.

아, 그리고 묘소에 안장이 되어있던 유골함을 꺼내면, 그 시신의 신원을 어렵더라도 최대한 밝혀내어 그와 관련된 유족이 있다면 그동안 이순영 시장님 시신으로 오해되어서 화장되고 안치된 정말 너무도 큰 실수를 한 것에 대하여 고개 숙여 사죄를 드리고 정중하게 인계를 해야 할 것입니다.

마지막으로, 이렇게 되기까지 중요한 원인 중의 하나인 비서 성추행 의혹을 이순영 시장님께서 손수 규명을 하셔야 할 겁니다. 이 의혹이 한쪽의 의견만으로 판단할 수 없는 상황이어서 많은 시민이 답답해하셨는데 이제 당사자가 정말 나타났으니 자초지종을 속 시원하게 말씀해주셔야 시민들의 궁금증도 해소되고 이순영 시장님 자신께서도 당당히 새로운 앞날을 살아가시게 되리라 생각하면서 이만 마칩니다. 감사합니다.”

인터뷰하는 소현의 답변에서 실마리를 들은 순영은 당장에 이대로 실행에 옮긴다.

먼저 조계사에 간 순영은 여러 신도의 뜨거운 환영을 받으면서 법당으로 들어가서 영가 위패를 보고 손수 집어 들고 스님들에게,

“그동안 헛수고하느라 나름 애쓰셨는데, 당장 이 영가 위패를 태웁시다.”

이에 스님과 신도들 모두 박수를 치는 가운데 영가 위패는 태워진다.

그리고 자신의 거짓 묘소가 안치되어 있는 창녕에 내려간다.

이때 창녕에서는 이순영 팬클럽 회원들을 비롯하여 친지와 지인들이 수없이 박수를 치면서,

“이순영! 이순영! 다시 환생했다!”

라고 외쳐댄다.

이에 순영은 화답이라도 하듯 인파를 향하여 계속 손을 흔든다.

순영의 죽마고우 영춘의 눈에서 굵은 눈물이 흐른다.

“아이고! 이게 꿈인가! 생시인가! 나 니가 그렇게 되었다고 했을 때 며칠 동안 눈물이 마를 날이 없었다마. 그란데, 세상에 이리 돌아오다니! 내 평생 이런 일은 처음일 기다. 아니. 대한민국 모두가 더 나아가 세계적으로 이란 일이 또 있을꼬? 아마 없을 기다. 내가 돌아온 거같이 기

쁘데이."

드디어 자신의 묘에 온 순영은,

"아이고! 내 말이 안 나온다마. 이기 뭐하는 짓이었노?"

그리고 영춘은 비롯한 친지와 지인들 앞에서,

"파묘를 함에 어찌 되었든 내 묘였으니깐, 첫 삽을 뜨겠으니, 모두 동참해 주이소."

비로소 순영은 파묘의 첫 삽을 뜬다. 그리고 영춘을 비롯하여 지인들까지 한 삽씩 뜨다 보니 어느새 유골함이 나왔다.

유골함을 보자 순영은,

"이기, 내 유골함이었다고? 아이고마! 당장에 이 유골함에 누구인지 몰라도 내 사죄부터 해야겠다. 그동안 내 이름으로 안장이 되었는데 어찌 생각해보면 너무도 미안하고 감사합니다. 신원 파악하여 유족의 품에 인계하겠습니더."

또, 묘소주위에 걸린 현수막들과 서울시장 산소 팻말까지 본 순영은 가슴이 먹먹하다.

"내 여기 고향이니 편하게 막말하자면 참 미친 지랄했다마. 현수막들 태우려면 환경적인 부분에 있어서 건강에 안 좋으니 힘을 합쳐 최대한으로 잘라내자마. 산소 팻말은 나무니깐 글씨체만 지우고 향후에 땔감으로든지 뭐로든지 쓰자마."

이렇게 창녕에서 대환영과 기쁨을 듬뿍 나누고 온 순영은 다음으로는 자신의 일터였던 시청으로 돌아와서 직원들에게 인사를 한다. 2020년 7월 8일 정식 출근 이후로 처음으로 시청홀에 들어선 것이다.

그러고 나서 예정되어 있던 근처 프레스센터 기자회견장에 들어선다.

성추행 사건에 대한 전 이순영 서울시장의 진상 규명

수없이 많은 언론사 취재진 앞에 나타난 순영은,

"제가 갑자기 서울시장직 임기를 제대로 끝마치지 못하여서 이로 인해 시행착오를 겪었던 시청 임직원들에게 고맙고도 죄송하다는 말씀을 전합니다. 특히, 현재는 은퇴하셨지만, 저의 사건 이후 9개월간의 시장대행으로 밤낮으로 애써주신 전 서울시 전재현 행정부시장께도 너무 죄송하고 감사하다는 말씀을 이 자리를 빌려 전합니다. 이제 저의 사건의 주요 원인이었던 비서 성추행 사건에 대해서 진상규명을 하고자 합니다. 이 진상 규명이 이곳에 계시는 취재진들께나 시민 여러분들께도 궁금증을 해소하는 데 많은 도움이 될 거란 생각에 제가 이 자리를 빌려 시작하려 합니다."

위와 같은 모습을 지켜본 소현은 대한민국, 아니 세계의 모든 시의 시장들과 시민들에게 드리고 싶은 한 구절이 머릿속으로 떠올랐다.

'예전 시장님들도 그러셨고, 현 시장님도 그러시고, 향후 시장님들도 그러실 겁니다. 인간이 완벽한 존재가 아니기에 100점 시장님은 단, 한 분도 없습니다. 100점 시민도 단, 한 분도 없습니다. 시장과 시민이 서로 협력하여 보다 나은 내일의 희망을 가지고 나아간다면 한층 살기 좋은 도시가 이루어질 것입니다.'

제3부

'AGORA'에서 띄우는 편지

북악산
미스터리

소현이 각계에 드리는 간절한 호소의 편지

이순영 전 시장님께

안녕하세요. 저는 서울에서 태어나서 40년 이상을 살고 있는 서울 토박이 소시민 작가입니다. 저와 시장님은 매스컴을 통해서 뵈었을 뿐 단 한 번도 뵌 적이 없는 사이입니다.

또 시장님께서 대한민국 헌정 상 최초로 3선에 성공한 서울시장이었는데 저는 단 한 번도 시장님께 표를 준 적이 없는 사람입니다.

하지만, 2020년 7월 9일 시장님께서 실종되셨다는 뉴스를 듣고 마음속으로 무사히 귀환하시기를 빌고 또 빌었습니다. 저뿐 아니라 시장님의 SNS에는 무사 귀환을 염원하는 많은 시민의 글이 올라왔습니다.

그러나, 이 염원을 뒤로한 채 시장님께서 숙정문 근처에서 시신으로 발견되었다는 소식에 저는 충격이 심했습니다. 정말 거의 일주일 이상 온통 저의 머릿속은 시장님으로 가득 차 있었습니다.

시장님께서 여비서를 4년간 성추행했다고 고소한 사건 때문에 극단적 선택을 하였다고 많은 시민이 믿고 있지만, 저는 절대 그렇게 생각하지 않습니다.

그 전날 7월 8일까지 온실가스 주제로 시청에서 토론하면서 업무를 보셨는데 갑자기 여비서 성추행 사건 때문에 수치심으로 극단적 선택을 하셨다는 게 전혀 앞뒤가 맞지 않았습니다.

제가 소문에 듣기로는 실종 당일 오전에 시장사퇴 기자회견까지 염두에 두신 분이 왜 극단적 선택을 하셨겠습니까? 절대 아닙니다.

게다가 시장님 사건에 관한 정부의 대처와 태도에 대해서 저는 한 시민으로서 분노했습니다.

한 나라 심장부의 수장이 의문 가득한 죽음을 맞았는데 일반 시민의 사망에도 하는 부검을 하지도 않고 장례식만 화려하게 치르고 화장시켜서 고향 땅에 안장한 것에 대하여 저는 분노가 치밀었습니다. 시청광장에 시장님의 분향소를 설치했을 때 저는 거기서 이렇게 외치고 싶었습니다.

"시민도 의문을 품는 대한민국 심장부 수장의 사망 사건을 정부는 각성하고 재조사하라! 그전까지 이 장례는 무효다!"

시장님! 대한민국은 이제 세계 10위권을 넘나드는 선진국 대열에 들어선 국가입니다. 이러한 나라에서 시민에게 의문의 여지를 숱하게 남기는 우를 범해서야 되겠습니까? 제가 생각하는 선진국이란 경제적 수준만이 아닌 정부와 시민의 의식도 그에 상응하는 국가입니다.

본론에서 좀 벗어나서 시장님께 이 말씀을 전해드립니다.

시장님께서 2020년 대한민국뿐 아니라 전 세계적으로 고통을 가져온 코로나가 시작하고부터 시민의 안전을 위해서 서울광장, 청계광장, 광화문광장 집회를 금지하는 명령을 내렸던 것을 기억합니다. 그때 곽준경 목사님과 의견충돌이 잦았었는데 시장님의 사망 사건 이후에 그분께서,

"이순영 시장이 시장에 처음으로 당선되고 난 후에 제가 종교인 자격으로 초청이 되었어요. 그때 축복기도 해드리러 가는 거였는데 저는 안 갔어요. 지금 생각해보면 제가 참 후회가 되고 그분께 미안합니다."

저는 개인적으로 곽준경 목사님과 아무런 친분이 없지만, 천성은 어지신 분이라고 생각합니다.

제가 시장님께 서신을 쓰게 된 이유는 1%의 희망 때문입니다. 숙정문에서 발견된 시장님의 시신 상태가 많이 손상되었다는 점부터 여러 가지 의혹이 있습니다.

1%의 희망이라는 것은 시장님께서 생존해 계실 수도 있다는 가정입니다.

만약, 시장님께서 생존해계시더라도 거의 갇혀 지내는 몸일 텐데 하루속히 대한민국 정부와 실종 당일 연락이 끊긴 핀란드 대사관과 그 나라 정부의 노력으로 대한민국으로 무사 귀환을 하신 후에 자유의 나날을 보내시도록 소시민 작가인 제가 조그만 힘이라도 되었으면 좋겠습니다.

정말, 1%의 희망이 현실이 된다면 시장님께서 지난날의 의혹들을 세세하게 밝히시어 시민들의 궁금증을 풀어주시고 다시 태어났다는 마음으로 여생을 행복하게 보내시기를 소망합니다.

서울에서 소시민 작가 이소현 올림

서 시장님께

시장님! 처음으로 인사드립니다. 서울시를 위해서 밤낮으로 애쓰고 계심에 감사를 드립니다. 먼저 시장님 양해를 구하고 저의 소개를 하고 서신을 계속 이어갈까 합니다. 저는 40대이고 지극히 평범한 천만 시민 중 한 사람입니다. 그리고 현재 작가로 활동하고 있습니다. 제가 쓴 《북악산 미스터리》라는 너무도 무겁고 조심스러운 책에 언급하게 되어 양해를 구합니다.

2021년 4월 7일 보궐선거에서 다시 서울시민의 선택을 받으시어 시장직에 복귀하신 것 늦었지만 감축드립니다.

그리고 다음 4월 8일에 현충원 참배를 시작으로 시청에 10년 만에 출근하시어서 시청 직원들의 환영도 받은 모습을 보고 저의 느낌은 다음과 같았습니다.

전 시장님의 의문사로 9개월 동안 서울시의 시장 자리는 공석이어서 사람이 든 자리는 몰라도 난 자리는 표가 난다는 옛말에도 있듯이 정말로 서울시민의 한 사람인 저도 공허함을 느꼈습니다. 그리고 갑작스럽게 시장권한대행이 된 전 행정부시장님께서 너무 중압감이 심하셨던지 추석을 끼고 병가를 내어 그동안 미루어왔던 목디스크 수술을 받았기에 시민의 한 사람으로서 전 시장님께 원망스러운 마음까지 들었습니다.

그리고 결국 시장님께서 2011년 8월 26일 무상급식 투표결과로 책임을 지고 시장직 사퇴를 하신 지 거의 10년 만에 그 공석의 주인이 되신 것을 보고 저는 이러한 생각을 하였습니다.

현재 서울시뿐 아니라 세계적으로 2년 이상 코로나라는 질병으로 고통이 계속되고 있습니다. 서울시도 예외는 아니어서 코로나와 사투를 벌이는 시민을 맡게 되는 것입니다.

즉, 2020년 초부터 코로나와 사투를 벌이는 시민을 전 시장님께서 잘 보살피시다가 갑자기 떠나셔서 9개월 동안 전 부시장님께서 임시로 근무하시다가 시장님께서 맡으셨지요. 이 시민을 맡기 위해서 최 후보와 경쟁을 하시었습니다. 물론 상대 후보도 시장님 못지않게 능력이 출중하시고 인품도 뛰어나신 분입니다. 그러나 현 서울시의 상황은 평상시가 아니라 비상상황입니다. 그래서 코로나와 사투를 벌이는 시민에게는 새로운 분보다도 예전에 맡으셨던 분이 더 적합하다고 생각합니다.

그리고 서울시장 당선 직후에 성추행 피해자에게 공식적으로 머리 숙여 사과하셨고, 따로 만나서 그 피해자에게 따뜻한 격려까지 하셨다고 했을 때, 저는 시장님께서 마음이 곱고 어지신 분이라고 생각을 하게 되어 이러한 분이라면 저같이 다른 의견을 가진 시민의 호소도 포용하실 수 있겠다는 생각에서 서신을 드립니다.

시장님! 제가 이 책을 집필하겠다고 결심하게 된 동기는 이러합니다.

전 시장님의 사망이 너무도 납득이 안 되었습니다. 서울에서 태어나 40년 이상을 거주한 사람으로서 앞으로는 이렇게 적지 않은 의문의 소지를 남기는 일이 다시 발생해서는 안 된다는 뜻에서 이 책을 집필하게 되었습니다.

시장님! 전 시장님께서 서울시장직에 계셨을 때 그분의 시정 운영방식에 대해서 때로는 불만을 토로한 적이 있으셨습니다.

저는 여기서 이것만큼은 확신하기를 시장님과 전 시장님의 시정 운영방식에 차이가 있었지만, 서울을 진심으로 사랑하는 마음은 두 분이 같으실 겁니다.

만약, 전 시장님께서 기적같이 다시 오시게 된다면 시장님께서 전 시장님의 전임 시장이자 후임 시장으로서 따뜻하게 맞이하여 주시고 그때 전 시장님께서 시장 재직시절에 섭섭했던 마음을 말씀드려도 된다고 생각합니다.

그리고 제가 시장님께 꼭 당부를 드리고 싶은 것은 인간 사이에서 분쟁이 일어났을 때 한쪽 이야기만 듣고 판단하는 것은 실수라고 생각합니다. 그런데 전 시장님 성추행 사건에서는 물론 한쪽에서 주장하는 사실만 가지고 판단할 수밖에 없는 상황이었지만, 성급하게 전 시장님을 파렴치한 사람으로 단정 짓는 것은 아니라고 생각합니다. 이 책에서 전 시장님께 표를 준 적이 없는 심지어 반대파라고 할 수 있었던 한 소시민 작가가 이러한 책을 쓴 이유도 여기에 있습니다.

시장님! 서울시를 위해서 심지어 분 단위로까지 바쁘시게 일을 하시는 것에 대해 천만 서울시민의 한 사람으로서 감사드립니다.

감사의 뜻으로 시장님의 이름으로 3행시를 지어드리겠습니다.

늘 건강하시고 하시는 모든 일이 복되시기를 소망합니다.

서울과 함께하고야 마는 시장님의

영광스러운 복귀를 감축드리며

우리나라 심장의 번영을 위해 힘써주시길 바랍니다

제20대 대통령님께

안녕하십니까? 먼저 대한민국 제20대 대통령으로 선출되신 것을 진심으로 경축드립니다. 대통령님께서 앞으로 이 나라의 국정을 이끌어가는데 정말 어깨가 무거우실 겁니다. 하지만, 2년 이상 코로나로 사투를 벌이는 상황에서 국민의 선택을 받으셨으니 용기를 가지시고 국정에 최선을 다해주시리라 의심치 않습니다.

저는 5000만 대한민국 국민 중 한 사람에 불과한 40대 소시민입니다. 그런데 이런 소시민인 제가 생전 처음으로 국정에 바쁘신 대통령님께 서신을 드리기까지 큰 결심이 필요했습니다.

대통령님! 제가 지금부터 말씀드리고 싶은 것은 대한민국 국민이라면 기억할 만한 사건과 관련이 있습니다.

2020년 7월 9일 서울시장의 실종으로 온 나라가 떠들썩했는데 결국 숨진 채로 발견되었습니다. 특히 서울에서 태어나 40년 이상을 살아온 저는 저의 시의 수장이어서 더 충격이 컸습니다.

저는 그 서울시장님이 3선을 성공할 때 단 한 번도 지지한 적이 없는 사람입니다. 그렇지만, 그 시장님 사건 이후로 저는 인간적인 마음으로 이 분에 관해 집필하기로 결심했습니다.

대통령님! 전 서울시장의 사망이 저는 40 평생 이상 살아오면서 이렇게 의혹이 많은 것을 본 적이 없습니다. 제가 10대 때 기억나는 사건이 박종철 열사의 죽음과 박한상 100억대 자산가 부모 살해사건인데 이 두 사건의 공통점은 부검이 아니었다면 정확한 사인이 드러나지 않을 뻔했다는 겁니다. 이렇게 일반 시민의 사망도 부검을 거치는데 서울시장을 9년여 동안 천만 시민의 대표를 지내신 분을 부검 없이 화장해서 고향인 창녕에 안장하였습니다.

저의 생각은 이렇습니다. 그 사람의 사회적 지위에 따라서 평가하는 것은 아니지만, 최소한 서울시장을 지내신 분이라면 이렇게 저 같은 소시민에게도 의문을 품게 하는 의문을 가지게 하는 것은 아니라고 생각합니다.

대통령님! 제가 먼저 언급하고 싶은 것은 핀란드 대사관에 관해서입니다. 전 시장님께서 실종 당일에 핀란드 대사관저 근처에서 휴대전화가 끊겼고 그 근처에 기자들과 심지어는 구급차까지 마련해서 만약 핀란드 대사관저에 계시다면 무사히 나오시기를 학수고대하였습니다. 그런데 그날 자정에 숙정문에서 전 시장님이 숨진 채로 발견되었다고 뉴스 속보가 보도되었습니다.

이 과정에서 많은 의혹이 있습니다만, 요점만 추려서 말씀드리자면 핀란드 대사관 차고에서 살해되었다는 설까지 있습니다. 그렇다면 왜 정부는 핀란드 대사관을 추궁하지 않았나 하는 의문입니다. 대사관저 안부터는 치외법권 지역이지만, 만약 대사관 차고에서 시장님이 살해되고 숙정문 근처에 시신을 유기했다면 다른 문제입니다.

1983년도 10월 9일에 아웅산테러 사건을 기억하실 겁니다. 그때 대한민국의 정말 유능한 고위관료들이 비명에 돌아가셨습니다. 그 당시 미얀마 정부는 이 테러의 주범인 북한 대사관을 철수시켰습니다.

대사관도 그 나라에 해를 끼친다면 추방을 하는 것이 관례라고 저는 알고 있습니다. 그렇다면 핀란드 대사관저 차고에서 시장님이 피살되었다면 추방을 해도 틀렸다고 생각하지 않습니다. 그런데, 핀란드 대사관에 아무런 문의도 우리 정부는 하지 않았습니다.

대통령님! 정말 대한민국 국민의 한 사람으로서 두 손 모아 호소합니다. 전 시장님 사건 재조사에 힘을 써주세요. 심지어 저는 시장님께서 정말 사망하신 것이 맞는지 의문입니다. 만약, 만약에 말입니다, 전 시장님께서 1%의 가능성이지만 살아계신다면 대한민국으로 무사 귀환하는 데 힘을 써주시기를 간곡히 부탁드립니다.

대통령님! 대한민국의 역사상 이때까지 대통령들은 대부분 임기를 불행하게 마치거나 퇴임 후에 불명예로 살아가셨습니다. 망명, 징역, 하야, 재임 중 총탄, 의문사, 탄핵 등으로 말입니다. 저는 시민의 한 사람으로서 대통령님께 소망하기를 국정을 임기 동안 열정을 가지고 운영하시다가 무사히 퇴임하시고 정말 퇴임 후에는 행복하게 여생을 보내시길 간곡하게 소원합니다.

주한 핀란드 대사님께

안녕하십니까? 처음 인사드립니다. 저는 현재 대한민국 수도인 서울에 살고 있는 소시민 작가입니다.

에로 수오미넨 대사에 이어서 대한민국 대사로 부임하신 게 된 것을 늦었지만 감축드립니다.

대한민국은 사계절이 뚜렷하고 산지가 반 이상으로 되어있어서 아기자기한 경치가 아름다운 나라입니다. 유럽국가에서 먼 아시아 국가 중 대한민국에 거주하시게 되셨으니 인연이 남다릅니다. 그런데 코로나 시대에 부임하게 되시어서 어깨의 짐이 평상시보다 무거우실 겁니다. 그렇지만, 대한민국 국민의 한 사람으로서 응원의 메시지를 드립니다.

대사님! 소시민 작가에 불과한 제가 이렇게 서신을 드리게 된 것은 제가 살고 있는 서울의 시장에 관한 일로 인해서입니다.

2020년 7월 9일에 서울시장이 여비서 성추행 고소 건이 접수된 후 실종신고가 그의 딸로부터 오후 5시에 경찰에 접수되었습니다. 그래서 경찰과 소방병력까지 총동원해서 시장님 수색을 하였습니다. 만약 그날 시장을 찾지 못하면 다음 날 헬기를 동원해서라도 찾겠다는 각오로 수색대원들은 임하였습니다. 그리고 시민들이 시장님 페이스북에 무사히 돌아오시라는 소망을 담은 글을 남기기도 했습니다.

근데 이러한 염원들을 뒤로한 채 시장님은 자정에 숙정문 근처에서 숨진 채로 발견되었습니다. 시신을 수색대원들이 수습한 후 서울대병원 영안실로 옮겨져 장례를 치른 후 서울시청 다목적홀 영결식을 끝으로 서울추모공원에서 화장한 후에 유해는 고향 창녕에 안장되었습니다. 하지만, 이 과정에서 숱한 의문들이 너무도 많습니다. 숙정문 근처에서 서울대학병원 영안실로 시신을 싣고 온 차량 번호가 다르다는 것을 비롯해서 말입니다.

제가 이 사건으로 핀란드 대사님께 서신을 드리는 이유는 시장님 실종 당일 마지막으로 신호가 잡힌 곳이 성북동 핀란드 대사관저였기 때문입니다. 그래서 그 근처에 시장님을 찾으러 기자와 구급대원까지 대기해있었습니다. 몇 시간이 지나도 아무런 성과가 없자 모두 철수하였습니다.

저는 여기서 시장님의 사망 사건을 논하기에 앞서 핀란드 대사관저를 주목하고 싶습니다. 시장님께서 최소한 핀란드 대사관저 근처에 간 것은 확실하다고 봅니다. 위치 추적에서 그 근처가 나왔으므로 그렇습니다. 그런데 자정에 숙정문에서 숨진 채로 발견되기까지가 무슨 일이 있었느냐가 관건입니다.

대사님께 여기서 먼저 양해를 구하겠습니다. 심지어 시장님께서 핀란드 대사관저 차고에서 피살되었다는 사실도 각종 SNS에 많이 올라왔었습니다.

그렇지만, 작가로서 저는 추측하기를 어느 나라에서나 대사관에만 들어가면 치외법권 구역이라 그 나라 어느 누구도 손을 댈 수 없습니다. 그래서 같은 동족으로서 너무 안쓰러운 일이지만 탈북자들이 국경을 넘어서 민주주의 체제의 국가의 대사관으로 들어가려고 몸부림치는 사건이 종종 일어나고 있습니다.

만약, 핀란드 대사관저에서 진짜 시장이 피살되었다면 단순한 문제가 아닙니다. 그래도 대한민국의 심장부의 시장을 그렇게 허무하게 돌아가시게 핀란드 대사관에서 하지는 않을 것이라고 저는 확신합니다.

이 사건으로부터 2주 전에 25일 서울시청에서 열린 한반도클럽 대사 초청 오찬 간담회를 주최하였습니다. 한반도클럽은 서울에 주재하며 평양 주재 공관장을 겸임하는 20개국 대사들의 모임입니다.

참고로 6월 25일은 대한민국으로서는 동족상잔의 전쟁이 일어난 날입니다. 더구나 2020년은 6월 25일은 동족상잔의 전쟁 70주년 기념의 날입니다. 그래서 그날 대한민국에는 6·25 전쟁 70주년 기념행사를 여기저기서 열었습니다.

그때 대사가 에로 수오미넨이셨습니다. 이렇게 불과 2주 전까지 시장과 화기애애한 만남을 가진 나라의 대사관저에서 불미스러운 일을 하지는 않았을 것이라고 저는 확신합니다.

대사님! 1%의 희망이지만, 저는 전 시장님께서 사망했다는 사실도 의혹이 많아서 심지어는 핀란드와 관계되는 어딘가에 살아계시리라고 생각합니다.

이제 대한민국의 정권도 바뀌었으니 전 시장님 사건에 다시 한번 힘써주시길 부탁드리오며 살아계신다면 대한민국으로의 무사 귀환하실 수 있도록 힘써주시기를 부탁드립니다.

대사님께서 대한민국에 계시는 동안에 좋은 추억을 가지고 핀란드로 귀국하시기 전까지 건강하시기를 소원합니다.

서울시민 이소현 드림

핀란드 총리님께

안녕하십니까? 처음으로 인사드립니다. 저는 대한민국 국민이며 수도 서울에서 태어나서 40년 이상 서울에서 살고 있는 평범한 소시민입니다.

먼저, 2019년에 세계에서 최연소의 나이로 국가의 최고 통치자가 되심을 경축드립니다. 34세의 나이에 총리에 오른 여성 정치인이지만 정치 경력은 15년이나 되신다고 알고 있습니다. 21세 때인 2006년 사회민주당 청년 조직에 몸담아 정치를 시작하시어 2012년에는 탐페레시 의원에 당선되셨고 2년 뒤엔 당 부대표를 맡으셨으며, 30세에는 국회의원에 선출돼 중앙 무대에 진출한 뒤 교통부 장관을 지내시는 등 꾸준히 절차를 밟아오셔서 이 자리에 올라오셨다니 저와 국적은 다르지만, 대단하시다고 칭찬을 드리고 싶습니다.

핀란드라는 나라는 북유럽에 속한 국가로 대한민국 국민들에게는 미국이나 일본같이 흔히 인식하는 국가는 아닙니다. 하지만, 저는 개인적으로 북유럽 국가를 상당히 좋아합니다. 만약 제가 시간의 여유가 생겨서 여행의 기회가 주어진다면 가장 먼저 가보고 싶은 나라가 핀란드를 포함하여 북유럽 4개국입니다. 왜 북유럽 4개국을 언급하냐면 대한민국 국민들이 여행을 갈 시기에 여행사에서 패키지로 북유럽 4개국을 상품으로 내놓기 때문입니다. 그리고 제가 북유럽을 1순위로 가고 싶은 이유는 한국 사람 중 유럽여행을 갈 때 서유럽 4개국과 동유럽 5개국은 다녀온 분이 더러 있지만, 북유럽은 좀 적습니다. 그래서 제가 여행사에 다니시는 분께 이에 대해 여쭈어보았는데 북유럽 상품은 여름철

밖에는 내놓지 않기에 그럴 수밖에 없다고 답변을 하였습니다. 그렇지만, 그분께서 북유럽에 다녀왔는데 대한민국 국민에게는 잘 알려진 나라는 아니지만, 이색적인 풍경이 인상 깊었다고 말씀하셨습니다.

총리님! 대한민국에 수도 서울에 사는 소시민이 서신을 드리게 된 이유는 훗날 이러한 사건이 다시 발생하지 않았으면 하는 소망에서입니다.

2020년 7월 9일 대한민국에서는 충격적인 사건이 발생하였습니다. 대한민국의 심장부인 서울의 수장이 실종되었고 다음 날 자정에 숨진 채로 발견이 되었다고 뉴스 속보로 보도가 되었습니다.

근데, 이 사건이 왜 핀란드와 상관이 있냐고 물으시거든 시장님께서 핀란드 대사관저 근처에서 휴대전화 신호가 끊겼고 그때부터 실종되었기 때문입니다. 그리고 이러한 사실도 떠올랐습니다. 핀란드 대사관저에서 피살되었다는 사실입니다. 그 이유는 핀란드는 남북한 동시에 수교를 맺은 국가이기에 이념적으로 대립관계인 북한 살수 요원에 의해 피살이 되었을 수도 있다는 추측이었습니다.

하지만, 저는 국민의 한 사람이자 작가의 추리로서 이 추측은 도저히 납득할 수가 없습니다. 각 나라의 대사관이 치외법권 구역이지만, 한 나라 심장부의 수장을 그렇게 쉽게 살해할 수는 없다고 저는 생각합니다.

핀란드 대사관 근처로 시장님이 가시기 전날에 여비서 성추행 사건으로 고소를 당하였습니다. 그래서 대한민국 언론에서는 여비서 성추행 사건 때문에 수치심을 견디다 못해 자살했다고 보도했습니다. 하지만, 작가인 저의 추측으로는 수긍이 가질 않습니다. 대한민국의 서울의 인구는 천만으로 웬만한 세계 소규모 국가보다도 많은 인구입니다. 이렇게 많은 인구의 대표를 지내시던 분이 단순히 여비서 성추행 사건으로 자살을 하셨겠습니까?

총리님! 대한민국의 소시민 작가가 간곡히 호소합니다.

저의 추측으로는 핀란드 대사관에서 결코 시장님을 살해하지는 않았으며, 정치적인 탄압을 피해서 숨죽이고 보호하고 있다고 확신합니다.

총리님! 핀란드의 국정으로 바쁘신 분이지만, 대한민국 핀란드 대사관이나 혹은 주한 핀란드 대사이신 천 대사님께 자초지종을 여쭈어보시어서 만약, 1%의 소망이지만, 시장님을 보호하고 있다는 것이 사실이라면 대한민국으로 무사히 귀환하시기를 힘써주시길 부탁합니다.

총리님! 전 세계적으로 코로나라는 전염병과 사투를 벌이고 있는데 정말 이 전염병이 깨끗이 극복되어서 향후 대한민국과의 관계도 돈독해지기를 소망합니다. 늘 건강하시고 국정을 운영하는 데 행운이 깃들기를 소망합니다.

서울에서 소시민 작가 이소현 올림

주 핀란드 대한민국 대사관 천 대사님께

안녕하십니까? 처음 인사드립니다. 저는 대한민국 서울에 살고 있는 소시민 작가입니다.

먼저 천 대사님께서 핀란드로 파견되시어서 대한민국과 핀란드에 거주하고 있는 한국 교민을 위해서 밤낮으로 일하시는 데에 몸은 멀리 있지만 먼 고국 땅에서 한 시민 자격으로 깊은 찬사를 드립니다.

핀란드와 대한민국의 교류는 미국이나 일본같이 빈번하지는 않지만, 저는 개인적으로 꼭 한번 방문하고 싶은 나라입니다.

그래도 핀란드와 한국은 1973년 8월 24일 국교를 수립한 이래로, 해마다 정치적, 경제적, 문화적 교류와 협력을 넓혀가고 있는 상황입니다.

핀란드는 1952년에 헬싱키 올림픽을 개최한 적이 있습니다. 1952년 당시 한국은 동족상잔의 전쟁 중으로 거의 폐허의 나라였습니다. 즉, 핀란드는 대한민국보다 훨씬 선진국 수준의 국가를 빠르게 도달한 나라입니다.

대사님! 제가 이렇게 대한민국 수도 서울에서 서신을 드리게 된 이유는 2020년 7월 9일에 일어난 사건 때문입니다.

그날 전 서울시장께서 실종이 되셨다는 뉴스가 속보로 보도가 되었습니다.

그 서울시장은 대한민국의 헌정 상 최초로 3선 서울시장입니다. 저는 그 시장님이 3번의 선거에 승리하셨는데 단 한 번도 표를 준 적이 없는 사람입니다. 이런 저도 마음속으로 그 시장님 무사 귀환을 염원했습니다. 저뿐 아니라 그 시장님 페이스북에도 무사 귀환을 염원하는 네티즌들의 글이 수없이 올라왔습니다.

그러나, 이 기대를 뒤로한 채 자정에 숙정문 근처에서 시장님께서 숨진 채로 발견이 되었다는 소식에 허탈했습니다.

시장님의 장례는 5일장으로 서울특별시장장으로 치렀고 유해는 고향 창녕에 안장되었습니다.

그런데 그 시장님의 죽음이 너무도 의혹이 많습니다. 와룡공원에서 서울대학병원 영안실로 그 시장님의 시신을 싣고 오는 과정에서부터입니다.

대사님! 제가 대한민국 서울시장의 사망 사건에 관해 주한 핀란드 대사님께 서신을 드리는 이유는 여기에 있습니다.

그 시장님의 실종 당일 성북동 핀란드 대사관저 근처에서 연락이 끊겼습니다. 그날 오후 딸로부터 실종 신고가 들어와서 수색대원들이 핀란드 대사관저 근처까지도 수색하였습니다. 심지어는 그 시장님이 핀란드 대사관저 차고에서 피살되었다는 이야기도 있습니다.

하지만, 저는 이렇게 확신합니다. 만약 핀란드 대사관저에서 그 시장님께서 피살되신 게 사실이라면, 대한민국 정부는 핀란드 대사관에 아무런 궁금증을 물어보지도 않았다는 게 의문입니다.

핀란드 대사관저에서 그 나라 심장의 수장이 살해되었으면 핀란드 대사관 측에서 이에 대한 책임을 져야 합니다. 대사관이 치외법권 구역이지만, 그 나라의 해를 끼친다면 추방이 될 수도 있습니다.

2017년에 말레이시아에서 김정일 장남 김정남이 공항에서 북한 살수요원에게 피살되었습니다. 이때 말레이시아 정부에서는 이 사건의 책임을 북한 대사관에 물어 그 나라에서 추방시켰습니다.

핀란드가 남북한 양쪽의 수교를 한 국가이지만, 그 나라에 대사로 파견이 되었다면 그 나라의 보다 나은 내일을 위해서 업무를 하는 책임이 있습니다.

저는 마지막으로 시장님께서 사망하시지 않고 핀란드 대사관과 관련된 지역에서 생존해서 보호받고 계신다는 1%의 희망을 품고 천 대사님께 서신을 드렸습니다. 만약, 작가인 제가 추측한 1%의 희망이 맞는다면 대한민국의 정권도 바뀌었으니 핀란드 정부의 협조를 요청하시어 시장님께서 무사히 대한민국으로 돌아오실 수 있도록 힘써주시기를 부탁드립니다.

핀란드에서 항상 고국인 대한민국이 그리우시겠지만, 이렇게 저와 같은 소시민의 응원에 용기를 받으며 임기를 마치시고 대한민국으로 돌아오실 때까지 건강하고 행복한 나날을 보내시기를 소원합니다.

대한민국 서울에서 이소현 드림

● 이 글을 마치며 ●

《북악산 미스터리》라는 추리소설을 쓰기까지 신중한 성격의 필자는 결정하는 데에만 꽤 많은 시간이 걸렸다.

그 이유는 누구도 짐작하였듯이 정치적으로 민감한 부분이 연관되었기 때문이다.

그리고 모 시장님은 현재까지는 고인으로 되어있어서 신중한 성격인 필자의 추리로 생존의 가능성의 내용을 이끌어 집필하는 작업에서 상당한 에너지가 소모되었다.

하지만, 이는 둘째치고 필자의 추리가 틀릴 수도 있기에 이런 모험까지 감수하고 집필한 것에 더 중점을 둔다.

필자가 이 저서를 집필하면서 연민의 정을 느낀 분이 모 시장님의 인생에 변화의 멘토를 주셨던 고 J 변호사님이시다. J 변호사님께서 세상을 떠나신 연령이 필자의 연령대이시다. 불과 만 43세, 즉, 한창 일할 나이가 아닌 요즘 시대에서는 젊은 나이라고 인식해도 과언이 아니다.

필자의 현재 나이도 만 43세이다. 내가 지금 이 나이를 생각해보아도 세상을 떠나는 건 고사하고 젊음과 패기는 남아 있는 나이이다.

그다음으로 머리말에서도 언급했듯이 필자의 나이와 모 시장님의 나이는 세대가 다른 데다가, 만약 모 시장님의 연령대이신 분이 필자의 연령대의 분을 대상으로 소설을 집필하는 것이 필자의 연령대의 분이 집필하는 것보다 수월하다고 대부분 인식할 것이다. 왜냐하면, 인생을 살아온 연륜은 무시를 못 하기 때문이다.

그리고 모 시장님은 경상도 출신이시기 때문에 독자분들께 정감을 주려고 경상도 사투리를 적지 않게 첨부했는데 서울 토박이인 필자로서는 나름대로 최선을 다했으나, 아무래도 한계가 없지는 않았다.

사실 필자가 이 저서를 집필한다고 했을 때 교사 출신이신 80대의 어느 분께서는 회의감을 드러내셨다.

"내가 까놓고 말해서 시장님의 나이가 60대 중반이 넘어가고 있는데 그보다 20년 이상이나 인생을 덜 살아온 네가 60대를 위해서 집필을 한다는 게 일반적이지는 않아. 최소한 50대 후반은 되어야 하는데, 세대적으로 가능하겠어? 40대인 네가 이런 내용을 써낸다면 많은 독자가 의외라고 인식할 거야."

그렇다. 이 말씀도 결코 틀렸다고 볼 수 없다.

하지만, 시장님의 사망에 관해서 수많은 의혹이 있었음에도 정치권에서는 외면하다시피 하였고, 시민들은 정치적으로 압박을 받을 수도 있어서 밖에다 내놓고 주장하지는 못하고 잔뜩 의문만 품은 채로 나날을 보내고 있는 상황이다.

　그래서 소심하고 신중한 성격의 필자가 한 시민으로서 시장님의 의혹을 밝히는 글을 출간한다면 많은 시민께서 품은 의혹 해소에 도움을 드리고 싶은 마음에 집필을 결심하였다.

　마지막으로, 인간의 목숨은 지위 고하를 막론하고 무엇보다 귀중한 만큼, 이렇게 그 시장님같이 의혹을 숱하게 남기는 사건은 앞으로 일어나지 않기를 소망한다.

북악산 미스터리

초판 1쇄 2022년 5월 20일

지은이 이정민
발행인 김재홍
교정/교열 김혜린
마케팅 이연실
디자인 박효은, 현유주

발행처 도서출판지식공감
등록번호 제2019-000164호
주소 서울특별시 영등포구 경인로82길 3-4 센터플러스 1117호(문래동1가)
전화 02-3141-2700
팩스 02-322-3089
홈페이지 www.bookdaum.com
이메일 bookon@daum.net

가격 15,000원
ISBN 979-11-5622-694-9   03810